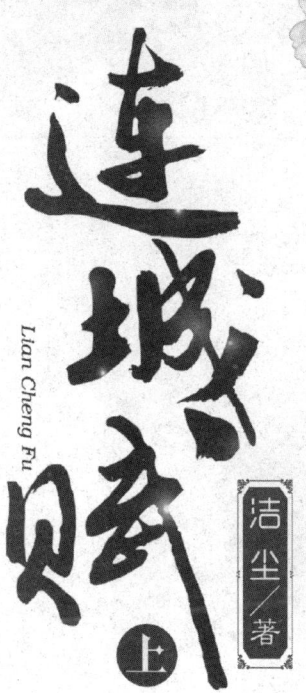

连城赋（上）

Lian Cheng Fu

洁尘/著

北方妇女儿童出版社
·长春·

图书在版编目（CIP）数据

连城赋.上 / 洁尘著. -- 长春：北方妇女儿童出版社, 2016.1
（意林·轻文库.绘梦古风系列）
ISBN 978-7-5385-9678-6

Ⅰ.①连… Ⅱ.①洁… Ⅲ.①长篇小说－中国－当代 Ⅳ.①I247.5

中国版本图书馆CIP数据核字(2015)第290459号

连城赋（上）
Liancheng Fu（Shang）

出 版 人	刘 刚
总 策 划	安 雅 张 星
特约策划	师晓晖
责任编辑	吴 强 张 旭
图书统筹	安小纪
特约编辑	黄佳佳
绘 图	饼子会飞
书籍装帧	胡静梅
美术编辑	张云丽 刘 静
作家经纪	卢晓凤
开 本	700mm×1000mm 1/16
字 数	200千字
印 张	15
版 次	2016年1月第1版
印 次	2016年1月第1次印刷
印 刷	北京嘉业印刷厂
出 版	北方妇女儿童出版社
发 行	北方妇女儿童出版社
地 址	长春市人民大街4646号
	邮编：130021
电 话	0431-85678573
定 价	25.00元

版权所有　侵权必究

如发现印装质量问题，请与印务部联系退换，电话：010-51908584

公元787年，唐封疆大吏马总集诸子精华，编著成《意林》一书6卷，流传至今
意林：始于公元787年，距今1200余年

意林轻文库

轻小说 青春最美，梦想出发
中国式优质轻小说第一品牌

目 录

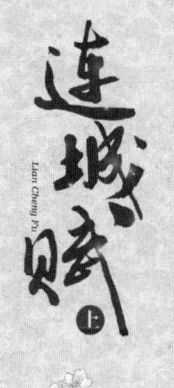

第一章	招 茶	001
第二章	谜 团	009
第三章	设 局	017
第四章	云 涌	027
第五章	纠 缠	035
第六章	遇 敌	041
第七章	谜 底	051
第八章	真 相	059
第九章	强 求	069
第十章	劫 城	075

目录

章节	标题	页码
第十一章	无奈	085
第十二章	谋算	095
第十三章	异变	109
第十四章	帝心	119
第十五章	迁城	137
第十六章	暗战	149
第十七章	情债	159
第十八章	求生	167
第十九章	谁解	181
第二十章	圈套	193
第二十一章	绝处	209
第二十二章	双娇	219

千金易得，璧玉无双。古镜城有倾国之富，倾城之容，君岂无意乎？

本月十五，月圆之夜，当大开城门，喜迎四方之客，择选无双佳偶。

此乃百年盛事，非当世才俊不得入城。望君万自珍惜。

古镜城主　玉连城拜上

昊阳十年，这样一封密函悄悄地在昊夜国内出现。收到它的人非富即贵，即使不是富贵出身，也必然是信中所言，乃"当世才俊"。

信上的内容简单直白：古镜城的城主玉连城要为自己的妹妹——早有倾城之名传于城外的玉无双求婚于天下的俊杰。

这下子，整个昊夜国都为之轰动了。

古镜城是昊夜国中最让人向往和好奇的神秘所在。

据说在昊夜国建国之时，曾经厚封了几位立下汗马功劳的开国之臣。每个臣子都得到一块封地，并被允许可以在封地上建立属于自己的诸侯国。

后来随着时间的流逝，有的诸侯国因为后人不善经营，有的诸侯国因为后人野心变大起兵谋反而最终失利，渐渐地，这些诸侯国一个接一个地消亡。

最终只留下古镜城屹立不倒。

古镜城的先人曾是昊夜国开国皇帝身边的一位擅长奇门遁甲之术的军师。为了保护古镜城不受外来力量的侵扰，这位军师在古镜城周围布下不少迷阵，若无古镜城中的人引领，外人就是花上一年都找不到古镜城所在。

如今，古镜城公开招亲，还邀请外面的人入城游览，这岂不让人心动不已？

更何况，玉连城在信中写得明白：古镜城有倾国之富，倾城之容。财富、美女，这是所有男人都梦寐以求的，如今天赐良机，说不定唾手可得，谁肯放弃？

于是收到这封信的青年才俊们都立刻收拾行装，准备动身。

昊夜国，荣王府内。

此刻也有一个人正握着这封信，笑眯眯地读着。这个人就是当今皇帝的胞弟，荣王楚若溪。

楚若溪已经二十岁了，肤色白皙，容颜俊秀，眉宇间甚至还带着几分少年才有的调皮，所以不知道他年纪的人很容易被他的外貌迷惑，误以为他不过是十六七岁的少年。

"王爷，您真的要去古镜城吗？"身边说话的人是他的贴身护卫黑木，他是楚若溪最忠诚的手下，所以对于古镜城这封突然而至的邀请函总是比别人多几分怀疑，"古镜城向来不喜欢接见外客，这次如此大张旗鼓地邀请富豪子弟，只怕另有用意。王爷还是不要蹚浑水吧？"

"有美人相约，怎能失约呢？"楚若溪的唇角忽然露出几分诡谲的笑意，右手五指在桌面上一蜷，坚决的语气与他平日玩笑的口吻判若两人，"这古镜城我一定会去，而那位传说中的绝色美人……我也一定会娶到手！"

昊夜国的东南方，边关同城所在。

靖边将军袁飞傲刚刚从前线返回，带着一身的尘土和寒意，旋风般回到自己的帅营。当他看到一桌的书简时，如刀锋般锐利迫人的英俊面容上立刻堆满了不耐烦："这都是谁寄来的东西？我在前线打仗，后方一天寄好几封信来和我闲扯，以为我跟他们一样空闲似的。"

帐内的副将笑道："将军，这些话您在帐子里说说就好了，可千万别说出去，传开了，会说您有辱圣上。"

"我向来是想说什么就说什么，皇上要是觉得不好听，就把我撤了，我才不想当这个劳什子将军。呸，三天有两天都在打仗，他们在京城里却风花雪月。"

副将再赔笑道："将军别动怒，属下知道您是气那位荣王爷故意陷害您戍边。其实这也是好事啊，反正您和他的脾气不对付，与其在京中斗嘴，还不如出来整肃军容。"

"臭小子！鬼心眼就你多！"袁飞傲拿起一封信就朝副将扔过去。

那副将笑着伸手将那封信抓在手里，低头无意一瞥，惊讶地说："咦？这信封这么雅致，肯定不是京里来的。古镜城？天！古镜城怎么会给将军来信？"

袁飞傲皱着眉将信一把夺过来，鄙夷地"哼"了声："雅致？和我讲什么雅致？"

他一把扯开那淡金色的信封，抻出那张比丝绸还要光滑的信纸，把上面的文字匆匆浏览了一遍，莫名其妙地说："这个玉连城是不是脑子有毛病？唧唧歪歪说了一大堆什么东西？"

副将凑过脑袋来看，惊喜地叫道："哎呀，将军！这是古镜城的城主要为他妹妹招亲。您没有听说过玉无双这个名字吗？据说她是当世第一美人啊！"

"哼，当世第一美人？你见过啊？"袁飞傲瞪了副将一眼，"那古镜城在沙漠里，平时有谁去过？什么财富啊，美女啊，都是旁人道听途说！这个玉连城也不知道在搞什么名堂，居然把主意打到我头上，谁有空陪他玩这个把戏。不去！"他双手一扯，将那封堪称价值万金的邀请书函撕成了两半。

副将来不及阻止，又急又可惜地顿足道："这大好的机会将军若错过了，会后悔一

辈子的。"

"我后悔才有鬼呢。滚出帐子去，告诉外面的人，我一会儿要带他们去围剿刚才逃窜的流匪。"

"不过就跑了两三个人，叫支小分队去就好了，将军何必劳师动众亲自带队？"

袁飞傲再一瞪眼："你今天的话真多！我不趁机锻炼锻炼那些人，他们的懒骨头就要长出虱子来了！"

说完，他抬起脚对着副将的屁股狠踢了一下。副将一边呼痛，一边揉着屁股，跄跄着跑出去集结队伍，脚下无意中踩到那封被袁飞傲撕碎的信件时，心中依然还沉浸在感慨当中——这大好的机会啊，若是给了他，他是绝对不会错过的。

可惜古镜城主也不会看上他这么一个小副将啊。

将军啊将军，你真是不知道自己到底错过了什么。

古镜城，沙漠绿洲。

外面是茫茫荒漠，但是在古镜城的四周却被其创建者——精通奇门遁甲的军师以神奇手法栽种下各种奇花异草。当初昊夜的开国皇帝封地时，各位重臣都想要得到最肥沃的领地，唯独这位军师，选择了这片荒漠。

其实，他之所以选中这里，就是看中这里人迹罕至，也看中在荒漠之中隐藏的那片巨大的湖泊。因为这片湖泊的存在，古镜城才得以建成，并屹立不倒。

如今，历经岁月变迁，古镜城依旧美丽如初。

古镜城，城主玉连城内室。

一位长相温文儒雅的年轻男子临窗而坐，他伸出修长的手指在桌上轻轻地点着："目前回函的人有多少了？"他缓缓启唇，清澈的嗓音犹如指尖弹过剑刃时发出的低鸣。

室外有人叩首回禀："已有十八人回信。"

"还缺两人吗？是谁？"

"荣王楚若溪，和靖边将军袁飞傲。"

年轻男子悠然一笑："倒也在我的意料之中。"

他就是玉连城，今年十八岁，刚刚接过父亲为他留下的这片基业，有着比同龄人更加成熟稳重的气质，只是眸中过分的冷静让这个年纪本应有的热情开朗被全体湮灭。

"看来他们是赶不及十五开城之日了。"玉连城长身而起，对外吩咐道，"就这样

吧，让城内的人都准备好了，开城之后，难免会有人趁火打劫。但，如果真有人敢抱着这样的念头来我古镜城……"他停顿了一下，一咬下唇，"那就不要让他们回去了。"

"是。"

玉连城缓缓走出房门，炽热的阳光肆虐大地，但是无论阳光有多么炽热，似乎都热不透他清冷的黑眸。

他静静地来到旁边的侧园，看着那道在花木扶疏之中的淡绿色的人影。

听到有人进园的声音，那人缓缓睁开眼，看向园口。

以"绝色"两字不足以形容她的明艳照人。烈焰当头，任谁都会觉得酷热难耐，但站在这个少女面前，她眸中柔柔的波光犹如夜色中的月光般清凉，让人立刻气定神闲下来。

"告诉你一个好消息，那个人……应该不会来了。"玉连城道。

"真的？"玉无双的双眸一亮，犹如月光拨开了遮盖它的云雾。

"若他这次不来，以后就再也没有资格来要挟我们了。"玉连城并没有全然放心，"只是……我担心那个人并不是这么简单。"

玉无双走到他面前，双手轻轻盖在他的手上："不要让自己太辛苦，有我在呢。我也是玉家的人啊。"

玉连城安抚地一笑："我知道你很聪明能干，但是你身子太弱了，这些琐事你还是不要再操心了。你放心，若这一回不能为你找到一个值得依靠托付的夫婿，我也不会轻易地把你交到任何一个男人的手上。"

"从头至尾，我都是信你的。但是，我实在不忍见你为了别人一直牺牲自己……"

玉连城像是不愿意听她继续这个话题，急忙打断道："现在不是谈论我的事情的时候，你知道玉华景时刻都在抓我们的把柄。爹刚去世不久，身后事烦琐无比，我都得一一收拾妥当。"

玉无双垂下眼帘："只恨我不能帮你分忧……但愿这次来的人中有可以帮得到我们的。"

"只要不是引狼入室就好，我也不指望真的能来什么神人。"玉连城沉吟着，"不过这次来的人都是身份极高或者饱学之士，总会有一两个能为我所用的。无双，你不要着急露面，等我先挑选一下，再把他们带到你面前。"

"随你安排。"玉无双无所谓地转了个身，"爹去世前说过要我听你的话，我就一定会听的。"

"若所有的人都像你这么乖巧听话就好了。"玉连城苦涩地笑笑，手指触碰到身

边一株玫瑰花上，枝叶上的花刺刚巧扎到他的指上，一阵尖锐的痛让他不由得蹙紧了眉头。

又碰到那个伤口了吗？原来坚强如他，还是会有疼的感觉的。

远远的沙漠之中忽然像是有无数的星子跃然升起，夜空与沙漠之间出现了两道蜿蜒而行的火光。慢慢地，有人影随着这火光影影绰绰地从远处走来，众人神情为之大振，因为大家意识到：古镜城开了。

几个时辰之前，他们在漫漫黄沙中迷了路，这古镜城遍寻不得。如今看到有人来了，青年才俊们争相上前。

举着火把的队伍终于来到了众人面前，一个队长模样的人对众人施礼："让各位久等了，城主命我等出城相迎。"

"玉城主人呢？"有应选者不满出来迎接的是一群无身份地位的古镜城兵卒，"他是不是故意怠慢我们？"

说话的队长忙道："不敢，城主在城中备好了酒宴，要为各位接风洗尘，因为城中事务繁忙，一时走不开，所以让我等来迎接各位贵客。"

摇扇的公子笑道："好说好说，城主嘛，一城之主，当然忙了，正好我肚子饿得很，赶快进去填饱肚皮要紧。"

"且慢。"这队长又道，"城主有令，因怕有小人浑水摸鱼，所以要验证一下各位的身份，各位手中的邀请函，请取出让小的核对一下，核对无误者方可放行。"

"还信不过我们吗？"众公子哥都很不高兴地东翻西摸，终于找出了各自的信函，交给那队长，于是队长一边看，一边道谢，一边命人将这些贵客引领入城。

最后他来到这位摇扇的公子面前，接过对方递来的信纸，不由得一愣："这位公子，您难道没有带信封来吗？"

"信封？"摇扇公子状似不解地问，"还要带那个东西？我可能是落在家里了。"

"信封上的名字可以证实公子的身份来历，公子没有带信封来……"

摇扇公子眸中忽然闪过精光："难道就说明我是假的了？"

"不敢，只不过，只好当面请教公子大名。"

"哼，我的名号岂是说给你听的？"摇扇公子一把夺过书信，竟然不再解释，抬腿就往里走。

队长犹豫了一下，没有再阻拦。

玉连城的住处乃城中城，高大巍峨的内城墙不逊于皇宫高墙。

此刻，站在内城的城门口的玉连城清朗地开口："玉连城恭迎各位大驾光临，古镜城上下扫尘以候多时了。"

夜空之下，他银灰色的袍子闪闪发亮，长身玉立，风姿无双。

几位应选者不由得兴奋地嘀咕："他就是玉连城？看他的长相就知道他的妹妹肯定是位绝色美人了。"

刚才陪他们而来的队长快走几步来到玉连城的身边，低声在他耳边说了情况。玉连城眉心轻蹙，但终微笑相迎："这位是长乐钱庄的刘少庄主吧？久仰贵庄大名……岭南剑派的传人尹笑人？听说你已经是当世十大剑客之一，果真英雄出少年……路小将军？前不久听闻你在边关又打了几场胜仗……"

众人都为之惊讶。他们没想到那个队长刚才看过他们的信函之后居然能将他们全部记住，还在这么短的时间内通报了玉连城。于是众人都收起刚才对那位队长的轻视之心，一个小小的城中队长就能有这样好的记性和本事，看来古镜城果然有过人之处。

玉连城来到那位身披白鹤羽衣的贵公子面前，抱腕微笑道："这位是天下书楼的宋大公子吧？玉某久闻公子大名，知道公子是饱学之士，一直十分倾慕公子的才学。"

"哪里哪里。"宋公子得意地还礼，玉连城的话虽然有几分套话之嫌，但是在众人面前被他这样当面夸耀，还是让宋公子舒坦不已。

寒暄过后，连城缓缓地看向那位摇扇的公子，谦和地再拱手："听属下言道，公子未将信封带来。"

"是。"摇扇公子笑眯眯地看着他。

"那请问公子尊姓大名？"

摇扇公子挑起眉："我的名姓很重要吗？我收到了你发来的信，依约而来，怎么，你们古镜城还要反悔吗？"

"公子误会了。"玉连城淡淡回应，"手持信函来我城中者都是我古镜城的贵客，但是公子如果不告诉我你的身份来历，只怕我会维护不周。"他清冷的眸子凝住在摇扇公子的脸上，虽然神情从容，但是语气中已渐渐露出一丝威严。

其实当中之意彼此都明白，玉连城绝不会放一个来历不明的人到城内参加这次盛宴。摇扇人歪着头想了想，一笑道："城主不妨叫我墨公子好了。"

"墨公子？"玉连城再蹙眉，"请教尊姓大名。"

"墨言。"

玉连城盯着他的眼睛，声音骤冷了几分："公子是在和我开玩笑吧？这是公子的真

名吗?我发出信函二十封,其中并无一封是寄给一个叫墨言的人。公子若不说出您的真实姓名,我只好将公子请出城了。"

"好不讲理的古镜城!"这墨言突然变了脸色,折扇一收,扇头指着玉连城,怒道,"你的信中哪里提及你不认得我墨言就不许我来的道理?你们要在城外验看信函,我也给你们看了,信上的字迹是你的吧?我可曾造假?若是不曾,那你又凭什么不让我进去?难道你觉得我就不是'当世才俊'?文韬武略,你考校过我哪一样?无双小姐尚未和我见面,你怎知我们不会情投意合?你这个做哥哥的,凭什么这样武断?若是让她因此错过这段好姻缘,你负担得起吗?"

他这一番胡搅蛮缠,听得旁人有的掩嘴偷笑,有的瞠目结舌。唯有玉连城静静地看了他许久,没有反驳。

那位宋公子在旁边冷笑道:"城主何必和这种人废话?他越是巧舌如簧,就越说明他的身份来历有鬼,见不得人,更不能放他入城。"

"哼,我现在知道什么叫忘恩负义了。"墨言也冲着宋公子鄙夷地冷笑,"刚才你冻得瑟瑟发抖之时,是我把白鹤羽衣借你取暖,你不曾感谢,还反咬一口,怂恿城主赶我出城,岂不是小人心肠?"

宋公子被他几句话堵得语塞,瞪着眼睛说不出话来。

玉连城眼波流转,宝石般的光华让墨言突然一怔,随后,玉连城微微一笑:"墨公子说的有理,既然如此,就请墨公子一起进城吧。"

谜团 第二章

"听说入城的人里有比较麻烦的角色?"玉无双斟好一杯茶,端到玉连城的面前。

玉连城沉吟着:"麻烦角色肯定会有,只是这一个让我想不通他的来历。"

"那个叫墨言的?"玉无双问,"你不是说有两个人没有来?这个人突然而至,会不会是他们中的一个?"

"他决不可能是袁飞傲。"玉连城坚定地说,"但若说他是楚若溪,我也有所怀疑。我看他的年纪不过十六七岁,不大像他。而且若真的是楚若溪,他亮明身份就好,何必装模作样?"

"那是楚若溪的亲戚?他自己不想来,就把那封信给了亲戚?"

"不论是谁,若他和楚若溪有关系,还是不要招惹他为妙。我看他一人一仆也折腾不出什么事情来。"

"除了这个人,还有其他厉害角色吗?"

玉连城叹息道:"我煞费苦心地挑选了这些人,但是初见面,觉得真是见面不如闻名。所谓富不过三代,昊夜国的富豪之家中还有几个人会做生意,还有几个人有本事守得住这份家业?"

"你只见一面,现在下结论未免太早吧?"玉无双如置身事外般,倒是很乐观,"不是说有个叫宋跃然的是个有学问的吗?"

"那个人?绣花枕头。"玉连城话说一半,眼角余光突然瞥到有影子在墙头一闪。他凝眸看去,冷冷道,"深更半夜,有人想做偷香窃玉之贼啊。无双,回屋去。"他身形微晃,已如风般掠向了墙头。

玉无双坐在原地并没有动,她静静地又倒了一杯茶,然后捧杯慢啜。

玉连城追过墙外,只见前面的影子一闪一晃便没了踪影。

"哼,我古镜城岂是你能随便来去的?"玉连城将食指中指并在唇前,一声长长的呼哨之下,四周原本安静的角落里立刻涌出人影,火把也随之逐渐亮起。

"不论死活,将那个人给我揪出来!"玉连城威严地下令。无数的人影立刻从他身边涌过,直扑人影消失之处。

玉连城负手而立,嘴角噙着一丝笑。

古镜城内摇曳的火把整整亮了一夜,火光从城中街道一直延续到内城中。刚刚睡下的那些应选者们被外面的喧闹吵醒,揉着眼走出来,不满地问:"怎么回事?大半夜的怎么这么吵?"

城内人回应道:"不好意思,因为城里来了飞贼,所以城主命我们尽快捉拿。"

"古镜城里也有贼?"宋跃然也走出自己的房间,"我还以为古镜城固若金汤呢。"

"任何一个地方都难免有梁上君子。"他隔壁的房门也打开了,那个叫墨言的年轻公子也揉着眼,好像极为困倦地打了个哈欠,"城里缺不缺人手?要不要我们也一起帮忙啊?"

古镜城的小厮赔笑道:"公子说笑了,打扰各位休息已经极为抱歉了,哪里还敢再让各位公子帮忙,您几位都歇息吧,这个小贼用不了多少工夫就会被捉到的。"

墨言问道:"你们这里有没有香炉?我晚上不点檀香睡不着觉。"

"公子稍等,小的这就给您取一个来。"

安抚了众位公子后,小厮急急忙忙地去取了一个香炉给墨言,墨言打着哈欠又回房去睡了。

宋跃然看着他的背影,冷笑道:"本事不大,毛病不少。"

"这叫香梦沉酣。"长乐钱庄少庄主刘传南帮腔道。

这两个人在来时的路上相识,很谈得来,此时同仇敌忾,都把这个奇怪的墨言看成敌方。

"这家伙不知道是什么来历,没准还是个逃犯。拿着不知道从哪里偷来的请柬,跑到这里来装腔作势。"

刘传南的话让宋跃然立刻眼睛一亮:"是啊。这可要提醒玉连城,不能让这小子浑水摸鱼占了便宜。"

"放心,他若无财无势,玉连城绝不会轻易把妹妹嫁给这种人的。话说回来,那位玉无双小姐到底长什么样子?到现在还没有见到。"

宋跃然笑道:"都说她是位绝代佳人,希望不假。倘若是个母夜叉,就算她看中我,我也不会娶回家的。"

刘传南笑着拍他的肩膀:"兄台是定要娶个颜如玉的,可是对我来说就不同了。来这里之前,家父曾经嘱咐过,让我好好探查一下这古镜城中是否真的如玉连城信中所说有倾国之富。"

宋跃然道:"你们长乐钱庄何等有钱,还嫌钱少?"

刘传南哈哈笑道:"虱子臭虫嫌多,钱还有嫌多的吗?"

"说的是,只不过这位无双小姐到底要选什么样的夫婿,还真让人费一番思量呢。"宋跃然咬着手指,像是陷入深思,眼角的余光却还在警着旁边那道已被墨言紧闭的房门。

清晨，应选者们刚刚起床，便有人在小院中大声说道："各位公子，城主请各位到城郊踏春赏花，外面已经为各位备好车马。"

大家都怕墨言抢在前面占了什么便宜，便拥挤着一起跑出这片院落。

外面果然有马车等候，玉连城单独骑乘在一匹白马之上，对众人微笑道："乘车或骑马，各位可以自便。"

众人都站在原地飞快地想了想，有人不善骑马，却怕自己过于文弱而被古镜城看扁，便选择了骑马。而这些马车也不尽相同，有的是蓝布做的车厢，看上去简单朴素，有些却是装潢考究，华丽异常，一看就价值不菲。

长乐钱庄的少庄主刘传南本能地是要走向那辆华丽富贵的马车的，但是宋跃然咳嗽一声，好心地提醒了他一下，刘传南立刻醒悟——这或许也是古镜城考验他们是否贪财的一个计策，便转身走进了那辆最不起眼的蓝棉布马车。

墨言最先出来，却不急着上车上马，他站在那里看众人选择完之后，哈哈笑道："这么漂亮的马车，怎么没有人坐？难道还怕车里有咬人的毒蛇不成？玉城主，这车里有酒有菜吗？我的肚子饿了。"

玉连城淡淡道："车内有酒有肉，公子可以自取。"

墨言眉梢一挑："玉城主想得真是周到，只是苦了这些骑马的人了，在马上要喝冷风，还没有酒肉可以暖肚，哈哈，失策啊失策。"

宋跃然的马车和刘传南的正好并行，两个人掀开车帘对视一笑，说道："也不知道是谁失策。"

玉连城吩咐启程，所有的车马都动了起来，他的马在最后，并不与众人并行。

正如这些公子哥儿们所猜想的，他约他们一大早出门踏春的确别有深意，这些马车和马匹也是考校他们的一个伎俩。但是这些公子们大多数聪明反被聪明误，不是故意舍车就马，就是舍富就贫，实在有些虚伪。

不过让他不解的是，为什么这个墨言就敢反其道而行，大刺刺地上了那辆众人唯恐避之不及的堂皇马车，还公然要酒菜，难道他就不怕自己会被过早地淘汰出这次竞争？或是从一开始，他就是来看热闹，而无心应选的？

玉连城百思不得其解。

城郊很快就到。

众人下车后举目四看，都大为惊奇，没想到在荒漠之中的古镜城里，还有如此美丽

的景致——一弯如新月般的湖泊，周围开满了不知名字的红、白、黄三色野花，湖畔还有弱柳扶风，果然是一派春意盎然的景色。

"古镜城实在是让人叹为观止啊。"宋跃然几乎看呆了。

"多谢宋公子的赞誉，若蒙不弃，可愿意赋诗一首？"玉连城微笑着走到他身旁。

宋跃然知道这是玉连城考校自己的文采，立刻清了清嗓音，朗声念道："谁家烟波路，一帆风雨舟。大漠春色晚，孤城芳华稠。佳人何所在……"

"最恨没有酒。"好好的诗情画意突然被这句横插进来的话给打断了，众人怒目回头，只见墨言举着空酒壶，一摇三晃地走下车，笑道，"作诗有什么意思？又不是考状元！男子汉大丈夫，呼儿将出换美酒，与尔同销万古愁，这才是豪情气魄。那个叫什么十大剑客的……说的就是你啦，尹笑人是吧？我看不如你舞剑，我们喝酒赏花，这才风雅嘛。"

墨言指手画脚，一番安排，众人都气得变了脸色，尹笑人更是冷冰冰地回击："在下不是街头卖艺的把式，墨公子这么说话不觉得太失礼了吗？"

"礼？那是讲给伪君子听的，我向来只做真小人。"墨言依旧如故地笑着贴到玉连城身侧，"玉城主叫我们来这里，难道不是为了踏春赏花吗？"

"墨公子的提议虽好，奈何强人所难了。若是墨公子喜欢舞剑，不如由你为我们舞一段，如何？"玉连城双眸如星，盯着他的眼睛，故意将难题回赠给他。

墨言眨眨眼，不知是酒意上涌还是天热晒的，白皙的面颊此时红扑扑的，眸中总是荡漾的水光都变得春色撩人一般。他望着玉连城，微笑道："我不擅舞剑，更不是武林高手，城主太看得起我了。"

"墨公子何必推辞呢？"玉连城见他身子晃了晃，像是站不稳，便伸手扶他，其实暗中使了内力，在他手腕上一撞，墨言立刻被撞得身子滴溜溜转了个圈，倒退几步后困惑地瞪着他，"玉城主这叫什么功夫？沾衣十八跌吗？"

"不好意思，我是怕墨公子摔倒。"玉连城暗中观察他脚下的步伐。如果是会武功的人，必然可以稳稳地躲开自己这一撞，但墨言的表现的确像是一个不懂武功的人。

墨言似乎并不在意玉连城这一撞，在湖边找了块干净的大石头坐了下来，还招呼众人："来坐吧，都站着干什么？"

宋跃然低声对玉连城道："城主为何要容忍这种人留在城内？"

玉连城微微一笑："来者是客，他手中毕竟有我的请柬。宋公子请坐，稍后在下有薄礼赠予各位。"

听到"薄礼"，众人都面露喜色。

只见玉连城从手下人手中接过一管洞箫,然后放在口边,"呜"的一声幽然吹响。

在湖的对面,不知从哪里袅袅走来十几位美丽女子,纤纤玉手中各自有一个托盘。玉连城箫声低回,湖畔的风声阵阵伴着这箫音飘过湖面,那些美女临风起舞,煞是婀娜多姿。

一舞完毕,玉连城双掌一拍,那些湖对岸的美女鱼贯走来,立在众人面前,将自己手中的托盘递送到他们的面前。

"这……这是什么意思?"宋跃然惊讶地看着托盘中的各色东西。他们每人面前的东西都不一样,比如他眼前的托盘里放的是一个书匣,而刘传南面前的却是一块玉珏,尹笑人那里的是一把短剑。

玉连城微笑道:"各位贵客远道来我古镜城,这不过是本人的一点儿心意,请笑纳。"

"果然都是好东西。"墨言挨个儿看过去,"当年铸剑大师欧冶子炼铸的凤凰剑?中原汉武帝配戴过的玉珏?这本《醒世录》据说当年在秦始皇焚书坑儒时曾被烧毁?怎么,还有孤本流传于世?"他从宋跃然的书匣里拿出那本书,大呼小叫地赞叹,宋跃然怒而伸手要将书夺回:"别人的东西你怎么可以随便乱动?"

"不过是看看,我对书剑都没兴趣。"墨言笑着将书丢回给他。

"这么说来,墨公子另有雅趣?"玉连城似笑非笑地看着他。

"我们来这儿的目的自然不言而喻,再好的饰物都是身外之物,哪里及得上玉人在旁。玉城主,何时让我等和无双小姐见面啊?"

这句话问到了众人的心坎上,他们立刻都竖起耳朵等着玉连城的回答。玉连城回头一笑:"要见无双并不难,只是各位要回答我三个问题。"

"什么问题?"冲口而出的却是刘传南,他说出这句话后自知有些性急了,立刻脸涨得通红,不好意思地退了一步。

玉连城微笑道:"刘少庄主不必着急,我的问题很简单。第一,若舍妹选中了你,你可愿一辈子留在古镜城?第二,舍妹身子娇弱,若她不幸身故于你之前,你能否做到一生不再另娶?第三……"

他话未说完,远处忽然跑来一乘快马,马上人大喊道:"城主!快回城内!出大事了!小姐的绣楼不知为何起火了!"

玉连城脸色大变,丢下一干人等飞身上马,向来时的方向疾驰而去。

站在原地的众人也是一片忙乱,各人上各自的马车或是马,也急着赶回去,因为跑得匆忙,有些人晕头转向上错了车,骑错了马。

宋跃然刚找到自己的马，就被身后什么人拉了一把："宋公子还是坐车吧。"

他没看清那人是谁，只见来人已经跳上了他的马，夺过马缰，绝尘而去。

"墨言！你这个该死的……"待宋跃然看清那人背影时，墨言已经和马一同消失在视野的尽头了。

新月的城中城内，果然有一片火光冲天。

墨言的马跑到内城门时，只见玉连城正在急问城内的人："小姐人呢？"

"小姐还在绣楼里，没有出来。"一个婢女捂着脸呜呜地哭着，"城主，快去救小姐吧，晚了只怕是来不及了。"

玉连城面色铁青地问道："怎么会烧起来的？"

"小姐一个人在房里看书，大概是看书的时候烛台倒了吧，奴婢也不清楚到底是怎么烧起来的。"

尹笑人也已赶到，他从马上跳下，几步奔到玉连城的面前，急切地说："城主，城内有没有水源可以救火的？先派人救火吧。小姐是在楼上吗？我去救人！"

墨言此时方才幽幽开口道："看这火势，只怕无双小姐已经惨遭横祸了，就算不死，那副花容月貌也……唉……"

尹笑人回头怒斥道："你说的是什么话？难道要见死不救吗？和你这样的人同为古镜城的座上宾，是我尹笑人的耻辱！"说完，他一顿足便飞身掠入城墙之内。后面相继赶到的应选者们看到城内火光冲天，有许多人不由得畏缩了脚步。

玉连城猛回头盯着墨言，问道："你不去救人吗？"

墨言此刻居然还笑得出来："玉城主身为兄长都好好地站在这里没有动，我为什么要着急？"

宋跃然的马车终于赶到了，他跟跟跄跄地冲下马车就往城内赶，玉连城伸臂拦住他："宋公子不会武功，进去也帮不了大忙，多谢您的一番美意了。"

宋跃然却怒道："这叫什么话？难道不会武功就不能救人吗？我虽然一介书生，心中也有浩然正气，城主何故看低了我？"

墨言在旁边"啪啪啪"地拍起手来："说得真好，掷地有声，玉城主，这样的妹夫是该留下来吧？"

玉连城冷冷地看他一眼："墨公子是聪明绝顶的人，却不知如何看出这里面的破绽？"

墨言见他这么说已是承认了自己之前的猜想，于是大大方方地说出自己的质疑：

"城内失火不稀奇,奇的是这火来得太巧了,不早不晚,偏偏在我们这一干应选者入城,又被城主带到郊外踏春赏花时突然烧起。再者,城主虽然第一个赶回,却不急着救人,而是在城外向婢女问东问西,不怕错失了救人的最佳时机吗?除非城主和令妹有私仇,一心盼着她早死。"

玉连城盯着他:"还有吗?"

"这位婢女,衣着整齐,没有半点儿烟尘,若是换作其他婢女,好歹也要冲进火海救救人吧?她却像是一早就留在这里等我们了。逢此大难,这个婢女还能口齿清晰,思维敏捷,对答如流,我真的是要佩服城主的训练有素了。我猜,这火灾只怕就是玉城主要问我们的第三个问题吧?"

玉连城淡淡反问道:"墨公子对前两个问题可有答案了?"

墨言避重就轻,再反问道:"要我答前两个问题,要看这第三个问题我是否已经过关?否则说出答案便宜了别人,这赔本的买卖我可不干。"

玉连城轻挑唇角:"如墨公子这样睿智的人若是不能通过这一关,我岂不是要错失英才了?"

墨言咧嘴一笑,眸中的水光在远处火光的掩映下格外流光溢彩。

玉连城却悄悄地捏紧指骨,深望着他的眼,恨不得一直望到他的心里去。

这个墨言果然是个厉害角色,若这个人只是来看热闹还好,若他是来和自己为敌的,那就真的是如自己之前所担心的,引狼入室了。

或许,自己不该再妄做君子状,而该想点儿办法请他出城了。

一道"火"题，考倒了众位应选者。

当这些人知道这场火灾原来只是玉连城为他们布置的考题之时，那些没有赶去救火的人有的为之捶胸顿足，也有的为之恼怒。

刘传南就最是不满，因为他就是躲在后面没有赶去救人的其中一个。但他跑去找玉连城讲理，很为自己不平：

"玉城主设置这样的圈套考人，是不是太过阴险了？要知道大难来时，我们都已方寸大乱，一切进退都听凭城主的安排，我等手无寸铁，又不会武功，没有身先士卒地跑去救火，是情有可原的。"

"的确情有可原。"玉连城点头，"这一道题本就违背了常情，所考的只是众位在非常理之下的反应。人皆惜命，更何况舍妹与各位素昧平生，各位不能施以援手绝对在情理之中，在下并没有怪罪各位的意思。但我之前已经说了，舍妹体弱，若与诸位中的一位成亲，就需要为夫者以毕生心血呵护她，这样的人，应该是在任何大难来时都能冷静对待，不吝惜自己生命的非一般人。少庄主，所以，抱歉对不住你了。"

刘传南被说得面红耳赤，语塞无声，一转身走了。

其他那些被淘汰的应选者听了玉连城的话也自知在口才上占不了便宜，只好垂头丧气地回自己的房间去了。

玉连城瞥了眼还站在旁边的墨言："墨公子累了半日，不去休息吗？"

墨言笑看着他："城主不想知道关于那两道考题，我的答案是什么吗？"

"不必了。"玉连城自顾自地走入城，墨言却追了上来："怎么不用了？你都说了我能通过这一关，就该我回答那两道题。"

玉连城突然站住，如星子般的明眸凝视着他的眼，沉声问："墨公子此次入我古镜城到底是为的什么？不会是为了和舍妹成亲吧？"

墨言还是眨巴着眼睛，沉寂一瞬后笑道："我喜欢美人，若能一睹无双小姐的风采就心满意足了。至于有没有福气娶到佳人，我并不在意。"

"你的意思是，只要见到舍妹，你就可以心满意足地离开了？"玉连城抓住他的话中漏洞，适时逼问。

"玉城主是想赶我走了？"墨言笑眯眯道，"等在下见到想见的人，自然会离开的。"

"你想见的人？"玉连城蹙眉道，"你指谁？"

墨言眯起眼："天机不可泄露。"

子夜时分，圆月被一片乌云挡住，明亮的月华就像烛灯忽然熄灭，古镜城早已恢复了夜幕下的寂静和黑暗。

有道黑影轻轻飘落在一座小院之内，四周漆黑一片，只有这座小院中有淡淡的灯光闪烁。那道黑影潜到小院中灯光最亮的窗口下，从窗户向内看，依稀可见屋中有个白色的人影正坐在屋内的一面镜子前。

黑影伫立在窗外，默默地看着窗内那个人。

那是一个女子，一个相当美丽的女子。肤如凝脂，发如黑瀑，纤纤十指上并没有如一般的女孩子涂上丹蔻留香，但只凭她坐在那里的姿态就可以说得上风华绝代。

"还没有抓到那个贼人吗？"

屋中的女子忽然开口问道，她的声音很轻，却并不娇弱。

"许队长还在追，这个贼人很狡猾，好像很熟悉我们城里的道路。"

"哦？难道是内贼？"一阵静默之后，女子又道，"你先下去吧。"

回话的人离开了。

同时，窗外的黑影一闪，屋内女子忽然冷冷道："想走吗？大胆狂徒，居然偷窥到我的内室来了！"

窗户猛地被撞开，剑光骤现，女子提着剑，逼到院中那名贼人的面前。

贼人轻轻嗤笑一声："还是这样的火暴脾气。"

剑光骤停，剑光之后那双冷厉流光的明眸中闪过一丝惊疑："你是……"

"两年不见，你已经不记得我了吗？"

黑影笑着凑近了几分，眸中的笑意戏谑而轻佻。

"狂徒！"清叱之后，剑光暴涨，将黑影团团紧裹在剑光之中。

但是剑光内的黑影却游刃有余地周旋，同时笑声连连："不要下手太狠啊，美人舞剑固然好看，见了血光就不吉利了。"

"你以为我杀不了你吗？"剑光一收，女子盯着来人的眼，"是英雄就把面巾拿下来。"

"我不是英雄，别想激我。"那人笑着，忽然旋身盘转，自剑光中脱困而出，然后闪身跳向墙头之外。速度之快，让那女子都来不及追赶。

"这人到底是谁？"女子蹙眉低语。

墨言打着哈欠，慢条斯理地也走入他的房内。

房内的一个人，一见到墨言回来，立刻起身说："王爷……"

"嘘——"墨言及时截断了对方后面的话,苦笑道,"木头,就不能机警点儿吗?真不知道你这样木讷的人是怎么练会那一身神鬼莫测的轻功身法的,可以把全城的卫兵都耍得团团转。"

"您不要玩过分了。"被叫作木头的男子沉声道,"您现在已经树了许多敌人,不只是玉连城,就是刘传南、宋跃然这些人都对您十分不满。"

"我来这里又不是为了讨他们欢心,他们高兴不高兴不关我的事。"墨言斜躺在屋内的床上,懒洋洋地看着头顶的房梁,"木头,明天晚上我要再出门一趟。"

"还要去?"木头皱起浓眉,"刚刚您不是已经见到她了吗?"

"但是我心存许多怀疑,还不能证实。"墨言深思着,问,"木头,你猜那位无双小姐会是怎样的花容月貌呢?"

"属下不知。"

"你的确不知,因为就连我,也不敢保证一定见过她。"

"嗯?您刚刚见到的不是她吗?"

"我只是见到一位美人,但不确定这个美人是不是玉无双。"墨言双眸微闭,秀气的眉峰堆蹙在一起,喃喃自语道,"这古镜城中的美女实在太多了,万一认错,我岂不是空跑一趟?"

"天下大得很,美女也多得很。您若是肯开口,什么样的美女万岁不会赏给您?何必跑到这里来吃苦受累,担惊受怕?"

墨言启唇笑道:"这就是乐趣,若天下的美女都唾手可得,我才不会珍惜。而且,这位美女与众不同,我自小周游列国,都不曾有什么女人像她这样让我一见倾心的。所以这一次,我志在必得。"

"那她若不是玉无双倒好了。您省得去和那些人斗来斗去,直接出钱将她买下,或者和玉连城开口要了这个人,不就行了?"

"哈哈,木头,你想的倒和我想的差不多。只是天下事如果都这么简单又称心如意,那反而会让人害怕。更何况……这个女人,玉连城一定不会轻易给我的。"

他长长地呼出一口气,没有再继续将自己的猜测说下去。屋内暂时陷入一片沉静。

外面的人,谁能猜到他们真实的来历?即使玉连城和玉无双都曾有所怀疑,却不敢相信屋内这个叫墨言的男子,真的就是当今皇帝的胞弟——荣王楚若溪。

第二夜,古镜城中再度出现诡异的人影,玉连城这一次并没有派出许多人去追逐搜寻。他听到这个消息的时候只是微微一笑:"随他去吧。"

"怎么不追呢?"玉无双和他同在院里喝茶,"难道你已经知道对方是谁了?"

"是个登徒子而已。"玉连城轻描淡写地说,"他自以为聪明,其实已经露出了狐狸的尾巴。"

"那你还任由他胡作非为?"玉无双好奇地问,"这一次淘汰的人中有他吗?"

"他既然是狐狸,又怎么可能让自己被淘汰?"玉连城的手指轻轻滑过妹妹丝滑的发梢,"无双,你喜欢什么样的男子?要温柔体贴的,还是有英雄气概的?"

玉无双的明眸转动:"喜欢……大哥这样的。"

"胡说。"玉连城嗤笑一声,起身道,"反正只要不是那个登徒子就好,他还真让我头痛。若非怕得罪不起他,我真的很想赶他出城。"

"哦?你已经知道他的来历?"

"并不清楚,但是他这么聪明的人却有恃无恐地做事,显然是大有来头。"玉连城一直仰望着天上的明月,此时乌云刚巧遮蔽了月亮的脸,满地的清辉都不见了踪影。半响,他拂袖道,"该去会会他了。"

他又来到院落中,今夜同以往不同,来时没有灯光引路,窗门紧闭,看不到屋内是否有人。这景象让夜访者不由得失望,站在院子中迟疑着是进是退。忽然,身后玉连城的声音曼然而起:"佳客来访,却不知是为谁风露立中宵啊?"

夜访之人身子一震,缓缓转身,只看到玉连城一身雪衣,不知何时如鬼魅一般悄无声息地出现,遥遥地对着他微笑。

"墨公子的轻功无双,却不知道到这里来做什么呢?"玉连城开口点破"访客"的真实身份,显然是不想和他做过多的口舌纠缠。

来人果然是墨言,或者也可以说是楚若溪,他见自己的行藏被揭破,并没有过多的惊恐,也没有急于逃跑,而是抬手摘下覆盖在脸上的面巾,笑颜粲然。

想避重就轻?玉连城暗自冷笑,缓步走近,晶亮的瞳眸始终盯在楚若溪的身上:"墨公子知道这里是什么地方吗?"

"佳人闺阁?"楚若溪挑着眉尾。

"这是在下宠姬所住的地方,墨公子深夜造访不觉得太失礼了吗?"玉连城忽然变脸,声音冷如寒刃。

楚若溪一怔:"你的宠姬?"

"是的,莫非墨公子见过她?"玉连城淡淡地坐在院内的石桌旁,"此时夜深了,墨公子还是请回吧,虽然你过了前日的初试,明日却未必还能留在古镜城。"

楚若溪却厚着脸皮一同坐下:"这屋里的人真是你的宠姬?她叫什么?"

"大胆!"玉连城怒道,"我敬你是客才没有将你赶出去,你难道还敢觊觎我的爱姬不成?"

楚若溪的黑瞳闪烁:"我说过我若见到我想见的人自然会离开。"

玉连城冷笑道:"我听说你来之后已经见过她了,你应该知趣离开了。"

"见过不等于心愿达成,玉城主不想听听我如何回答你的那两个问题吗?"

玉连城目光幽邃地看着他:"你说。"

"第一个问题是,若我娶了玉无双,可否愿意一辈子留在古镜城?我的回答是:不愿意。"

玉连城眸光震碎,赫然起身。

楚若溪就好像没看到他要动怒出手的神情,还不怕死地继续说道:"第二个问题是,若玉无双不幸身故死于我之前,我是否愿意一辈子不再另娶?答案还是:不愿意。"

"墨公子明日可以和刘少庄主他们一起出城了!"玉连城袖口疾抬,拂向楚若溪的胸口。

楚若溪看出他这一袖之内的厉害,急忙闪身避过,口里还叫道:"喂,我话还没有说完,你凭什么出手伤我?"

"我与你已经无话可说。"玉连城面色雪白,袖口中伸出修长十指,如鹰爪一般横扫而过楚若溪的襟口,饶是楚若溪跑得快,衣服也不免被撕开一道裂纹。

楚若溪大声道:"你这个人看起来文质彬彬,原来却这么不讲理,难怪你那个宠姬几次对我手下留情,显然已经为我倾心。"

玉连城的利指陡然停在半空,凝眉低喝:"你在胡说八道什么?"

楚若溪哈哈笑道:"你不信是不是?你那个宠姬,我们也算是老相识了。两年前我随一个商队路过古镜城附近,商队遇险,古镜城现身救人,我曾经跟随到访过此。那时候我就认识你那位宠姬了,她这个人外表看似冰冷,其实内心颇为火热……"

"住口!"玉连城怒不可遏,陡然腾空而起,自袖中抖落一把短剑,剑光森冷,寒气直逼楚若溪眉宇之间。

"这一回是你自己找死了!"玉连城手中的剑光犹如寒星点点,在夜幕中格外绚丽灿烂,每一道火星滑落,都暗蕴必杀之招。

楚若溪虽然貌似轻佻,但在玉连城如此震怒之下也不敢再分神胡言乱语,闪身避过对方的杀招之后,心知自己一味地闪躲并不是最好的方法。对方手中有绝世好剑,而他

却手无寸铁，这样下去早晚要露出破绽，于是他眼珠一转，大声喊道："且住手！再听我最后一句话！"

玉连城全身一顿，剑尖直指他的咽喉，冷厉地说："有什么遗言要留，你尽管说。"

"你可知我为什么不愿意娶玉无双？"楚若溪眼角的余光瞥着四周的环境，思索着逃跑之路。

玉连城冷冷道："你这等无耻狂徒想的什么我管不着，就算你有心娶无双，我也绝不会将无双许配给你这种人！"

见他剑势要起，楚若溪急忙说道："你身为兄长，将你妹妹变作待价而沽的肥肉，岂不有失兄长之责？你可知这一群来的人中，或为名，或为利，或为色，有几人是为了真情？我说了实话要死，他们难道就比我来得光明正大吗？"

这两句话戳中了玉连城的心事，他不由得微微走神，剑势也凝滞了一瞬。

楚若溪是何等精明的人！这个时机绝不肯错过，他如闪电般倒退，凌空飞起，转瞬间便已跃出了城墙，玉连城再要闪身去追时，他已和夜色融为一体。

玉连城从齿间冷然骂道："好个狡猾的人！难道今夜之后你还敢在古镜城堂而皇之地住着吗？"

次日的古镜城，因为刘传南等十几个被淘汰的人被送出了城，那座原本住着他们十九位应选者的小院因而清静了许多。

现在剩下的应选者还有楚若溪、尹笑人、宋跃然，以及素有"白袍小将军"之名的路胜旗四人。

正午时分，玉连城派人来请这四个人到城心的拜月亭喝酒，几个人慢悠悠地一路同行时，路胜旗忽然看着楚若溪，问道："墨公子，我一直觉得你很眼熟，我们以前曾经在哪里见过吗？"

楚若溪笑道："我喜欢到处游玩，也许曾经在什么地方偶遇吧？"

"是吗？"路胜旗疑惑地继续打量着他，还在努力思索。

楚若溪却明白路胜旗为什么看自己眼熟。楚若溪虽然从未和路胜旗见过面，但是他的容貌与身为皇帝的兄长有七分相似。路胜旗因为作战勇猛而经常被皇帝嘉奖，他必然是在看到自己的时候不经意联想到了皇上的容貌，才会觉得自己很眼熟。

楚若溪看着路胜旗，眼珠忽然又转，笑问道："对了，路小将军，你和靖边将军袁飞傲同朝做官，不知道这个人和你熟不熟？"

"袁飞傲?"路胜旗一听到这个人脸色就阴沉下来,"这等莽夫,我和他并无过深交情。"

"哦?"听到路胜旗对袁飞傲的评论,楚若溪立刻喜笑颜开,"怎么说是个莽夫?我听说袁飞傲立下无数战功,很得皇上的欢心呢。"

"哼,他不过是遇到一些笨头笨脑的敌军,侥幸得到些战功而已,并不值一提。"听路胜旗的话,显然与袁飞傲很不对付。

楚若溪在回朝这一年中与朝中人有了一些接触,其中交恶最多的人便是袁飞傲,所以他最喜欢听别人说袁飞傲的坏话。若不是拜月亭已经在眼前,他定要想办法和这个路胜旗套好关系,为自己多拉拢一个亲信至交。

事实上,即使他想继续聊下去,也很难再继续他们的话题了。因为在拜月亭中,有一位如仙子般风姿绰约的美女亭亭玉立,虽然只是看到她的一个背影,已经让路胜旗等人为之屏住了呼吸,大家心里立刻闪过一个名字——玉无双。

"佳客远道而来,无双体虚羸弱,迟至今日才得一见,请各位公子海涵。"佳人缓缓转身,绝代丽色几乎要夺人心魂,言辞之音如出谷黄莺,又如山泉横流,一时间连尹笑人、路胜旗这等习武之人都失去了最后一丝警醒之气。

唯有楚若溪,是此时唯一还能谈笑自若的人:"无双小姐人如其名,果然如宝似玉,绝色无双。我还以为不到最后一刻不能亲眼目睹无双小姐的风采呢。"

他虽然在笑,但是心中说不出是惊讶,还是失望。

原来玉无双真的不是他在夜色中所见的那位女子。那女子与无双,一如雪山之剑,一如芙蓉清绝,一个冷艳,一个明丽,没有半点儿相同之处。

玉无双秋波流慧,对他微微一笑:"这位就是墨公子吧?听兄长几次提及墨公子之名,公子果然气度非凡。"

"'气度非凡'这个词只怕是无双小姐为了安抚我而后加的吧?玉城主肯定不会这样赞许我的。"想起昨夜玉连城气得已经青白的脸色,楚若溪原本以为玉连城会一大早就派人围剿自己,或者袭他出城。但是这一夜异常安静,让他不得不对玉连城再度刮目相看。

玉无双听他这样说不禁又笑了:"墨公子真是风趣。但本国无论是名门望族还是富豪士绅,抑或江湖名侠,都不曾听说'墨氏'大名,不知公子是否我昊夜国的人呢?"

楚若溪知道她是在拐弯抹角探听自己的真实身份,于是打着哈哈说道:"在下家中清贫,也没有本事在朝中谋得一官半职,更不敢闯荡江湖,自然也就不会有什么威名传于国内了。"

"哦？是吗？"玉无双深深望他一眼后，转而将笑容投注到宋跃然的身上，"宋公子的学识渊博，兄长将公子那日所作诗文转告我后，让我十分敬佩公子的才华。只是那首诗当时没有作完，不知道公子可否续上最后一句？"

"哪里哪里，小姐太过奖了。"当面被佳人称赞，宋跃然受宠若惊。

楚若溪一边竖着耳朵听玉无双与几人闲聊，一边侧目打量四周。

这里荷花满塘，奇的是本不应是这个季节开花的芙蕖居然可以开放得如此繁盛。看来古镜城古怪奇特的地方还不止一处。

蓦然间，他发现玉连城就站在池塘的尽头，与自己分处两边，遥遥相对。玉连城在荷花掩映之下显得更加丰神俊秀，但是当楚若溪和玉连城四目相对时，楚若溪却明显感觉到一股寒意从对岸直逼而来。

楚若溪暗中苦笑，看来昨夜自己把玉连城得罪得不轻。

回头见玉无双和几位公子相谈甚欢的样子，他悄悄走出亭子，走向玉连城所在的地方，迎着玉连城那冰雪般的神情，笑眯眯地一点点靠近。

"舍妹约见各位，墨公子何故突然离开？"玉连城开口，眸中没有半点儿温热回应他的笑容。

"昨夜相谈之后，玉城主应该知道我此次入城是为的什么。"他的回答简洁直白，让玉连城眸色更深。

"做人应该老实本分，不是你的，不要妄想得到。舍妹难道配不上你吗？"

"正好相反，玉小姐的确是才貌双全的佳丽，'昊夜第一美人'的头衔若是赠予她也绝不为过，只可惜，在下心有所属。"楚若溪小心谨慎地盯着玉连城的手掌，只要对方的身形手势有任何的变化，便要全力避开。他也知道自己来找玉连城聊天无异于玩火，但就是不知道从哪里来的玩心，就是忍不住想来挑逗一下对方的忍耐力。

玉连城冷冷道："你是真的看上我那位宠姬了？她哪里好，值得你如此不顾性命跑到古镜城来？"

"人与人的缘分……有时候真难用'好'或'不好'来一言蔽之。"楚若溪侧着头笑道，"也许早知她已名花有主，我不会跑这一趟。"

玉连城道："你现在离开还来得及，我可以即刻派人送你出城。"

楚若溪却摇头："我说过，不会让自己徒劳而返。而且现在只是你一面之词，我总要见她一面，当面问问她的意思。"

玉连城冷笑出声："你还真是厚脸皮，不仅可以如此无赖地妄想夺人之妻，居然还以为我的爱姬也会垂青于你？墨，这是你的化名吧？我想不出世上有哪个男人会愿意

娶一个已做他人之妇的女人。"

"有些女人即使嫁人了，依然可以是颗明珠，在下便有珍藏这颗明珠的癖好。"楚若溪眸中笑意盈盈，"怎样？玉城主可愿割爱？"

"不愿！"玉连城断然道，"既然你也说女子出嫁依然可以是明珠，我凭什么要拱手相让？墨言，无论你的来历如何，别忘了这是古镜城。直到现在，我敬你是客，没有对你痛下杀手，但是不代表我愿意忍受你一而再、再而三的挑衅。"

"你是不是对自己没有信心啊？"楚若溪诡笑着反问，"倘若你不是怕她倾心于我，为何不干脆和我做个赌注？"

玉连城蹙眉道："什么意思？"

"让我见她一面，当面将事情说开。倘若她真的无心于我，我即刻离开；若她也对我有情，你就放她一马，让她跟我走。"

玉连城盯着楚若溪，眼中的冷厉变成了嘲讽："好笑，真的很好笑。我不得不说你提出这样的建议是相当愚蠢的，那会让你最后的一点儿自信也被打击到荡然无存。"

楚若溪伸出右掌："你也很有自信啊，那你敢不敢和我赌一次呢？"

玉连城瞥了一眼他举在空中的手掌，终于出掌相击，同时傲然地回应："你必输无疑。"

楚若溪低笑着："未必。"

云涌

第四章

夜晚的拜月亭，因月光投映在湖水之中，四周都泛着粼粼的波光。

楚若溪一步步走上小桥，对面的亭子中已经有一个女子坐在那里静静地品茶。

每次见到她，她都是长发垂肩，这样不经刻意打理的发式并不会让他觉得散乱，反而不知为何让她的冷艳中更显出一份慵懒。

"'花间一壶酒，独酌无相亲。举杯邀明月，对影成三人。'该是三人啊，玉连城去哪里了？"楚若溪出声笑道。

亭中人慢慢地侧过脸来，冰雪般的眸子在与他对视时并没有任何的情绪流露，让他不免有些失望，不过转而他又宽慰着自己笑了：自见到她的第一次起，她便是这样看自己的，也不值得遗憾。

"你在连城面前说了许多谎言。"她懒懒地开口，眸光闪烁。

"你指什么？"楚若溪在她对面坐下，凝视着她的眼，笑得春意盎然，"我以为你不肯见我，看来我没有说错的是，你果然对我另眼看待。"

"我来见你，是不想你再胡言乱语下去。"她蹙紧眉，"我是连城的人，你只不过是个过客而已，凭什么以为我会跟你走？"

"玉连城比我强在哪里呢？"楚若溪双手托腮，撑在桌上，眨动着美丽的眼，"美人，你叫什么？"

"你无须知道。"她的断然回绝在他的意料之中。

"我为了你，不顾风沙，千里迢迢跑到这荒漠之中，就算被你拒绝，好歹也该知道你的名字，让我这一生都记得自己是栽在谁的手里吧？"

她冷笑道："这有意义吗？难道你以为天下的女人你都唾手可得？"

"我倒不至于有如此不知天高地厚的自信。只是……我还记得那一夜我初见你时，你虽然一身的冷寒，却并没有杀气，若你真的讨厌我，为何当初和这一次，都不曾让玉连城杀了我？"

"因为你还不配死在我手里。"

"说这么狠的话究竟是想让我死，还是不想让我死呢？"楚若溪笑眯眯地伸过手去，似要触摸她的脸，被她猛地一翻手腕，将他的手掌打落。

好犀利的擒拿手。第一次见面她便是以这样的"礼遇"相赠，结果就种下了他日后反复牵念的一段情——

楚若溪在沙漠之外和一个驼队无意中相识，知道他们要运送货物回京，便一路同行。不想居然在大漠里迷了路，眼看沙尘暴就在眼前，人和马都命在旦夕，还好这个诡

异的古镜城突然开城接他们进去，让他们躲过了一劫。

不过古镜城的城主还真的是架子很大啊，到现在都没有露一面，让他这个身受救命之恩的人都有点儿不好意思。

该去见见人家城主，当面说句感谢才对嘛。

他走出安置他们的小院，好奇地四处闲逛。

早听说城外布置了许多奇门遁甲，刚才他已经领教过了，相较城外的严密防范，城内这些七七八八的小巷弯道似乎也别有玄机呢。

不过这些玄机难倒一般人容易，要难倒他这个十五岁就在外面闯荡，曾经是昊夜第一异人灵玄子的关门弟子的人就很难咯。

他细心观察，一条路一条路去分辨，两个时辰之后终于摸清了城里的主要路线。这座城原来是一座九宫门。城门九个，分天、地、阴、阳、东、西、南、北、中，看来看去，最要紧的一条路径应该是在天门以北。

这古镜城里难道还有什么秘密不成？对了，听说那第一美人玉无双是城主的女儿，应该就在这内城之中吧？如此星辰如此良宵，何不夜访佳人呢？

他顺着路线一路走下去，果然在小半个时辰之后来到一座城内城前。

他玩心大起，拿出了随身携带的一块深色手帕，权当面巾，在脸上戴起，然后暗运内功，轻飘飘地飞上城墙。

城墙之内，他依然仔细观察了内城的布置格局，按照推算，城内重要的人物应该住在东南和西南两处院落之中。这位玉无双小姐该住在哪里呢？

他正在墙头上细想，忽然听到两个婢女在说话："小姐睡了吗？"

"没有啊。今天堂少爷又来闹了，气得城主当场吐血，少爷几乎与堂少爷动手。要不是小姐调停，还不知道城里要怎么天翻地覆呢，现在小姐哪里睡得着啊？"

"这堂少爷还在觊觎城主的位置啊？真是恬不知耻。"

两个婢女的声音从东南方传来，在一盏灯笼的摇曳映照下，依稀可见两个婢女手捧着托盘往这边走，看样子那托盘应该就是食盘。

楚若溪心中暗喜：这才叫踏破铁鞋无觅处，得来全不费功夫。不过这堂少爷又是谁？似乎和古镜城的城主一家大有矛盾？

有热闹看才是他楚若溪最大的乐事，他没有多想，只是悄悄移向内城的东南方。但这也不过是一次大胆的冒险，因为即使是东南方的院落也是层层进进，无可分辨，到底玉无双在哪片院落他也不知道。

终于，他觉得累了，随便在一处墙头坐下，四下打量时却发现身侧一处院子中有一

位女子立在那里。

她的背影高挑，冷傲中自有一份静谧的优雅，手中握着一把寒光闪闪的长剑，长发垂肩，衣袂飘摆，犹如寒宫嫦娥一般遗世独立。

楚若溪大为惊喜，索性双腿一伸，找了个最舒服的姿势打算好好偷窥一番。

蓦然间，毫无征兆地，她手中剑光一横，在空旷的院落中挥起一片耀眼的剑光。

楚若溪是功夫行家，一眼便看出这女子的剑法高妙，而且功力已经不低。他大为惊奇，这样的一个女子是古镜城里的什么人呢？

院中的她已被剑光罩身，剑风越来越响，身形也越来越快，楚若溪忍不住出声赞了一句："起舞弄清影，何似在人间啊！"

话刚出口他便知道自己错了，因为院中的剑光突然消失，那女子低喝一声："什么人？"她话音未落，人已翩若惊鸿，向着他所在的方向，猛地将手中长剑掷了过来！

楚若溪没有防备，手忙脚乱地向左下方一跳，虽然避开了那把锋利的长剑，却掉在了院中。

那女子大概没有想到她掷出去的长剑竟然没有扎到这个小贼，一怔之后，双掌一错，立刻攻到楚若溪的面前。

"哎呀，唐突姑娘了，可我不是坏人，姑娘！姑娘！"楚若溪想解释几句，化解对方的敌意，没想到他叫完之后对方的攻势更胜，大有要将他毙于掌下之意。

"喂喂！你怎么不听人解释？"楚若溪一边举掌应付，一边用余光四下寻找，看看有什么可以用来当作武器的。

突然间他大喊一声："我放暗器啦！"

那女子立刻闪了一下，却发现他什么都没有放。她重重地"哼"了一声，再次挥掌到他眼前。

"我真的要放暗器啦！"楚若溪再喊一声。女子又避了一下，依然什么都没有。

"找死！"她从牙缝中低斥一声，突然间有团小小的黑影飞到自己的面前。她一惊之后本能地伸手一抓，指尖突然被狠狠地刺痛，她将刚刚抓住的这个东西丢在地上，低头一看，几乎气死：原来是一朵玫瑰花。

楚若溪在对面哈哈笑道："我说有暗器，你却不信，这花儿这么香，真不该将它折下来。"

那女子转过来，与他怒目相对，这一眼让楚若溪的心头陡然像被冰块狠狠地冻住。

他走南闯北这么多年，都不曾见过这样的女子。她很美，但是美得没有半点儿世俗之气，冷冰冰的眸子中有着一抹不为人知的伤感和疏离，因为动武而显得散乱的长发在

风中飞扬,让她看起来比起刚才似乎多了几分纤弱。

"还真是一位美女。"他笑眯眯地赞美,"古镜城里原来真的有美人。不知道你可是玉无双?"

她的眸光闪烁,不屑地冷笑:"原来你是为美色而来。说!你是怎么入城的?"

楚若溪转动着心眼,回答道:"难道你以为你们古镜城固若金汤吗?哈哈,对我来说,要进你们古镜城如履平地。"

那女子的眉梢一挑,再斥道:"那你就别想离开了!"她袖口一抖,自其中掉落出一把短匕,奔着楚若溪的咽喉就狠狠地扎过来。

"哎呀,你身上的兵器还真多。先不陪你玩儿了,待我处理好事情再来寻你。"楚若溪朗笑着转身,腾身掠向墙头,不敢稍作停留,立刻蹿入黑夜之中。

他知道自己必然惹了麻烦,但是他向来不怕麻烦,只怕没有麻烦而闷死。只是身后半天也没有响起他原本预想的警钟或是高呼。没人来追捕他,就是那位不知身份的女子也没有追击而来。

他为之困惑不已,怎么想都觉得自己不会这么轻易过关。次日,他本不想和商队一起离开,但是城里的队长反复催促,还要清点人数才肯全部放行。为了不给商队惹麻烦,他只好暂时出城回京。

虽然离开了古镜城回到京内,却由于皇兄丢了一大堆事情给他做,害他再没有机会和这一夜偶遇的美人重逢,但是那女子的冷艳面容,以及她动怒时嗔怒的神情、凌厉的武功,都让楚若溪铭刻于心。

他总是盘算着,有朝一日应该再回去看看,问清佳人的身份,但是还不等他盘算好,玉连城的邀请函忽然不期而至。

只是,万万没有想到,她已经是别人的妻。

此刻,当这双熟悉的玉手又带着风声和戾气划过他眼前时,想起往事,楚若溪忽然叹了口气,将下巴扬起,说了句:"算了,你杀了我吧。"

十指突然停在他的咽喉前几寸的位置,她诧异又困惑地看着楚若溪昂首待死的模样:"你又搞什么鬼?以为我不敢杀你?"这个人总是不按牌理出牌,让她一再被他带入歧途,所以她不得不小心谨慎。

楚若溪慨然道:"我本将心向明月,奈何明月照沟渠。我一片痴情对你,你却将我的痴情丢在臭水沟里,我活着也没什么意思。算啦,牡丹花下死,做鬼也风流。"

"你若是不胡说八道,是不是就会憋死?"她的双眉几乎要纠结在一起,真不知这

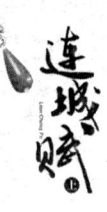

个奇怪的男子到底哪句话是真，哪句话是假。她冷哼道："长厢厮守的人都未必能白头到老，你以为你在这里寻死觅活就能博得我的信任吗？我给你最后一个机会，离开古镜城，我会既往不咎。"

"难道你就不曾想过我吗？"楚若溪突然发问。

她又顿了一步，回头轻蔑地一笑："一点儿也没有过。"

楚若溪深深看着她，吐出三个字："你说谎。"

"随你怎么安慰自己，你我素昧平生，你以为我会对你这个登徒子念念不忘？未免太过自以为是！"她淡然离开，这回换作楚若溪蹙着眉，久久伫立在原地。

觉得哪里不对？一时间说不上来。他脸皮是厚，但是也没厚到被人这样拒绝和侮辱都会当作没发生过。但是直觉告诉他，事情似乎不是那么简单。

哪里不对？到底是哪里不对劲呢？

忽然，他恍然想起一件事——她袖中抖落的短匕……那个场景何其眼熟。

是他的直觉在骗他，还是他笨得不敢相信自己的直觉呢？

咬着自己的唇角，他忽然开始慢慢地相信了那句老话：山重水复疑无路，柳暗花明又一村。

也许事情本身并没有那么复杂，是他过分的自信和骄傲让他被假象遮蔽了眼睛，没有看到真相。

玉连城、玉无双，这一对兄妹还藏了多少不为人知的秘密呢？

他该好好地探查一番，而不是被他们耍得团团转了。

"啊——"

一声凄厉的尖叫将天亮才睡着的楚若溪吵醒，他揉揉眼，走出房门，打着哈欠问道："怎么回事？大早起闹耗子了？"

"宋公子被杀了。"尹笑人站在宋跃然的房间门口，漠然地宣布了这个惊人的消息。

楚若溪赫然清醒，惊呼道："怎么可能？"

他一下子蹿到宋跃然的房间门口，此时房内的情况一览无余：只见宋跃然斜躺在地上，脖颈上一道剑痕很深，身边是一摊已经干了的血迹。

"出什么事了？"路胜旗也跑出了门，一看到房里的景象先是惊得说不出话来，然后就要迈步进去。

"别进去。"楚若溪伸臂拦住他。

路胜旗侧目怒道："也许他还有救，为什么不让我进？"

第四章 云涌

楚若溪严峻的神情是其他人以前从未见过的，他沉声说道："那些血迹已经干了，可见他受伤很久，伤在脖子之上，是一击致命，不可能有救。你现在进去，破坏了现场，有可能放跑真正的凶手。"

路胜旗惊诧地瞪着他，大概是想不到这样一番冷静的分析会从他的口中说出。

楚若溪回头问尹笑人："谁先发现宋跃然尸体的？有没有通知古镜城的人？"

"是古镜城早上来送饭的婢女发现的，刚刚她已经吓得跑掉了。"尹笑人抱着双臂，看着楚若溪，"这件事你不想再说点儿什么吗？"

"说什么？我昨晚睡得很死，没听到什么动静。"楚若溪想了想，"不过杀他的人该是我们三个人中的一个。"

路胜旗脸色大变："你这话是什么意思？"

楚若溪耸耸肩："事情明摆在眼前啊。我们都来应选，如今待选者还剩下我们四个人。这其中宋跃然文采最好，昨天似乎很得无双小姐的欢心，所以我们三人中就该有一人心怀妒忌，下手杀了他，想除掉这个对手。"

尹笑人无声地一笑："说得好，那你认为凶手会是谁呢？"

"我若说不是我，你们两个大概不信。"楚若溪忽然笑道，"不过我今天本来正想说，我要退出此次应选的，突然发生这种事，让我真是没了退路。"

"你要退出？"路胜旗不解地蹙眉，"为什么？"

"这个……是因为一点儿私事……"楚若溪的目光移向院门口——玉连城正面色凝重地快步走来。

"怎么回事？宋公子怎么会突然被杀？"他这句话虽然是在问人，但是没有人能给他答案。

楚若溪叹道："怪他平日里锋芒太露，引起旁人的妒忌。"

"你这句话是什么意思？"玉连城的目光停在他的身上，"莫非你知道凶手是谁？"

"现在我没有证据可以随便指证，不过反正我知道我是无辜的。"

"未必。"尹笑人忽然开口，"我来到宋公子的门前时，捡到了一件东西，墨公子，这东西应该是你的吧？"他一直抱在胸前的双臂慢慢打开，在他的手上捏着一团黑色的绢布。

在场的人看到这方黑绢，人人都是一震。因为大家都认出来，这是玉连城之前赠予楚若溪的那块。

楚若溪也不由得怔住，往自己怀里一摸，昨夜好好揣在怀中的黑绢果然不见了。

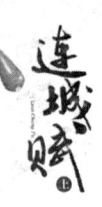

"活见鬼啊，这块难道真的是我的？"他伸手来拿，尹笑人立刻抽手，冷笑道，"这个证物还是暂时交由玉城主保管吧。我看这黑绢上有一块好像血渍的印记，墨公子的脸上手上有什么地方受伤了吗？这血痕你作何解释？"

楚若溪皱紧眉头，此刻他意识到宋跃然的死原来是针对自己的一个阴谋，冷笑道："真是好笑，我要退出了，却有人来栽赃陷害我。这黑绢的确是我的东西，那血渍却不是我的，我全身上下没有一处受伤，并不能因此证明宋跃然是我杀的。"

玉连城已从屋内检视完宋跃然的尸体走出来，楚若溪问道："他是什么时候死的？"

"昨夜……亥时前后。"玉连城做了初步判定。

楚若溪哈哈一笑："那就更好了，那时候我可不在这边。一定是有人先杀了宋跃然，再趁我熟睡时盗取了我怀里的黑绢，然后栽赃陷害。"

玉连城幽幽地看着他："以墨公子的身手，似乎不是轻易能被人近身盗取东西的。更何况，您随身跟随的那位保镖也是武林高手。"

"你这话是什么意思？"楚若溪的眉头又皱起来了，"昨晚亥时，你该知道我去了哪里，见了什么人。明明这事就不可能是我做的。"

"昨晚你去哪里，见了什么人，我为什么应该知道？"

玉连城的反问让楚若溪呆住了："玉连城，你不会就是那个要栽赃陷害我的人吧？昨夜我分明是……"

"你和谁在一起我并不关心，"玉连城还是面无表情，"这块黑绢怎么会掉在门口，还染上血渍，我看你是要好好地想明白怎样答复我。今天你们几位要辛苦一下，不要出这个小院，万一凶手是从外面进来的，我希望他作案的空间尽可能地缩小。"

"明白。"尹笑人斜睨着楚若溪，"只是有些人不应该单独看管吗？"

玉连城也看着楚若溪："他的脚只怕不是我能看得住的。"

楚若溪咬着牙，"嘿嘿"一笑："倒也不是不能，就怕你会烦。"

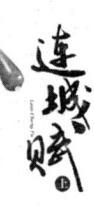

楚若溪从不按牌理出牌的脾气玉连城是真的领教了。作为杀人嫌犯，玉连城这个一城之主没有下令圈禁他已经是对他的客气，没想到这个杀人嫌犯居然还追在自己后面，声称要一天十二个时辰不离不弃地跟随在玉连城的身旁，誓要抓到真正的凶手。

不错，玉连城只不过被他跟了半个时辰，就已经烦到不行了。

"墨公子，你到底想怎样？"玉连城愠怒地瞪着他，"我已经答应你，一旦找到那个凶手，会立刻为你洗刷冤屈。"

"你本来轻而易举就可以为我洗冤的，为什么一定要绕这么大一个圈子？"

"我不明白你的意思。"玉连城故意不接他的话茬。

"叫你那位宠姬来和我对质，昨夜我可和她说了大半天的话。"

"她？哼，她不想见你。难道你还想让其他人知道我曾半夜里让你与我的宠姬私下相会？你当我是傻子？"

玉连城鄙夷的目光和嘲讽的语气让楚若溪抿着唇角，很是郁闷："我说玉连城啊，做人不可以这样自私又小人，虽然我不是君子吧，但是这种事，事关人命和名誉，好歹你要还我一个清白。"

玉连城一回头，看到他可怜巴巴地跟在自己的身后，蹙眉道："这是你自找的。为什么那个凶手不陷害别人，偏偏要陷害你？"

楚若溪却眼睛一亮，笑道："哈，你看，你也说我是被陷害的。那你刚才为什么不在众人面前为我澄清？"

"我不想。"玉连城丢下这三个字就向前走。

"那……你就别嫌我烦。"楚若溪继续像牛皮糖一样紧紧黏在玉连城的身后，他不仅是如影相随，一张嘴巴还从来不停。

"原来你们古镜城里也有农耕啊？我还一直以为你们是花钱从外面买吃的。

"可是你们向来闭关自守，这些银子只进不出，实在不利于贸易往来。

"你们城中有多少人？男男女女可不可以和外面联姻？城内的人如果想出去是否还要什么条件？

"玉连城，你平时最爱吃什么？你喜欢什么样的女人啊？"

玉连城实在忍无可忍，平时一天能处理完的公务被他烦得只处理了不到三分之一。

他丢下手头的工作，对楚若溪恶狠狠地怒喝道："你若是再没完没了，我就把你丢出去！"

楚若溪俊秀的笑容还是在他眼前不住地晃着："烦我？那就叫她出来，在尹笑人和路胜旗的面前说我是冤枉的。"

"休想。"玉连城从牙齿缝里咬出这两个字,恨然道,"我绝不会让她再见你!"

"你果然是对自己没信心。"楚若溪一手撑在他的桌面上,托着腮,瞅着他,"像你这样的美男子,是该有很多女人喜欢你的。放了她吧,让她跟了我,你可以找到更多更好的美女。"

玉连城不再理他,屏息静气凝神,专注于手边的诸多文件。

楚若溪在旁边的椅子上坐下,大剌剌地翘着腿,一副怡然自得的样子。

"大哥,我听说……"娇柔的嗓音,无论是在急促还是平缓时说出,都是那么沁人心脾。

楚若溪微笑着望着走进来的玉无双,同时起身点头:"无双小姐。"

玉无双看到他在这里,怔了怔:"原来大哥和墨公子有事谈?"

"没有事。"玉连城抬起头,"你是想问宋跃然的事情?"

"是的,我听说他……怎么可能?我们古镜城从来没有出现过这种事情。"玉无双的手指紧紧抓着自己的衣摆,好像还没有从巨大的惊恐中清醒过来。

"这件事你不用管,我会处理的。"玉连城安抚着她。

"可是这件事与我有关啊。若不是为我招亲,宋公子不会意外身亡。他的家里会不会因此找古镜城的麻烦?"

玉连城淡淡道:"他们就算想找古镜城的麻烦,也找不到古镜城。你不用操心了,好好休息吧,昨夜你又咳嗽了。"

"你总是这样,关心我胜过关心自己。"玉无双轻叹着,看了眼一直站在旁边,好像饶有兴味地听自己与兄长说话的这位墨公子。

"墨公子,可否借一步说话?"她忽然转移了话题。

楚若溪看了眼玉连城,发现他的神情中闪过一丝诧异的不安。显然玉无双的邀请出乎玉连城的意料。

"无双,和这种人没什么可说的。"玉连城忙阻止。

楚若溪忙笑道:"好啊,昨天人多,也没来得及和无双小姐深谈。既然城主在忙公务,我就先不打扰了。"他边说边向外走,听到身后玉连城急急地叫道:"无双!"

"我知道,我不会乱说什么的。"玉无双的声音虽然轻,但是楚若溪灵敏的耳朵依旧捕捉到了这句话。

玉连城怕她和自己说出什么不该说的事情?

走出这片庭院，玉无双站在一棵柳树旁，握住垂下的柳条，声音依旧轻柔："我听说宋公子的房里丢下一块属于墨公子的绢帕？"

"是啊，你哥哥刚把那块黑绢送给我，它就出现在了凶案现场，现在我就变成了嫌犯。"

"墨公子若是想离开古镜城，我可以送你出去，远离是非。"

玉无双的话让楚若溪很好奇："无双小姐也相信我不是凶手？"

玉无双微微一笑："相信。"

"为什么？"

玉无双顿了顿，忽然问道："公子觉得我美吗？"

"啊？"楚若溪一怔，随后笑道，"在下生平还未见过能美过你的。"

玉无双也以笑容回应："但是在公子的眼中我没有看到'痴迷'二字。"

"这或许是因为我这个人自制力比较强。"

"那是因为公子并没有贪图我的美色。"

楚若溪被她夸得有点儿不好意思了："可我也许是为了古镜城的财富而起了杀心。你不能仅凭我不好色就断定我不是凶手吧？"

"公子不像是为了古镜城的财富而来，更何况，古镜城也未必有你们想的那样富可敌国。"

"哦？怎么说？"楚若溪敏锐地捕捉到一丝特殊的味道。

但是玉无双没有继续这个话题："所以，我不想公子无端背上这个杀人犯的黑锅，所以我愿意送公子出城。如果公子愿意，现在就可以去收拾一下，我会亲自送公子出城，并命人将公子护送到最安全的地方。"

"可我现在并不想走。"楚若溪勾着唇角，"我若是这么走了，不是显得我理亏？反倒是不明不白地真的背上黑锅了。"

玉无双柔柔的眼波跳跃出和她外表并不相符的几点精光："公子不走的原因并不是怕冤枉难以洗清，而是另有目的吧？这古镜城中是否还有别的什么东西让公子留恋难舍？"

楚若溪苦笑道："是有个人绊住了我的脚。而这个人本来也是洗刷我冤屈的关键证人，但是你大哥不许我见她。"

"哦？"玉无双好奇地问，"这个人是谁？也许我可以帮到你。"

"我不知道她的名字，只知道她是……你大哥的宠姬。"

"我大哥的宠姬？"玉无双面露诧异，"你是说……"

第五章 纠缠

"就在城东南,门口有两棵枫树的那栋小院里,你知道她叫什么吗?"

玉无双的睫羽轻轻闪烁,睫羽下灵动的水眸漾起一丝笑意:"原来是她。你竟然敢垂涎于她?大哥……还能容忍你对她的觊觎?"

"你大哥应该是很想杀我的。我们已经动过手了。"楚若溪叹息着,"不过我不准备放手。你若是能帮我再见她一面……"

"我不能。"玉无双打断他的话,"这件事是大哥的私事,我不想惹恼了他。"

"可是你敢放走我。"

"因为这是两回事。"

玉无双的笑容纯净无害到虽然她断然拒绝,却让楚若溪无法生起气来:"看来你们兄妹的脾气还真的很像,一方面可以高高在上地做优雅大度,另一方面却死守自己的秘密,坚决不给外人透露分毫。"

"墨公子又何尝不是呢?"玉无双浅笑盈盈,"墨公子难道就没有什么秘密隐瞒我们吗?"

又是拜月亭。玉连城面对尹笑人和路胜旗,淡淡地宣布了一个结论:"杀害宋跃然的人不是墨公子。"

"为什么?"路胜旗先开了口,他看着墨言的眼光中满是敌意。

"因为那一晚有人证明曾和墨公子一直在一起,那个时候他不可能去杀人。"

玉连城为楚若溪的开脱并没有让楚若溪太过眉开眼笑,他好像还是很委屈的样子:"昨天我就说不是我嘛,你们都不信。"

"但是那块黑绢怎么说?"尹笑人也把楚若溪当作敌人。

玉连城胸有成竹地说:"黑绢之事应是栽赃陷害,因为我的人在墨公子的屋内发现一小撮香灰,这香灰乃子夜失魂香,一种可以致人昏迷的迷魂香。"

楚若溪恍然大悟:"难怪对方偷了我的黑绢我都会不知道,也难怪木头那家伙居然都睡死了,原来是有人对我下迷香?好险好险,幸亏他不是要杀我。"

"他虽然没有杀你,却是要陷害你,意图假借我的手来除掉你。"玉连城瞥他一眼,"好了,这个心结我们暂时算是解开了。凶手是谁现在无法裁定,所以,要和三位公子说声抱歉,选婿之事要暂停了。"

"为什么?"路胜旗惊诧地站起身。

楚若溪笑道:"这还不明白吗?第一,如果他继续下去,也许我们当中还会有人死;第二,说不定凶手就是我们三人中的一个,他总不能冒险给自己的妹妹找个杀人不

眨眼的魔头当丈夫吧？"

路胜旗微怒道："城主是不相信我了？"

"我只是为了各位的安全着想。"玉连城淡淡回应，"所以如果你们谁要现在出城，我可以送你们出去。"

"我才不走。"路胜旗又坐下来，气呼呼地说，"我要是走了，岂不是说明我就是凶手，畏罪潜逃？"

楚若溪频频点头："没错，这话昨天我也对某人说过，所以我也不会走。"

尹笑人高深莫测地看着他："莫非昨天有人想放你走吗？"

楚若溪打着哈哈："反正不是玉城主要放纵我这个嫌犯，你不必怀疑我们连同一气。"

"难说。"尹笑人慢条斯理地说，"说不定是玉城主已经选定了你，虽然知道你是凶嫌，却故意放我们离开，到时候你再绕回城内，与无双小姐成亲。"

玉连城蹙紧眉心："尹公子此话未免太看低我玉连城的人品了。"

楚若溪更笑道："尹公子却是看高了我了。他以为我是非玉无双不娶的，所以才会一直对我怀有这么深的戒心。好吧，我不妨在这里指天誓地地说一句：我今生绝不会娶玉无双为妻。二位放心了？"

"你……"三个男人都变了脸色。路胜旗和尹笑人更是震惊不已。不娶玉无双？那他千辛万苦地来到这里，又一天到晚地忙活什么？

楚若溪回头直视玉连城，笑眯眯道："我已经和他们表明心迹了，多谢你澄清我的冤屈，不过我还是不会离开的。你别想就此踢我出城。"

"你是在自掘坟墓。"玉连城从齿缝中咬出这句话。今天自己之所以这样急切地帮这个家伙洗刷冤屈，就是为了让他尽快离开，没想到被他看出心迹，还当众说出。更可恶的是，这家伙软硬不吃，死皮赖脸。

到底要拿他怎么办？

有个报信兵忽然跑来，跪禀道："城主，堂少爷来了。"

堂少爷？楚若溪心头一动，他依稀记得那一年他第一次潜入新月内城时就曾听婢女提及这个称呼。而且这个称呼对于古镜城来说似乎并不代表着什么喜讯或友好。

微一侧目时，他看到玉连城的脸色比之刚才更加阴霾，连那双美丽的瞳眸中都郁结一层化不开的烦闷。

这个堂少爷到底是什么人呢？他好奇着。

虽然楚若溪看上去有点儿不正常,不过当他看到这位入城的"堂少爷"之后,他忽然觉得自己还是个挺正常的人,而且第一次对眼前这个美得过分的男人一点儿也生不出好感,反而非常厌恶。

玉华景?他从旁边的侍卫口中打听到了这位堂少爷的名字。不错,玉华景是个仪表华丽、容貌俊美的男人,一双狭长的丹凤眼,秀气修长的双眉,连双手十指都纤细得像是女儿家的掌上玉葱。

但是楚若溪一看到他,就好像刚刚吃下什么不干净的东西,从胃里往外犯恶心。包括玉华景身上那件绿色的绸缎长衫,都让楚若溪觉得刺眼。

所以,即使他不知道玉华景和玉连城之间到底有什么恩怨,也本能地站到玉连城这一边,不想和玉华景这种人为伍。

"堂弟,听说叔父去世了?这么大的事情,怎么不告诉我一声呢?"玉华景开了口,他的声音和他的容貌不大相配,带着几分嘶哑。

玉连城冷冷地说:"不敢劳您的大驾。"

"怎么和我这么见外呢?当初叔父在世的时候,我可是每年都来探望好几次的啊。"

"多承您的厚爱,才让他在壮年得以寿终。"玉连城的话里带着刀子。

楚若溪在旁边偷听偷看,已经确定这两个人之间必定有很深的梁子,他是个外人,不能插手,但是他总觉得玉华景盯着玉连城的眼神实在是很讨厌。于是他故意笑着走过去,抱腕拱手:"这位也是玉公子?小弟墨言,幸会幸会。"

玉华景的目光游移到他的身上时,楚若溪感觉到对方眼中的火花四溅。

"听说堂弟在为我那位绝色堂妹选妹婿,这位……莫非就是妹婿的候选之一?"

玉连城凝眉瞪着楚若溪:"墨公子,你先请回吧,我有事要和堂哥单独聊。"

"既然见了面,大家不妨坐下来,喝着茶,一起慢慢聊天,不好吗?"楚若溪偏不让他把自己支开。

玉华景的唇角绽放着浓烈的笑意:"正是,我看见墨公子也觉得很是投缘,不如一起坐下来聊聊吧。"

哼,鬼才和你投缘。楚若溪虽然心中这么骂着,口中却不能说出来,他堆着亲切的笑容继续打着哈哈:"好啊,不过两位都是姓玉,一会儿我若是叫'玉公子'什么的,但愿不要叫混了。"

"不必和我那么见外,直接叫我的名字就好,至于连城嘛,你可以叫他'城主'。但是这样叫也很见外,只是千万不要叫他'公子',因为……"

"我最讨厌'公子''小姐'的，啰不啰唆？"玉连城打断他们的话，"墨公子，此刻的确不便和你在一起说话，请先回避吧。"

楚若溪对上他的目光，发现他眼中的冷厉不仅带有暗示性的压迫，似乎还有某种烦躁和无奈。

他顿了顿，展颜笑道："那好，就不打搅二位叙旧了。玉城主，晚间我在老地方等你。"

他施施然转身而走，依稀听到风声吹来身后两人的一句对话——

"这个人，很有趣。"玉华景说。

"收起你的心眼吧，这个人你不能动。"

这是什么意思？楚若溪真想回头看看，但他忍住了。

深夜玉连城才回到自己的房间，但是一进门就看到楚若溪靠着床栏，斜睨着他笑道："温文如玉的玉连城最近脾气似乎变得越来越暴躁了，居然会骂人了？是我惹恼了你，还是那个玉华景？"

"不要和我提那个人。"玉连城的脸色阴沉下去，"而且，别怪我没有事先警告你，如果你和那个人之间出现任何事情，我是绝不会管的。"

"我和他之间能出什么事？"楚若溪好奇地走到玉连城的身边，"是不是你已经吃过他的亏了？"

玉连城斜侧着脸，冷冷地说："你大概是日子过得一帆风顺，不知这世上人心险恶。我让你走，你不肯走。倘若这城里被他搅起风浪，到时候你就是想走也走不了了。"

"听着怪吓人的，可惜我不是被唬大的。"楚若溪从桌上的茶壶中倒了一杯凉茶给自己，一边喝，一边说，"我这个人最喜欢听有趣的故事，也最爱给别人排解难题，你何不把这个玉华景有多可怕讲给我听听，让我自己判断到底是该走还是该留？"

玉连城静默了许久，四周静悄悄的，只能听到几声轻微的虫鸣。

"你，生平最讨厌什么？"玉连城忽然问出一个看似不相干的问题。

"最讨厌什么？"楚若溪仰着头想了想，"最讨厌不自由吧。"

"最讨厌什么人？"玉连城再问。

楚若溪笑道："最讨厌让我不自由的人。"

"但是世上能让你不自由的人不多吧？"

楚若溪的眼前浮现起满脸无奈的皇兄，"扑哧"一笑："的确不多，只有一个。如

果不是因为他是我大哥，身体不好，原本这一个也是没有的。"

"那么，如果有一个人，总是习惯憎恶讨厌着周围的一切，随性地毁掉所有他认为美的东西，你还敢和这种人接近吗？"

楚若溪唇边的笑容渐渐凝固："你是说玉华景？"

玉连城冷笑道："你怕了？"

"他对你做过什么？"楚若溪逼近到他的面前，直勾勾地盯着他的眼，"他也曾嫉妒过你，想过要伤害你吗？"

玉连城的心忽然很不寻常地剧烈跳动起来，因为楚若溪这突然严肃的转变和从未见过的犀利而有气势的冷峻眼神。

"这……不关你的事。"他本能地想拒绝这个问题。

"回答我。"楚若溪抓住他的肩膀，"我要知道答案，你既然已经开了头，为什么不说出重点？他和你之间这样敌对到底是为什么？他用那种古怪的眼神看着你的时候我就觉得不对头了。他伤害过你吗？"

玉连城侧过脸颊，轻咬唇瓣："是的，他想过要杀了我。在我十七岁的时候，他曾经放火要烧我的房子。"

倏然间他被拉进一个温暖的怀抱中，双肩、手臂，都被人紧紧环抱。

"如果白天你告诉我这些，我不会让他在你面前那样张狂地大笑。"

楚若溪的声音是那样陌生，带着几分温存的怜惜和森寒的霸气，让玉连城瞬间恍惚起来。

"现在有我在这里了，不会让人再那样伤害你了。"他的声音，飘飘摇摇，却似有股难以抵御的暖流直通进玉连城的心底。

赫然间，玉连城的神智全部回归，他猛地推开面前的楚若溪，惊诧地怒道："你刚刚对我做什么？"两个大男人抱在一起成什么样子？而他刚才居然还眷恋于那个怀抱，甚至都没有挣扎一下？这让玉连城觉得羞愧难当。

楚若溪那招牌式的笑容又浮现出来："别生气，我一时忘情，实在生气我喜欢的人居然被人这样觊觎和欺负。只是抱抱你而已，兄弟之间不是常常会抱在一起吗？又没有做其他过分的事情。"

"但我和你不是兄弟。"玉连城努力平复着自己紊乱的呼吸，混乱地想着是不是自己给他好脸太多了，才让他一步步得寸进尺到现在这个地步？如果传扬出去，他还有脸活在世上吗？

"其实，我也不是很想和你做兄弟。"楚若溪又"戴"上那副古怪的笑容。

"闭嘴！"玉连城喘息着，蔑视他，"几天前你还信誓旦旦地要带我的宠姬离开，将她说成你最挚爱的人，现在你居然厚颜无耻地到我这里献媚邀宠？墨言，别让我再瞧不起你一些。"

"我是要带她离开，如果你同意，我随时都可以带她离开。如果你同意。"

他将这句话说了两遍，那一句"如果你同意"似乎深意重重，让玉连城一阵心惊：他已经发现什么了吗？

来不及细想，玉连城迅速地走出卧室，楚若溪在身后叫道："你去哪里？"

"随便任何一个地方！只要不让我看到你！"他怒喊着，愤然跑了出去。

当初为什么要发那张该死的邀请函啊？倘若没有发出去过，就不会有现在的烦躁混乱，也不会被这个莫名其妙的家伙捆绑住了手脚。

但是能去哪里呢？古镜城虽大，却不是处处可以为家，等玉连城从怒气中平息下来时发现自己已经站在了妹妹玉无双的门口。

他还在迟疑时，门却从里面打开了。玉无双就站在那里，静幽幽地看着他："要进来坐坐吗？"

他没有说话，走了进去。

玉无双为他倒了一杯茶，在他对面坐下："看你的样子好像很累？我听说玉华景来了？"

"嗯。"玉连城握着手中的杯子，"我不会让他烦到你的。这里里外外我都已经命人看守好，不许他进来。"

"我倒不怕他，事实上，我发现这几年他对我没有以前那么大的威胁了。"玉无双的语气很淡漠，"倒是你应该小心，他对你……向来很有威胁。"

"我没事。"玉连城一口喝干杯中的茶水，茶水还是温的，但是他的心是冰凉冰凉的。

玉无双伸出手，轻轻盖在他握着杯子的双手上，柔声说："你给自己背的包袱太沉了。其实如果你做人狠一点儿，对他不要太放纵……"

"父亲去世前你是在场的，他说的话我们都听到了。"玉连城望着妹妹的眼睛，望得很深，"他只嘱咐了我两件事：第一，帮你找到一位可以依靠一生的佳偶；第二，终此一生不要伤害他。"

"但是他何曾值得我们去关爱？从小到大，他伤害了别人多少次？"玉无双一想起过往的事情就对玉华景充满了厌恶，"他伤害过的人，不计其数。我不明白父亲为什么要一直袒护他。就算他的父亲是我们的伯伯，就算他父亲曾经是这古镜城名正言顺的继

承人好了，那已经是许多年前的事情了，难道当年让只有三岁的他继承这座城就是正确的吗？他当时能担负得起守护这一城人的职责吗？"

玉连城烦躁地说："这些话你不要和我说，我又不是玉华景。"

"所以我应该把这些话和玉华景说，他年年为了这些事情来折磨父亲，折磨我们，我们却好像缩头乌龟一样不出声，才会让他的气焰越来越嚣张。"玉无双冷笑着，"你若是不想去面对他，那么我来。"

"你不要做傻事。"玉连城一把拉住她，"和那种不讲理的人正面冲突对你并没有好处。他发起狂来该怎么办？"

"把他关起来，那样大家就省心了。"玉无双笑笑。

玉连城的笑容却满是苦涩，他摇摇头："真的这样容易就好了。可他毕竟……是我们的手足。"

"如果我的手足长了毒疮，快要坏死，我宁可断臂断足，也不让它再继续危害我的身体。"

玉无双决绝的话让玉连城有点儿吃惊，他望着这个平时看起来娇柔温婉的妹妹，忽然发现这一夜和妹妹说的话比平时任何时候都要见心见底。

他不想再继续这个话题："无双，那几个人都不适合你，我准备送他们出城了。"他向妹妹宣布这个消息，同时留意着她的反应。从当初答应父亲为妹妹择婿，一直到真的把十九名候选者迎入城内，直到后来只剩下四个，玉无双的态度一直是含混不清的，仿佛置身事外一样。

此刻当他说出这样的决定时，玉无双依然是淡淡地应着："哦，好啊，都听你的。"但是她的明眸转动，忽然想起什么似的笑道，"那个叫墨言的，只怕他不肯走吧？"玉无双叹口气，似怜惜又似戏谑，"真的不知道是该同情你，还是恭喜你了。"

恭喜？玉连城听到这个词只觉得讽刺。眼前哪里有什么喜事可以说，虽然他早就知道接掌古镜城并不轻松，但是肩上这副担子的分量还是出乎他想象的沉。

有些累，不知道自己还能扛负多久……

次日，玉连城回到他的书斋。他本以为这里没有人，但是刚走到门前不远就听到了说笑声——

"哦？墨公子还去过凤阳？听说凤阳那里有座泰行山，山上有很厉害的盗匪出没，墨公子去过那里吗？"

"没有世人传说的那么可怕，我从泰行山下走，一路平安无事，连盗贼的影子都没

见到。"

玉连城浑身骤紧，几步走进房内，只见楚若溪正和玉华景坐在一起，一边喝茶一边聊天，一副相谈甚欢的样子。

"城主回来啦。"楚若溪先笑着站起来，"华景兄正在和我聊天，刚才还说起城主小时候的事情。听说你小时候怕水？"

玉连城手脚冰冷，沉声道："你们出去。这里是我的私宅，不曾请二位进来坐。"

"你看我说什么来着？连城最烦别人动他的东西，坐他的床，爱干净胜过了一般的女子。"玉华景笑得很开心的样子，"那我们出去聊。今日风和日丽，在古镜城这边要找到这样的好天气可不容易啊，有时候来了风沙，整个天都像是被沙子遮起来了，喘气都难。"

"这么说来，我这两天的运气不错，老天爷很给面子，从来没有刮大风。"楚若溪竟然真的跟着他走了出去。

玉连城急道："你……"

楚若溪回过头，状似不解地问："怎么？城主还有什么吩咐？"

玉连城盯着他，难道这个人昨天晚上把他的话都听到梦里去了吗？或是他以为玉华景企图伤害的人中并不包括他？

"随你的便。"他将楚若溪一把推出门，然后重重地将门关上。

"我这位堂弟的脾气实在不怎么好。"玉华景负手而立，微笑着看着那两扇紧闭的门，一副安慰的口气，"你这几天和他打交道大概也看出来了，他眼中向来容不下别人，除了他去世的爹，和视若掌上明珠的妹妹，再没有第三个人可以看在他眼里了。"

楚若溪笑着回答："可是华景兄却能忍受他的坏脾气？"

玉华景似笑非笑道："只因为他小我两岁，所以让着他罢了。怎么？他没有和你说起我们小时候的事情吗？"

"还没有机会听他说，刚才华景兄和我讲的倒挺有意思。"楚若溪露出饶有兴味的表情，"你说玉连城这个人从小就很怪？"

"是啊。"玉华景回忆着，"我们玉氏家族的人丁并不兴旺，到我父亲这一辈只有他们兄弟两个，而我的父亲只生下我一人，叔父那边只有连城一个儿子和无双一个女儿，当然啦，我自然是和他们从小青梅竹马。可是这对兄妹总是拒我于千里之外，就好像我是个怪物。有一次我好心好意约玉连城去骑马，他非要拉着玉无双去赏花，我一气之下……"

"怎么了？"楚若溪等着他继续说下去。

玉华景声音顿了顿，笑道："没什么，只是我一气之下只好自己一个人去骑马了。"他看着楚若溪，很好心似的提醒道，"你不要以为古镜城里有美女，有数不尽的金银财宝，那不过是外人的臆测罢了。你看这座城，身处荒漠之中，虽然有水源，却并不是开田产稻的地方。之所以能屹立到今，是因为先祖秉持了'万事不关己'的原则，无论诸侯怎么打、怎么闹，我们古镜城绝不插手，这才没有卷入是非争端之中。"

楚若溪点点头，问道："那这城中人的吃穿用度又是从哪里来？"

"先祖当年除了带来巨额的财富之外，还带来了不少丝织工艺的手艺，城里最赚钱的就是养蚕纺纱和种植珍贵的花木，这些东西可以帮城里换来许多的银钱。不过即使如此，这里依然没有传说的那么富裕，这才是玉连城急着给妹妹找婆家的原因之一。"

"怎么说？"

"他知道这座城维持不了多久了，因为维持古镜城的水源这几年在一点点地变少，古镜城早晚要迁城别处，这需要耗费一笔巨大的银两，可这是他现在拿不出的。他唯一能够变卖成巨资的就是他这个妹妹的美貌了。"

说到这里，玉华景颇为语重心长地对楚若溪说："所以我劝你还是不要蹚这摊浑水，虽然玉无双的姿色的确算得上'无双'，但是总不必用自己的倾家之资来换一个女人吧？"

楚若溪淡淡一笑，转而问道："你说你们自小是青梅竹马？可是你现在不住在古镜城啊？"

玉华景的笑容忽然变得很冷："既然他们这样不喜欢我，我留在城里也没什么意思。很早之前我就出城了，在昊夜国内开了一家钱庄。"

"钱庄？该不会景字号钱庄就是你的买卖吧？"

"小本经营，不值一提。"

楚若溪惊讶地说："哪里是小本经营，景字号钱庄可是昊夜国里最大的钱庄了，连王公亲贵都有不少人存钱在景字号里。我这次来还十分奇怪，为什么不见玉连城请景字号的人？原来景字号的掌柜就是你？真是失敬失敬。"

"墨公子又是谁家的公子呢？"玉华景深深地盯着他，"据我所知，昊夜国内没有名门望族是姓墨的。"

楚若溪又摆出懒散的笑意，说："我算不上什么出名的人物，所以……"

"墨公子莫非有什么惊天动地的真实身份，不愿意讲给我听？"

"哪有什么身份？就算是皇帝我也算不上惊天动地吧？华景兄多想了。"

玉华景别有深意地对他笑道:"既然墨公子不愿意说,我也不强求。墨公子准备在这里留到什么时候呢?"

"再玩几天就走。这古镜城自我来之后还没有好好地逛过呢。"

"那就愿君在这里住得开心了。"玉华景又叹气道,"听说之前有位宋公子不幸身故,这古镜城还真是让人寝食难安的地方,住得开心,只怕是不能了。"

楚若溪笑道:"华景兄虽然刚刚入城不久,对这城里的事情还真是知道不少呢。"

"本城不大,又少有新鲜故事可听,自然有事一出就流传千里了。"玉华景从容解释。

楚若溪笑着点头,一派天真无邪的样子。

今夜那个聒噪的人竟然没有来？将烛火熄灭，玉连城怔怔地看着外面那一弯明月，不知为何，心中竟然有点儿空落落的。

白天他不听自己的警告，非要和玉华景搅在一起，现在他会不会被玉华景下了毒手？

想到这里，他忽然一阵心惊，几乎想立刻起身，却在此时听到那个最让他放心不下的声音在窗口响起——

"总看到你在喝茶，茶的味道真的有那么好吗？我觉得它比不了酒啊。"

玉连城微侧目，就可以看到窗口处站着的楚若溪，他双臂趴在窗框上，伸着脖子向里面专注地看着，像是要看清楚玉连城茶杯里的东西。

玉连城斜睨着他："原来你还活着。"他故意将话说得狠绝。

"当然还活着，难道你以为我死了不成？"楚若溪笑着从窗口一跃而入，"我知道你指什么，玉华景嘛，他并没有对我怎样，这个人很健谈，拉着我聊了一整天。"

"所以你以为我之前对你说的话都是危言耸听了？"

"我主要是怕你太无视我，而让我伤心。"楚若溪的话似真似假，让玉连城怔了一瞬，和他的眸子一触即分，又低头喝茶。

"你怕我信了他的话后对你不利？"楚若溪坐下来，低声问道。

"随你的便，你当然可以选择听信他的话，这是你的权利。"玉连城眼皮不抬，只是专注地喝茶。

楚若溪忽然一伸手，将他的杯子拿过来，就着喝了一口，笑道："这茶是冷的？你好像总喜欢喝冷茶啊。但是这茶冷着喝也很香，叫什么？"

玉连城没想到他会这样做，一下子僵住，半晌才醒悟过来，一扭脸："就叫冷香茶。"

"我以前从来没有听说过这种茶。"

"这种茶叶只在古镜城才有。"玉连城按住心口，那里有种奇怪的心悸紧紧抓住了他的身体，让他喘不过气来。这种心悸却是以前从未有过的。

楚若溪浑然不觉，还在侃侃而谈："可是我听人说，喝东西最好不要喝冷的。因为人的五脏六腑是热的，喝下去冷的东西要用五脏六腑去暖，反而会伤自己的身子。所以你看我，只喜欢喝酒，那是暖肚的。"

"那是你的习惯。"玉连城胡乱地搭着话，又从旁边拿了一个杯子，重新倒上茶，"喝酒多了同样会伤身体。"

"这算是你对我的关心吗？"楚若溪挤挤眼睛，"我以后会少喝的。"

玉连城手上一紧,不让杯子掉落:"你就是喝死了也与我无关!"他突然掷下杯子,起身走进内室,楚若溪跟了进来。

"其实我今天和玉华景聊天,主要是想探听一下他来这里做什么。你说他早不来晚不来,偏偏城里死了人之后他来了,不是很可疑吗?我对于过分凑巧的事情向来都会怀疑。"

玉连城回过头:"那你聊了一天,聊出什么了?"

"他说话看似漫不经心,其实口风很紧,一天之内想套出什么实在是太难了。"

"哼,就知道你会这样说。"玉连城挥挥手,"你走,别老在我眼前晃,我要睡了。"

"他来了,我就更不能回去睡了。"楚若溪先他一步来到床边,笑嘻嘻地坐在床榻上,"谁知道这个人是不是那个凶手本人?也许他下一个要杀的人就是我呢。"

"他不会杀你。"玉连城推他,"你在他眼中说不定已没有威胁。"

"那你当初为什么还要警告他不要碰我?"楚若溪站在他身后,静静地问道。

玉连城一僵,尴尬地说:"谁说过这样的话?你听错了。你要是想赖在古镜城,就别那么多废话。明天我要出城,可没时间陪你闲聊。"

"明天你要出城吗?"他的声音亮了起来,有些讶异。

"你以为我会一直关在古镜城?明天我要出去巡视城外的水源,所以你今天晚上最好老实点儿。"玉连城冷冰冰地警告道,"我到无双房里去睡,你若是搅得我们都不得休息……"

玉无双刚刚起身就听见有人在敲她的门。本以为是婢女来伺候盥洗,就随便地披衣在身,打开了房门,没想到门外站着的是个男人。楚若溪对着她尴尬地一笑:"一大早来打扰无双小姐,真不好意思。"

玉无双愣了愣,手指抚在自己的长发上看着来人好半天:"墨公子,这么穷追不舍,不怕有失你的谦谦风度吗?"

"在无双小姐面前,我向来是没什么风度的。"楚若溪脸上最后的一丝尴尬也消退了,因为他在玉无双的眼中看到一种熟悉的神情,这戏谑的神情中透着顽劣,好像……自己。

"昨夜把我大哥逼得无处可去,最后跑到我这里来睡的人,是墨公子吧?"玉无双笑着,"现在天刚亮,公子又来敲我的门,就算公子不是君子,但毕竟是我古镜城的客,客人的规矩总还是要遵守的,惹恼了主人,对公子没什么好处啊。"

楚若溪勾着唇角笑道:"我知道,所以这不是一大早就来赔罪了吗?玉城主……"

"你觉得他还敢见你吗?"玉无双轻叹道,"一大清早他就走了。"

"走了?"楚若溪略想了想,立刻明白了,"昨天他说他要出去巡城?"

"是啊,原来他已经和你说起过了。"玉无双见他抬腿要走,又叫住他道,"墨公子知道他是从哪个城门走的吗?"

"啊?"楚若溪被问住,哂笑道,"还真的不清楚,请无双小姐赐教。"

"我大哥临走前,对我千叮咛万嘱咐,不许我把他的去处告诉你。"

"那我就只有东西南北,循着城墙一点点去找了。"

"墨公子找到我大哥之后想说什么?"玉无双再次出言截住他的脚步,"我大哥为了古镜城已经够烦心了,墨公子若不能为他分忧,还请不要再打扰他了。"

"你怎知我不能为他分忧呢?"楚若溪回过头,"但是他这个人长了张死硬鸭子嘴,明明心里千难万难,就是不开口求人,我就是想帮也无从帮起。"

"因为他不知道墨公子是否值得相信。"玉无双灵动的明眸中透出一丝精明,"墨公子到现在都不肯说出自己的真实身份,将心比心,谁愿意相信你呢?"

"我留在古镜城已经表示了我的诚意,是你们不肯接受吧?"

"但是你留在古镜城是为了我大哥的宠姬。"

楚若溪绽放着他灿烂的笑容:"现在,你以为我还是吗?"

玉无双神色一凛,忽然明白为什么玉连城会如此惧怕眼前这个男人。他貌似无害天真的笑容背后竟是如此犀利的心思,虽然他每句话都像在胡搅蛮缠,但是和他对话的人绝不能和他一起胡言乱语,完全不深思熟虑地应答,因为那样会让自己一不小心就掉进他挖下的陷阱。

"你……知道了多少?"她迟疑着,问出来。

换得的是他的悠然一笑:"并不算多,但足够了。"

"大哥走的应该是西门,那里距离水源最近。"不知怎的,玉无双对着他的背影冲口而出了她本不该说出的话。

楚若溪对她遥遥招手:"多谢了。"

他的背影像是被光晕吞噬,一层层淡淡地消失,让玉无双隐隐觉得不安,似乎他的离开预示着将会有重大的事情发生。这对古镜城来说是灾是福?

玉连城站在水边,头有些晕。自小失足坠落湖中一次之后,他就一直怕水。他总能在午夜梦中清晰地梦到自己不断下坠的身体,被水渐渐淹没的口耳眼鼻,那一瞬间的恐

第七章 谜底

惧和无从依靠的痛苦，让他始终不能摆脱。

但是每年一次的水源巡视却是不能不做的工作，虽然他本可以假手于他人，但是自从城中出现了楚若溪这个让他更加头痛的人物之后，他宁可躲到这个他平时避之唯恐不及的地方。

古镜城的水源的确在缩小了。走过滚烫的沙子，他低头看着地上一些过白的石头。他记得去年湖水的边缘是在这里的，但是今年它萎缩了将近三分之一。照这样的速度下去，用不了几年光景，古镜城就会因为无水而变成一座死城。

事情已经迫在眉睫了。

他弯下身，掬起一捧湖水，啜了一口。口中都是苦涩的味道。以前这湖水的味道却是甘甜的。果然岁月如水，一去不返，一切都留不住了吗？

他叹了口气，垂下手，水珠如断了线的珍珠项链从他的指尖滑落到沙滩上，迅速地挤进沙子缝内，消失得无影无踪。

现在虽然未到午时，但已经艳阳高照。这样的天气，沙漠里最容易疲倦和干渴，玉连城走向他的马，那里挂着一个水囊，但是当他的手指刚要触碰到水囊时，突然间一道破空的尖锐之声划过他的耳际！他本能地一躲，那撞破空气的东西就如流星般笔直地打进了水囊中！

破了洞的水囊，清水立刻一泻而出。

他震惊地猛转回头，在他身前十丈开外的地方，有个人伫立在那里，云淡风轻地冲他笑着，手指还玩弄着两颗石子样的东西。

"我早就知道，"玉连城深吸一口气，"你这次来古镜城绝不仅是奔丧这么简单。"

"我其实只是想来看看，你大张旗鼓地为你妹妹招亲，到底想干什么？"

"如你所见，只是为无双招亲。这和你有什么关系吗？"玉连城抬起下颌，背脊从下到上延伸出一道冷厉的线。玉华景——他每每面对这个人便会有这样的感觉。

玉华景绿色缎面的长袍在艳阳下格外耀眼，他的笑容却好似数九寒天里冰封的湖面。

"连城，你知道我最关心的其实不是她。我是担心，无双嫁掉之后，你不是会更孤单了吗？"

"我还有古镜城。"玉连城戒备地看着他一步步靠近，"父亲去世时曾为你留下一封书信。"

"我不想看他说些什么，我只想听你说。"玉华景站在他身前一丈开外的地方，双眸炯炯有神地盯着他，"你就没什么可对我说的吗？"

玉连城紧抿唇角，全神贯注地盯着他。

"没有吗？那好，换我来说。你为无双招亲，却没想到会招来那个叫墨言的人吧？真让我意外，他竟然是除了我以外，第二个在同时看到你和玉无双之后眼中只盯着你的男人。"

"不要把你和他相提并论，你们不是一种人。"玉连城捏紧指尖，眼前泛过的是楚若溪那张狡黠的笑脸。

"哦？还没有和他怎么样，胳膊肘就往外拐了？"玉华景又逼近一步，"那小子有什么过人之处？我怎么没有看出来？你以为他是心无城府的人吗？那你就错了。这次应选的人里他是最大的阴谋者，你知道他的真实身份吗？他其实是……"

"你怎么会这么关注城里的事情？"玉连城不让他继续关于楚若溪的话题，反唇相讥道，"你刚刚来到这儿，但是好像什么都知道？看来他说得对，你是有备而来的，这城里有你的眼线。"

"他？是谁？那个墨公子吗？"玉华景的笑容变冷，"我昨天应该杀了他。"

"我警告过你，不要动他！"

"为什么？因为他可能是一人之下万人之上的荣王楚若溪？"

石破天惊的一句话，玉华景以为能吓住玉连城，但是玉连城只是轻颤了一下，眉宇依旧平整如昔。

"你早就知道他的身份了？"玉华景没有想到他在听到这个消息后会这样镇静。

"只是猜测，没有证实。你呢？有证据，还是仅凭臆测？"

"有人认识他身边那个贴身侍卫黑木，他是荣王楚若溪最得力的亲信，和他从来形影不离。"

轻吸一口气，玉连城忽然笑了："多谢你告诉我这个谜底，不过这并不能改变什么。"

"是啊，被荣王看上或许是你的福分，尤其当你深陷困境的时候。"玉华景瞥了眼他们脚下的沙滩，"古镜城快要完蛋了，而你必须给自己找一条出路。如果玉无双不能迷住这位荣王，或许你可以呢？"

"啪！"一块更大的石块重重地撞到玉华景的手臂上，他负痛叫出了声："见鬼！是谁干的？"

"玉连城可不是你能欺负的。"楚若溪幽然的声音飘进两个人的耳朵里，两个人都为之惊诧，因为谁也没有注意到他的到来。

他施施然骑在一匹马上，慢悠悠地踱步到两个人的面前，面对着玉华景满脸的怒气

和玉连城失色的神情，他跳下马，横跨一步到两个人中间。

"楚若溪！"玉华景扭曲了原本俊美的五官，"别以为你是王爷我就会怕你。在这里，如果我杀了你，没有人会知道你是怎么死的。"

楚若溪挑挑眉："那要看你能不能杀得了我。我们现在是二比一，以一敌二，除非你是天下第一的武林高手，否则我想你没那么容易杀了我。"

玉华景转而盯着玉连城的眼："你要保护他吗？"

"是的。"玉连城静幽幽地迎视着他眸子里的烈火，"我不会让你动他。"

"你会为这句话付出代价的。"玉华景一步步缓慢地倒退，他的每一步都重得好像能踩碎脚下的沙粒。

直到他慢慢地消失在他们的视野之中时，玉连城都没有放松全身紧绷的神经。

"我的耳朵或许不该这么好使。"楚若溪回身面对着他，"总能听到一些也许本不该我听到的事情，但是我既然听到了，就难免要刨根问底。"

"我不想回答您任何问题，王爷。"玉连城忽然改了口，这一声"王爷"让两个人的距离立刻拉得很远，"您现在应该回城，收拾好东西回京城，因为我不想您真的死在我的地盘上。"

"先别忙！"楚若溪眯着眼看前方，用手一指，"那边有人来了。"

所谓"有人来了",并不是来了一个人,而是一群人。

玉连城没有想到会有这样一支人数众多的部队突然出现在古镜城的附近。

"怎么回事?"他深感不解。因为百年来很少有军队来到这片荒漠上,这里并不是作战的场所,昊夜国的皇帝与古镜城虽然很少有往来,但是但凡有大事需要派遣部队进驻,不会不提前知会一声的。

"好威风的队伍啊。"楚若溪手搭凉棚看过去,"有四五百人的样子,规模不小。他们在那边看不到古镜城吧?"

"不懂城外阵式的人,只能看到一片黄沙。"玉连城迟疑着,拿不定主意该不该去刺探一下来人的情况。

楚若溪却自告奋勇地说:"我过去看看,说不定是我认识的人。倘若迷了路,也好领进城里歇歇脚。"

"不行。"玉连城却拦住了他,"对方是敌是友还不清楚,如果你敢私放他们进城,惹来了祸事,你承担不起后果。"

"总不能站在这里吧?"楚若溪的好奇心又冒了出来,"好歹我们要知道来人是谁。也许是路胜旗的人马,到这里来接他们这位小将军的。"他再不听阻拦,上了自己的马,向着那支部队的方向跑去。

虽然有阵式作为保护,对方看不到这边的情况,但是玉连城始终对楚若溪不放心,只好也催马一同跟去。

这支队伍仿佛走了很远的路,所有的马匹、车辆上都沾满了征尘。但是让人敬佩的是,虽然士兵们面带疲惫之色,却依然队形严整,纪律严明,数百人的队伍中没有人随便说话。

"这个领兵的一定不是小角色。"楚若溪凝着眉,心里总觉得不对劲。

玉连城拉他一把:"看够了,走吧,我不想和这些人牵扯上什么。"刚刚转身,忽然听到他狐疑地念出一个字:"袁?"

"什么?"玉连城像是被这个字惊到,顺着他的目光一起看去——

就在队伍的最前面,有名骑兵扛着一面大旗,那旗子在烈日下垂垂地挂在旗杆上,黑色的旗面,鲜红的绣边,一个斗大的"袁"字嵌在其中。

"真是冤家聚头啊。"楚若溪喃喃自语。

袁飞傲。朝中只有他会用黑底红边的旗子,也只有一位威风凛凛的袁将军。最初看到这支不寻常的军队时他就该想到的,昊夜国里治军如此严明的人可不算多。

第八章 真相

"你……和他很熟？"身后的玉连城缓慢地问道。

"算熟吧，这两年可打了不少交道，是老冤家了。"一转头，楚若溪正想继续说笑几句，忽然发现玉连城的神情完全变了，变得严峻冰冷，像是在高度戒备着什么。

"不许你引他入城，你听明白了吗？绝对不许。"一字一顿地发出这个命令，玉连城的指尖又泛出寒意了。

"你怕他？"楚若溪玩味着他的神情，趁机戏谑地讨价还价，"好啊，我不引他入城。"事实上，楚若溪也不想在这里和袁飞傲对上。

要知道这次袁飞傲奉圣命出京到边关剿匪，是他一手"促成"的，袁飞傲还不定想怎么搓圆捏扁了他呢。不过玉连城这样紧张的反应若是不利用一下，岂不是太可惜了？

于是他在马上探过身子去，笑眯眯地问道："我听你的吩咐，你要怎么奖励我？"

玉连城低垂着眼帘："随你想怎样，只要你不放他入城。"

望着袁飞傲那面军旗，他微微一笑：老对头，没想到这一回还要托君之幸，赖君之福了。

刚刚回城，玉连城就得到消息说路胜旗和尹笑人同时辞行。眼前混乱的局面让他并不想多留这两人，即使他们当中可能有人就是杀害宋跃然的凶手。

于是他前去送行，温和有礼地致歉，尹笑人的脸色还好看一点儿，路胜旗是满面不悦。显然，没能应选上玉无双的丈夫，又遇到凶杀案的发生，让他这位从来没有遇到太多挫折的天之骄子很不爽。

"玉城主，城中之事我会暂时保守秘密。但是倘若外人问起来，我会据实说出，希望你不要见怪。"路胜旗不阴不阳地丢下这两句话，意思就是：如果有人嘲笑他的落选，他不能被人羞辱，一定要说出宋跃然被杀之事。

这一点已经在玉连城意料之中了，他点点头："近日我会派人护送宋公子的灵柩回乡，并附信说明事情的曲折原委。"

尹笑人像是看不惯路胜旗的少爷做派，插话道："我们岭南剑派和宋跃然家族倒有几分交情，若是有用得到我的地方，就请玉城主开口。"

"多谢。"玉连城微微欠身。

"墨公子不出城吗？"路胜旗斜睨着仍悠闲地坐在旁边的楚若溪。

楚若溪冲他一笑："我知道你还对我放心不下，不过我现在的确不想走，两位请自便吧，一路顺风。"

路胜旗重重地"哼"了一下，和尹笑人一起走出了院子。

玉连城送完他们返回，楚若溪淡淡问道："就这么放他们走了？宋跃然的家人那里你用什么借口不使他们追究？"

"暂时顾不上这些了。"玉连城坐下，太阳穴处隐隐作痛，不由得伸指紧紧按住作痛的地方，"玉华景从城外回来之后就没人见过他，这才是眼前的心腹大患。他什么事都做得出来，他说要让谁付出代价，不出两日就一定会兑现。"

楚若溪看他一眼，站起身走到他身后，将手指按在他头顶和太阳穴等四处，柔声说："这样按着就不会那么疼了。"

不知道是他的按压起了作用，还是他指上的温度过于灼热，玉连城的头疼好像真的减轻了不少，取而代之的是神志短暂的迷乱。

"荣王……也为人做这种事？"玉连城想挑起一个看似轻松的话题。

身后人的声音轻柔地飘过他的发梢："只服侍过你一个人。"低低的声音里没有半丝开玩笑的味道了，"玉连城，我并不是个很有耐心的人。当我不想再等的时候，你猜我会做什么？"

战栗的感觉充斥了玉连城全身上下的每个毛孔，玉连城挺身而起，冷冷道："不要以为我给了你过多的权限，让你如此非分。我是怕袁飞傲，但还没有到山穷水尽的地步。"

楚若溪望着他的背影，无声地抬起一只手，握住了他衣袖的一角："城城，别总是端着架子高高在上，放低姿态，求我一次又如何？只要你一句话，我可以帮你退兵。"

"休想。"他撤回衣袖，忽然想到刚才听到了一个很恶心的字眼，"不许你再胡乱叫我的名字！"

"城城，你不喜欢我这样称呼你？那么，叫你连城？还是玉儿？"他谐谑的笑容总让玉连城恼怒，一巴掌打过去却又被他抓住了手腕。

庆幸听到了脚步声由远而近，玉连城急忙挣开他，几步跑到院门口，欣喜地抓住来人的手："无双。"

玉无双吓了一跳，没想到玉连城突然出现在眼前，亲自接她入门。但是一看到院中斜靠着围廊栏杆站着的某人，便了然地笑了。

"我是不是来得不巧？"

没想到妹妹也开始学会和自己打趣，玉连城咬牙切齿："不，很巧。"他露出一个微笑，却自觉这个笑容很勉强，"找我有事？"

"玉华景刚刚从我的门口经过，像是去了药斋，是你让他去的吗？"

第八章 真相

玉无双一语出口，玉连城脸色大变，丢下妹妹便跑了出去。

"怎么回事？什么药斋？"楚若溪还没明白发生了什么事。

玉无双解释道："先父生前身体不佳，所以在城内建了药斋，专为他老人家配药。一般是不许别人随意进入的。"

"那玉华景进去又怎样？你大哥怎么惊成那个样子？"

"我不知道。因为我不知道药斋中有什么值得玉华景去看的，所以才来问大哥。"

楚若溪向外走出几步，忽然站住，问道："当年玉华景为什么要纵火烧你大哥？"

玉无双的眸子里露出几分不解："纵火烧我大哥？那是什么时候的事？"

楚若溪知道她没有说谎，因为现在从某种程度上说，玉无双已经是他的半个"自己人"了。也许她真的不知道许多年前的那场火灾？那时候没有人将那件事告诉她？或者，是玉连城刻意隐瞒了那段往事？

那就说明这里面更有故事可寻了？他思忖着，抬头问道："药斋在哪里？"

玉连城站在药斋的门口，心是冷的。药斋的架子上所有东西都还整整齐齐，只有最上面一排的那个青色小瓷瓶不见了。

玉华景不在，显然他拿到了自己想要的东西便离开了，但这意味着古镜城即将面临一场毁城之灾。

"怎么回事？"楚若溪的声音响起。他就站在玉连城的身后，好奇地向里面张望着。

"快走……"玉连城几乎听不清自己的喃喃低语。

"什么？你说什么？"

"快走！快离开这里！"他猛地推着楚若溪向外走，"古镜城即将倾覆，你多留一刻就是等死！"

"慢着，把话说清楚了，玉华景拿走了什么？"楚若溪冷静地拉住他的手，"慢慢说，我在听。"

"七叶草的草汁。"他从肺部深处向上涌起寒意，"整整一瓶，他都拿走了。"

"七叶草是什么东西？"楚若溪不理解一瓶草汁怎么会让玉连城如此恐慌。

"这种草汁毒性很强，只要几滴就可以让上百人送命。"玉连城不想多做解释，这句话已经可以让楚若溪明白，玉华景一次拿走整整一瓶意味着什么。

"你们药斋里好端端地放着这种毒药干什么？"楚若溪蹙起眉，也意识到事情的严峻性。

"这是先祖留下来的东西。原本是为了让我们在大敌当前，退无可退的时候用来自绝的。"玉连城紧咬着唇，"先祖留言：玉家人可以战败，但不能亡于敌人之手。就算死，也要干干净净地自我了断。"

"你们先祖是个不讲理的浑蛋！"楚若溪冲口骂道，"凭什么他要守自己的气节，还要拉着一城人垫背？你们这些后辈也是傻瓜，居然还把那毒药当宝贝似的供起来？"

"先祖之命不可违，这是我们玉家世代相守的第一条家训。"玉连城急急地向外走，"我要去找玉华景，你赶快离开！所有的水和食物都不要再碰了！以免中毒。"

"他不会这么着急下毒的。"楚若溪沉声说，旁观者清，他没有玉连城此刻的方寸大乱，"他拿走那瓶毒药是想要挟你，告诉你他知道这毒药的秘密，让你不要小觑他，借机和你谈条件而已。"

"真的？"玉连城狐疑地站在原地，心绪稍稍平静之后，他认同了楚若溪的说法，"但是，那毒药在他手上多留一刻，便会多一分危险。我必须找到他。"

"不用你着急找，那家伙自然会来找我们的。他拿到了这么重要的筹码，可不是乐得都开了花？不信你就等着，我这句话且放在这里：不出一两个时辰，他就会自动找上门来。"

玉连城再度抬起头望着他，没有想到，在关键时刻这个男子会突然成为自己可以依靠和信赖的人。这让他有点儿感动，说不出这感动的力量来自何处，只是相对于刚才的恐惧而言，要平静安心许多。

"怎么这样看着我？"楚若溪捏住玉连城的下巴，"城城，等这边的事情了结了，你愿不愿意跟我走？"

悚然一惊，玉连城清醒过来，甩开他，冷声道："你胡说什么呢？"

"我知道你不会同意，不过……我会让你同意的。"他笑着，说出两句看似矛盾的话。这话让玉连城一阵阵心惊。

但是玉华景并没有像楚若溪的猜想那样来找他们。

两个时辰过去，玉华景依然没有出现，玉连城坐不住了。丢下手中下了一半的棋局，他站起了身。

"你知道要去哪里找他吗？"楚若溪淡淡地说，"水源的四周不是已经派了人去把守？一有消息就会给你回复的，你身为一城之主，不要这么沉不住气。"

"我不该听信你的话。"玉连城紧张地叹息，"因为玉华景不同于一般人，他做的每件事都可能出人意料。"

"我不明白你们为什么要一直纵容他的不正常?"楚若溪看着他,"就算他是你们的亲戚,也不至于让你们这样敬畏吧?"

"因为……他原本是古镜城真正的城主。"玉连城沉吟了很久,才缓缓说出来这个小小的秘密,"古镜城主一直是世袭给嫡长子,他的父亲去世很早,而他当时年仅三岁。"

"所以说,是你的父亲抢了他的城主之位?"楚若溪挑挑眉毛,"仅因为如此吗?我却觉得你们这样让着他不仅仅是这么简单吧?"

"这是古镜城的事,你无须知道太多。"玉连城烦躁地挥挥袖。

忽然,有人在外面大喊:"城主!西门那边起火了!"

"是他!"玉连城抢步跑了出去,不忘回头叮嘱,"你不要去了!我去看看就好。"

"好的,我在这里等你。"这一回楚若溪出乎寻常的"乖",让玉连城狐疑地回头多看了他一眼。但是他已经可以看到远处的火光点点,没有多余的时间停留了。

等到玉连城走了很久,楚若溪才慨叹地自言自语:"好好的一盘棋,只下了一半就停住了,谁能帮我下完它呢。"他懒洋洋地抬起眼皮,有意无意地盯着墙外那棵参天大树,微笑道,"树上的那位朋友,懂得下棋的话下来一起坐坐?"

轻飘飘地,一个人影落在了院子中。

"你早已发现我了?"阴冷的声音在院中飘荡不定。

"怪你太喜欢臭美,出来夜行还要穿着你这件绿色的衣服。说实话,这件衣服的颜色真的很难看,华景兄还是换个颜色吧,不然我总会觉得自己在面对一只青蛙说话。"

楚若溪托着腮,笑眯眯地面对着玉华景。

玉华景伫立在那里,眼睛一眨不眨地盯着他:"我知道你们是在等我。"

"所以你就故意先放了那场火引他离开?你的目的无非是找我,所以我就成全你。"楚若溪一摆手,"请坐。"

"你能想到我要和你说什么吗?"玉华景真的坐了下来,他的目光丝毫没有离开过楚若溪。

"能想到,无非是想问我准备怎么死吧?因为此刻以一敌一,你自以为就可以占上风。"

玉华景冷笑一声:"我没有那么笨,如果只是以一敌一,我不会下来的。"

"哦?那就是说你还有帮手了?"楚若溪故作惊讶地向四周看看,"你的那个帮手

呢？一起出来坐啊。"

"你以为我是傻瓜吗？"玉华景皱紧眉，"荣王爷，我要和你谈一个交易，你有没有兴趣听？"

楚若溪抱臂胸前："那要看是什么样的交易，赔本的买卖我不做。"

"你帮我得到古镜城，我助你——登上皇位。"

一瞬间的死寂之后，楚若溪忽然很响亮地笑出声来："哈哈，真是一个很有趣的提议。这样的买卖你是怎么想出来的？"

"当今昊夜的皇帝一直多病，而他只有一个皇子，不过七岁。"

楚若溪哼道："就像当年你父亲临终时你的样子？你认为我就是玉连城的父亲，有篡权夺位的可能？"

"没有一个男人不会为权欲着迷的。"玉华景很小心谨慎地撩拨着楚若溪心底的欲望，"更何况这片江山你唾手可得，与整个昊夜国相比，古镜城实在是不值一提。"

"我这个人，向来散漫，对于当皇帝兴趣不大，我现在之所以留在古镜城不是为了这座城，而是为了一个人。"

"玉连城。"玉华景拧起眉，"你要他？"

"要定他了。"

这句话像箭陡然刺中了玉华景的眉心，玉华景失色地跳起来，碰翻了手边的茶杯。顿时，一个黑影如闪电般跳到院中，那人用黑纱蒙面，手中握着一把长剑。

楚若溪冷淡地瞥了一眼："果然有帮手，只是帮手的耐心实在不够好啊，这么快就沉不住气了？"

"我一个人能摆平他！"玉华景咬着牙，语气中有一丝责备。

"你未必能一个人摆平我。"楚若溪笑着，他的笑容变化多端，从来让对方摸不到每一个笑容的背后是什么。

忽然间他扬声说道："黑木，你就这样看着你的主子在这里受人欺负，都不肯出手吗？"

于是，又一个人影落在院中，那是黑木，他的手中握着一把刀。

"你们大概都听说过黑木吧？"楚若溪微笑着，还有闲情逸致向两个敌人介绍，"这家伙原本是江湖上有名的江洋大盗，因为刀法精湛，被誉为昊夜第一刀。不过自从跟了我之后，他的刀很久没有出鞘了，不知道会不会生锈？多谢二位今日给我这个机会开一开眼，看看这家伙的刀法到底如何。"

玉华景盯着黑木那张死板的脸孔，对蒙面人撇撇嘴："今天不宜动手，你退下。"

第八章 真相

楚若溪微笑着等他的蒙面人离开，说道："这才对嘛，原本说得正好，为什么翻脸？现在该换我和你谈条件了，把你手里的那瓶毒药交出来如何？"

"哼，我交出来于我有什么好处？"

"好处就是……我可以不杀你。"

玉华景冷笑道："好笑，现在是我握有王棋，你却来威胁我。"

"你就算是用毒药把古镜城都放倒了又怎样？你抢回了这座死城之后自己也没占到便宜啊。"

"我毁了它，就不会再要它。"玉华景昂起头，"我做人的原则向来是宁为玉碎，不为瓦全。"

"偏偏我爱玉如命，绝不会为了一块破铜烂铁毁了我的和氏璧。"楚若溪字字还击。

"这么说，没的谈了？"玉华景挑着眉梢，"你要眼睁睁地看着古镜城变成死城，而不为玉连城分忧？"

"我这个人很自私的。"楚若溪笑得很坏，"我可没有雄心壮志要拯救天下苍生、黎民百姓，其他人的生死与我何干？"

玉华景诧异地瞪着他，想不到他能说出这样的话来："那好，我倒要看看你到底有多自私！"

他如一道轻烟飞上枝头，瞬间消失了踪影。楚若溪负手而立，不急不慌地低声说："黑木，咬了他的尾巴！"

黑木一言不发，追踪而去。

楚若溪伫立良久，听到远处有马蹄声快速奔来，他低下头，发现脚下有几处鲜红的痕迹，在他的手掌上，原来已有几道清晰的割痕。伤在手上的感觉原来真的很痛。玉连城当年是不是也这么痛过？或者更痛呢？

第九章 强求

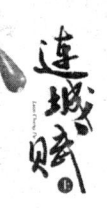

玉连城回到院子中，一眼便看到小院桌子上破碎的茶杯和几乎快要干透的茶渍，再一留意，就看到地上的血痕。他心头大惊，冲口叫道："楚若溪！"

"在屋里呢。"楚若溪懒洋洋的声音传来。

玉连城在他话音落下时已经几个箭步冲进来，看到他正在笨手笨脚地给自己包扎伤口。不知道他从哪里找来的布条，破破烂烂，而他又不能灵活地运用左手给右手系结，所以一见到玉连城进来，就摆出又开心又委屈的表情："包扎伤口这种事情一个人还真做不来。"

"怎么回事？"玉连城一把抓住他的手腕，"怎么弄的？是玉华景干的？"

"我自己一不小心，膝盖磕到了桌边上，碰倒杯子后，又不小心按到杯子，结果杯子碎了，手也破了。"他很流利地说着谎话。

玉连城半信半疑地看了眼伤口，从屋中的柜子里找出一卷干净的白布，替换下他那块脏兮兮的布条："总要先给伤口上药再包扎，你这样包，伤口会发炎。"他半跪下身子，看着那些伤口发愁。

"哪有那么费事，又不是很深的伤口，你给我烫壶酒来，我喝了之后再睡一觉，一切就都好了。"

"喝酒固然能止痛，但只能止得了一时。"玉连城虽然不赞成他的话，却还是走出去让下人烫了一壶酒端进屋里。

醉倒了他，他就能安生一点儿吧？玉连城是这样想的。但看到他一杯接一杯地喝着，玉连城又忍不住按住他的手："你是止痛，又不是借酒浇愁，哪有你这么喝酒的？"

"这话听起来真让我开心。"楚若溪冲他"嘻嘻"笑着，"这说明你心里有我，在乎我的身子。"

"胡扯。"玉连城转身要走，忽然被他拖住手。"陪我喝一杯，就喝一杯，我就乖乖睡觉，怎么样？"

他的声音里有种孩子般的哀求，让人心动。虽然明知道他这种语气是装出来的，玉连城还是忍不住走回来，随意地喝了小半杯，然后丢下杯子："行了，赶快滚到床上睡觉去。"

但是楚若溪的手依然不肯松开，他笑着说："只喝这么一点儿？这是敷衍我吧？"他端着酒杯，直视着玉连城，那笑容格外诡谲危险。

玉连城一把按住被他逼推到眼前的酒杯，睁大眼睛低呼道："你住手！"

"你总要面对现实的，城城。"楚若溪的声音喑哑，听到玉华景那番该死的话之

后，他今日的心情非常不爽。

"为什么？为什么你要逼我？"玉连城咬紧唇瓣，"这个秘密，我和父亲，和无双，苦守了这么多年。一旦暴露，我们只能拱手将古镜城送给玉华景那个疯子！你为什么要揭穿它！"

"我只是要你面对你的心。"

"伤我的人其实是你！"

楚若溪松开左手，托起她的下颌，柔声道："看着我，玉连城，你说我伤你，那你现在就看着我的眼睛，说一句：你心里根本就没有我，你一点儿也不喜欢我，你从来都没有为我楚若溪动过心。你坦坦荡荡地说出这句话，我立刻掉头走人，再也不来纠缠你。"

"说就说！"玉连城没有察觉泪水已经从眼角滚落，"我一点儿也不喜欢你！我的心里从来没有你！我从来没有为你……"她的话没有说完，已经被他一把捂住口。

"你这个冷血的女人，居然真敢说出这些话。"这一次换楚若溪咬牙切齿了，"但我知道你是在说谎，我知道。"

"你不守信用！"玉连城继续喘着气，"你说过只要我说出来你就走！"

"但我以荣王的身份判定你刚才说的话是违心的，所以我不会离开。"楚若溪知道自己向来不讲理，但是这一次他要做一个彻头彻尾不讲理的人，这是为了这个女人。

"两年前我来到这里，第一个看到的女人其实就是你，对吧？"他扯掉了玉连城的发冠，扯落了她盘起的长发，"我虽然记性有点儿差，第一眼没有认出你来，虽然你也很巧妙地利用了黑夜，让我看不清你的长相，但是我不傻，你不应低估我，以为在我面前能够一骗到底，还编出个什么宠姬的谎话想打消我对你的念头。

"我之所以留在城里不走，就是想看着你自以为聪明地和我耍这些把戏，想看看你到哪一天是个头。我只想告诉你，我现在留下来的真正目的是你，而不是那个只在夜里才见得到面的'宠姬'。可是你居然一直装傻充愣，你说，你是不是很可恶？"

"求你，不要让我没有尊严地活着。"被他紧紧钳制，她已没有了平时的威严和坚强，她柔弱的哀求和啜泣让楚若溪的动作停止。

他停了许久，听到她的啜泣声一直断断续续，没有停止。他叹了口气，按住她的肩膀："行了，不勉强你了。"

她不住地颤抖，不知道是因为愤怒还是恐惧，楚若溪轻轻拍着她的后背，低低地说："从没有哪个女人会让我这么费劲气力，百般讨好。玉连城，我不知道是和你八字不合，还是太合。"

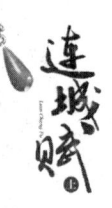

"你选了一条最难的路走,即使走错了都不肯回头。"玉连城擦去脸上的泪水,"走吧,别再和我纠缠不清了。"

"和你纠缠是我唯一的乐趣,我有很久没有这么开心了。"他努力绽放一个漂亮的笑容。

但玉连城只是紧蹙着眉头:"你的开心是践踏我的尊严获得的。"

"没有人可以践踏你的尊严,我不会允许的。我只是想让你正视自己的心。"

她无奈地抬起眼,望着他:"你的甜言蜜语很好笑,但是不要讲给我听,去讲给其他女孩子听吧。"

"你喜欢看着我跟其他的女孩子在一起?"楚若溪愁眉苦脸道,"你这句话真是伤透了我的心,难怪玉华景为你发了疯。"

"别胡说,他的疯病与我无关。"玉连城蹙眉道,"他自小生来体弱,性情暴戾乖张,有大夫给他看过病,说这是他的天性,事事偏激,只恐他将来惹下大祸,要不是父亲坚决不肯伤他……"

"他也知道你是女儿身,为什么不揭穿你?"楚若溪忽然想到这件事,觉得怪异。

玉连城摇摇头:"他不知道我是女儿身,我母亲生下我后就难产去世,带我长大的奶娘也很早病故,全城只有父亲和无双知道我的真实身份。现在父亲去了,你来了……"

"等一下!你说他不知道?"楚若溪的心脏猛地狂跳几下,"你十七岁那年,他为什么放火烧你的房子?我以为是他知道了你是女子,恼羞成怒……"

"我不想再提那件事。"玉连城的手指紧紧抓住被单。

"说出来,你的心里会好过些,压在心头反而会生病的。"他低声轻哄,使尽手腕要套出真相。

她静默了很久,终于嘴唇翕动:"他一直对我意图不轨,只是十七岁那年,被我及时发现了罢了。"

"原来是这样。"楚若溪长舒一口气,"这个疯子!一样该死!"

"现在你都知道了,可以走了吧?"玉连城问。

他的眼珠转了转:"你口渴了吧?我给你倒杯茶。"

他这样一说,玉连城也真的感觉到倦意了。这两天为了诸多事情,神经绷得紧紧的,刚刚又和他纠缠了半天,一身的力气少了大半,所以接过他递来的茶杯之后,甚至都没有仔细分辨一下就直接一饮而尽,接着就趴在床边狂咳不止。又是酒!真不该信这个家伙。

"对不起,我倒错了。"

他一边温柔地隔着被子拍着她的背,一边很没诚意地道歉。

她真的是不胜酒力的,一杯酒下去头已经开始晕眩了。

从一开始,她就知道楚若溪不会放过她的,只是就如他所说:她在逃避,在敷衍,在拖延时间,想拖到他烦了、腻了,就会没脾气地掉头走人。

但是他一直赖在这里,怎么甩都甩不掉,到最后真正拖不起,逃不掉,敷衍不下去的人当然就只有她。

一个小小的古镜城城主,还能和荣王抗衡吗?

如今面对这个人,对她来说只是认命,而不是陷落。

夜凉如水。

玉连城缓缓睁开眼，身上横搭着一个人的手臂，她怔怔地躺了很久，直到自己全部清醒，想起了之前的一切。

口渴，但桌上没有茶，只有那壶残酒。她想起在院子中还应该有剩下的半壶茶才对，便起身下地，推开门，走到院中。

刚走到石桌旁，伸手去摸茶壶，忽然眼前有黑影闪过，她低呼道："什么人？"

那袭绿色的缎光长袍在夜幕下格外扎眼，但更扎眼的是玉华景惊诧，甚至是惊惧的眼神。

"你到底出现了。"玉连城默默地注视着他。她曾想过自己的女儿身份会有一天暴露在玉华景的面前，但是十七岁时的那场火灾前没有暴露，她便以为躲过一劫，怎么也想不到，身世秘密的揭开是在这样一个夜晚。

玉华景盯着她，反反复复地看，总是不相信自己的眼睛，最终他勉强一笑："你这个样子真的很像女人。"

"不是很像。"楚若溪懒洋洋地从内室走出来，"连城就是一个女人。"

如果人的眼中可以藏两把刀，楚若溪相信玉华景的眼中现在就已经将刀锋立起了。

"这不可能！"他断然否定，冷笑着，"你们以为用这种方法就能逼我离开？"

玉连城推开楚若溪，淡淡道："父亲留给你的那封信，我想你现在应该看一看了。"

"我说过我不看！"玉华景怒道，"那老头说的任何鬼话都和我没关系！"

玉连城依然淡淡地看着他："难道你猜到了我父亲的信里要给你写些什么？你猜到那封信会涉及你父亲、我父亲，他们上一辈的事情，以及这个让你耿耿于怀的城主之位？"

玉华景抓握住自己的双臂，冷笑："谁知道你从哪里变出来一封假信，说了些根本不可能的谎言，现在想拿来骗我？你以为我是那么好骗的？"

"我知道你从不信人，所以才要将信拿来给你看。"玉连城走回房间，片刻后，手持一封信走到玉华景的面前，递给他，"看与不看，全在你，但是如果你不看，以后便再没有资格在城里胡作非为，我也绝不会再给你留一分面子。"

玉华景一震，不只因为玉连城的话格外严重，还因为她郑重的神情让他不得不浑身上下都为之肃然。

他不受控制似的接过那封信，缓缓拆开，像拆开上天给予他的圣旨一样，强迫自己去读上面的每一个字。

楚若溪不知道那信上到底写了什么，只是觉得两个人这样严肃的状况背后只怕会有更大的危机，于是也暗暗提防。

突然，玉华景暴怒地将那封信撕碎，狂叫道："这信上都是胡说！胡说！"

楚若溪立刻将玉连城向后拉了几步，怕玉华景在暴怒之下伤了玉连城，但是玉连城的目光始终停留在玉华景的身上，平静地说："我不会无端拿出这样一封假信来毁谤父亲的名声，更没有必要以剥夺自己城主继承权利为代价伪造这封信。因为它不但不能安抚你，还会让你更变本加厉地痛恨一切。"

"你知道它会，为什么还要给我看！"玉华景一探手，要抓她的肩头，楚若溪揽着她再向旁边平滑几步，避开他的锋芒。

"楚若溪！你放开她，难道她没胆面对我吗？"玉华景嗜血般的眸子盯着楚若溪，"如果这信上说的真的属实，她就是……就是我的……妹妹？"

楚若溪也被他这句话所震动，显然这个妹妹不是堂妹的意思，那么，他们是同父同母，还是同父异母？玉华景的年纪长于玉连城，他依然是上一任城主唯一的儿子，也是长子？依然具有继承城主之位的权利？

玉连城丢开楚若溪的庇护，向前走了一步，迎视着玉华景："从血缘上说，我是你妹妹，但是从情感上，我不会认你这个大哥。"

"我也不会认的！"玉华景狞笑着，"你们都说我疯了，那好，从小我就在发疯，气你父亲为什么会抢了我的城主之位，于是我要毁了他的儿子来报复他！可是今天，你居然告诉我说，你是女人，我才是你父亲的正牌儿子！哈哈，这是开天大的玩笑！疯了的人其实是你，还有你那个不知所云的父亲！"

"父亲固然有错，错在他不该爱上你的母亲，还与她违背人伦生下了你。但是这些事情大伯父都是知道的。他自己体弱，没有生育能力，他也爱你的母亲，所以故作不知。在他去世前，他与我父亲曾经深谈一夜，父亲向他忏悔罪责，大伯父也原谅了父亲，并且请父亲永远不要告诉你这个真相，因为他不想让古镜城出现这种见不得人的丑闻。父亲答应了，他一直对你爱如己出，也曾想在你成人之后将城主之位传给你，可是你越来越暴戾的性格让他担心，无法做出传位的决定。你难道不曾想过，为什么他会忍耐你一而再、再而三的荒唐错事？若他不是在心中愧对你这个儿子，又爱你如珠，他……"

"闭嘴！少拿一个'爱'字来糊弄我！我没有这样的父亲！"玉华景粗喘着气，又哈哈笑道。"现在这封信被我撕了，没人可以证明我与他的关系。但是你身为女人，却继承古镜城之事却可以轻而易举地公诸天下了。明日起，我便上报朝廷，改立我为古镜

城城主!"

"别做美梦了。"楚若溪忽然幽幽地插话进来,"玉连城虽然是女儿身,但这城主之位也不能便宜了你这等恶毒心肠的小人。你身背命案在身,如果上报朝廷,皇兄不仅不会加封你,还会立刻下令缉拿你归案,你还想风光后半生?"

"你说什么?"玉华景的眼中露出危险的光芒,如狼一般。"什么命案在身?我不懂你说的话!"

楚若溪向四周看了看,轻扬着下巴:"尹笑人,别躲躲藏藏了,好歹你是个有名的剑客,别丢了你们岭南剑派的脸。"

树叶沙沙作响,一条黑影挟着剑光落在院内。那蒙面人摘下自己的面巾,果然是尹笑人。

这回换玉连城吃惊了,她看着楚若溪,疑惑地问:"你怎么……"

"我怎么会知道他在这里?还有他为什么会出现在这里?他和你这位刚刚相认的哥哥是什么关系?别急,我慢慢讲给你听。"

楚若溪伸出一只手,指了指尹笑人的剑:"我虽然不大懂得用剑,但是我也听说过'一剑封喉'这个招式,宋跃然就是死在这一招之下。岭南剑法剑走稳重,不会用这么犀利冷酷的剑招杀人,所以虽然我们几人中只有你是江湖中人,但是起先大家对你并没有怀疑,而你又贼喊抓贼地将注意力引到我头上来,更撇清了你的嫌疑。"

尹笑人哼笑道:"原来你想说是我杀了宋跃然?可惜你无凭无据,我和他又没有冤仇。"

"如果我证明你是凶手,那你就和他有仇了,因为你们都是此次的待选佳偶。不过关于你的杀人动机我们可以一会儿再说。起初最让我不明白的是,为什么那一夜我和黑木这么机警的人都会睡得那么沉,被人偷走那块黑绢都不知道?后来我听说我被人下了子夜失魂香,才忽然想起一件事。"

"什么?"玉连城不解地问。

"这种香料一般是江湖上的采花贼用的,正派武林人士最不屑一顾。但是显然这个会用'一剑封喉'的人可不是普通的采花小贼,而小贼又岂能溜到古镜城来?于是我就想起,当年在我回京的路上,听到有人说起江湖上一个赫赫有名的采花大盗被岭南剑派的人抓住,送交官府,当时许多百姓拍手称快。城城,我早和你说过,我最不信巧合太多的事情,这算不算一个巧合?"

"只是巧合而已。"尹笑人虽然还在冷笑,但是笑容有些僵硬了。

"当然,如果只是一个巧合似乎还不足以证明我的判断,接下来我就去问黑木那根

第十章 劫诚

木头武林中的掌故，有什么人擅使'一剑封喉'？结果他和我说，惯用这种剑法的多是女子，尤其以三十年前盛极一时的红袖门最长此招。可自从当年红袖门门主嫁人之后，红袖门疏于打理，渐渐没落，现在已经无人提起了。"

"红袖门？"玉连城皱皱眉，"我没有请红袖门的人来。"

"你当然没有请啊，所以我就再问木头，知不知道当年那个门主嫁给了谁？结果你猜怎样？居然是嫁给了岭南剑派的一个高手。这算不算是第二个巧合？"

玉连城霍然明白了他的意思，她盯着尹笑人："原来真的是你。"

"都是他一面之词。"尹笑人还在否认。

楚若溪又笑了笑："岭南剑派的事情我知道得不多，不过当年我路过岭南的时候因为贪恋那里的风光好，多住了几天，认识了不少人，听了不少事。虽然你们岭南剑派是大派，但据传你们门派的子弟个个花天酒地，将祖上的基业挥霍得差不多了，外面看起来还是光鲜亮丽的招牌，其实已经是个空架子。之所以一直没有倒，是因为有人在后面偷偷周济着你们。那时候我就想，这个肯出手周济一群纨绔子弟的大善人是谁啊？没有人知道。从岭南走时，我无意间看到一座很气派的店堂，一问得知，是景字号钱庄的总堂。"

玉连城紧紧一抓他的手腕："我明白了！"

"是啊，那时候看到景字号钱庄并不会多想什么，但是宋跃然刚死，这个景字号的老板就突然现身在古镜城，这是不是第三个巧合？第四巧就是这景字号的老板和我的心上人是死对头。他当然不会愿见此次联姻成功，当然会想尽办法破坏打击咯。这样一想，自然就什么结都解开了。"

玉华景阴阴地笑着，拍了拍手："荣王原来比我想的要聪明得多，我还以为朝廷中的皇族子弟眼中只有吃喝玩乐。"

"龙生九子，也会各有不同，而且此事事关我的心上人，我当然要大胆假设，小心推测了。"楚若溪放肆地看着玉华景，"你还不束手就擒吗？"

"哈哈哈……"玉华景一阵大笑，"我为什么要束手就擒？你以为凭你现在这番话就能奈我何？"

楚若溪瞥了他一眼，没有立刻回答，而是将目光投向站在旁边，神情更加紧张的尹笑人。

"尹笑人被你利用大概是金钱胁迫，拿人手短，不好不听从，想来你一定也许下重金酬谢，才让他铤而走险。不过，尹笑人，我劝你一句，回头是岸，和朝廷翻脸与和这个景字号掌柜的翻脸相比，到底哪个比较严重，你应该是知道的。"

"别听他胡言乱语。"玉华景生怕尹笑人被楚若溪说动,急忙说道,"他现在不过是赤手空拳的一个人,哪能代表朝廷?"

"你这个人记性怎么这么不好呢?"楚若溪慨叹地皱眉,"刚才我已经介绍黑木给你认识了。以他这个吴夜第一刀对付你这位岭南剑法传人肯定是绰绰有余,而你再对付我们两个人,可就是必败无疑了。"

"你那块木头现在可不在这里。"玉华景得意地笑了笑,"你派他盯着我,我自然就能甩掉他。"

"哦?"楚若溪悄悄向四周观察,的确没有看到黑木的影子,难道他真的被绊住了?

玉华景袖口一抖,抖出一个青色的瓷瓶,楚若溪立刻感觉到玉连城的呼吸变得紧促。他低声问道:"是这个瓶子?"

"嗯。"玉连城的目光凝注在瓶身上,一动也不敢动。只见玉华景诡谲地一笑,将瓶塞打开,瓶身一下倒扣——什么也没有洒出来,瓶内已空空如也了。

玉连城的心就像是被人掏空了一样,死死盯着玉华景的脸。

只见他一字一顿道:"我已经把这里面的东西倒在外面那片湖水中了。"他又看向楚若溪,"你那块死木头真是尽职尽责,扑过来要抢我的瓶子,所以瓶里的东西洒出来一半,但所幸还有一半落入水中,哈哈,我看你们这座无水可饮的古镜城到底需要几天才能变成死城?"

楚若溪触摸到颤抖的玉连城,他们都知道玉华景的话意味着什么。但是楚若溪更冷静,黑木直到现在还没有回来绝对是有原因的,可是那块木头知道该怎么做吗?

玉连城抬头看着他:"荣王,你现在有决定了吗?"

她突然以封号称呼他,让他还真有点儿不习惯:"要看我的城城有什么决定,我都听你的。"他摆出灿烂的笑容给所有人看。

"眼下我没有第二条路可走了。"玉连城像是深思熟虑了很久之后才说出原本她绝不会说出口的话,"请荣王向万岁请旨,准许古镜城的人全城迁徙至吴夜国其他地方,且不要和吴夜本土百姓融为一体。城内的人与世无争惯了,只怕不能接受与外人相处的日子。还有各种赋税征收,也请荣王一并帮城内的人免了。"

玉华景听得好笑:"你以为他是谁?能答应得了你这么多非分要求?吴夜皇帝老早就想收了你们古镜城,以防你们反叛,怎么可能再给你另划出一块地方?你还让他帮你免税?且不说他是否有这个能耐,这么多人、物、畜的迁徙的费用你要从哪里弄到?"

楚若溪像是没听到他的话,低头看着玉连城的眼:"决定了?肯求我一回了?"

"是，草民在求您。"

楚若溪微微一笑："我的心上人求我做的事情我怎么能不答应呢？只是我帮你做完这么多事情之后，你该怎样回报我？"

玉连城瞪他一眼，气他居然在这个时候还讨价还价："等王爷实践诺言之后，我自然会听凭王爷的吩咐。"

"那好啊。"楚若溪得意地笑着，仰起脸对玉华景道，"不必为我担心我有没有这个能耐，只要看着我做就好了。"

玉华景低声道："尹笑人，不能放他出城！"

尹笑人握紧剑的手不住地颤抖。

楚若溪斜睨着尹笑人："虽然黑木现在不在，我也不希望你做傻事。你要是杀了我，你们岭南剑派就可以从昊夜国彻底消失了。"

尹笑人的神情越来越迟疑，握住剑柄的手也越来越迟疑，玉华景推他一把："尹笑人，别忘了这些年来是谁让你们岭南剑派苟延残喘地活着！今天他死了，我保证绝不会让他的死讯传出去！别以为他能威胁得了你！"

"谁敢动我家王爷？"黑暗中，黑木的声音像洪钟一样传来，他赫然出现，浑身上下湿漉漉的，但是双眸如电射向玉华景和尹笑人。

楚若溪看到他，长出一口气，笑道："木头，你不会三更半夜跑到河里洗澡去了吧？"

黑木沉着脸，一指玉华景："这家伙把毒药倒在水里，我拆了两块门板挡住了湖水入城的入口，暂时切断了城内外的水源。"

楚若溪双目一亮，拊掌大赞道："好个木头！真是厉害！"

黑木却有点儿为难地看他一眼："不过……我还请了个人帮忙，围住了水源，以防再生变故。"

"请人帮忙？"楚若溪看着他，"你请了谁？"

"袁将军恰好在城外找水，属下就……"

楚若溪果然皱起眉："哼，真不想让他得了这个彩头，算了，眼下顾不得这些。"

"袁飞傲？"玉连城一惊，拉住他的衣袖，"你答应过我不会让袁飞傲入城的。"

"放心，你不放他进来，他当然就进不来。"楚若溪的眸子一沉，盯着玉华景，"你听到了？现在城外还有官军护持，你还要做困兽之斗吗？"

玉华景腾身而起，钻向旁边的树木丛中，黑木要追，玉连城叫了声："别追了，让他去吧！"

楚若溪看着她："干吗在关键时候又逞妇人之仁？"

"他虽无情，但父亲临终的嘱托我不能不遵从。"玉连城轻叹一声，"让他去吧，事不过三，当年的火灾与今日的倾城之难，就算是我让他两次，若有第三次，我也不会放过他了。"

"好，你说什么就是什么。"楚若溪微笑着瞥了眼正要悄然转身离开的尹笑人，扬声道，"尹笑人，岭南剑派好歹也是剑宗大派，我劝你回去之后还是先好好想想怎么重振声威。"

尹笑人没有回话，一言不发地走了。

玉连城沉声道："你刚才答应过我的事情不会食言吧？"

楚若溪挑着眉毛："我虽然不是君子，但是也知道一言九鼎。不过有件事你必须和我说清楚，我才好做事。"

"什么？"

"你为什么那么怕袁飞傲？"

玉连城低垂眼帘，静默许久之后，她曼声开口："袁飞傲与我古镜城自幼便定下姻亲，但是他名声太差，我怕……"

"和谁？"楚若溪眉宇一凝，猛地捏住她的腕骨，"难道是和你……"

"不是我，我自小当男儿养，又怎么会和他定亲？是无双。无双身子娇弱，我不能把她交给袁飞傲这样的粗鲁男人。无双要是落于他手，只恐会被折磨致死。"

楚若溪长出一口气，笑容重绽："还好不是和你，否则我和他拼命去。"

玉连城忍不住又咬唇："王爷，还请你尽早动身，履践你对我的承诺。黑木虽然暂时切断城内外的水源连接，但是古镜城坚持不了多久，我只能等你七日，时间紧迫，我这就让人去给你收拾行装。"

她丢下楚若溪，回屋重新穿戴好衣物，恢复成玉连城男儿身的样子，神情严峻地匆匆出门了。

黑木一直站在原地，此时开口问道："王爷，我们该准备走了吧？"

"刚才你是怎么和袁飞傲说的？"

"我没有见到他，只是见了他的一个副将，所以袁飞傲不知道王爷在城里。"

楚若溪眸中星光一闪："那好啊，我还真的不想和他碰面呢。黑木，把那个东西给我。"

"什么？"黑木故作不知。

楚若溪抬腿虚踹："别以为我没看到。你这个江湖老手刚才在尹笑人身上顺手摸走了什么？"

黑木"嘿嘿"一笑，手掌翻出："这大概就是子夜迷魂香吧？我怕这东西留在他身上再去做坏事。"

"拿来给我。"楚若溪伸手要过。

"王爷，你要它做什么？"黑木不解地看着主子一脸的坏笑，这位主子一旦露出这种坏笑，只怕有人要倒霉。

"你不用管，去外面看看玉连城给我们的马车准备好了没有，一会儿我们就上路。从侧门走，别和袁飞傲的人马碰上。"

一炷香的时间过后，玉连城返回，推他一把："都准备好了，你可以上路了。"

"就这样赶我走？也不和我喝一杯离别酒？"楚若溪嘟着嘴巴，撒娇似的站在那里不动。

玉连城可不敢再和他喝酒了，随手抄起旁边桌上的茶壶："以茶代酒，敬你！"

楚若溪按住她的手："我的杯子破了，你用你的杯子喝吧，我用这茶壶。"

玉连城只想尽快把这个瘟神送走，抬手接过他递来的杯子，一饮而尽。

"走吧！记得不要让袁飞傲进城！我不能让他见到无双。"

"其实袁飞傲那个人虽然讨厌，但还不是色鬼。"楚若溪难得公正地给了老对头一个评价。

但玉连城无心听他啰唆，只将他推到门口，那里已经有一辆马车等候。忽然间，她的神志一阵混沌，天旋地转之后就软软地向前倒去，早有准备的楚若溪立刻将她一把抱住。

"王爷？"黑木坐在驾车的位置，惊诧地刚要叫出来，楚若溪却伸出一根手指在唇前，"嘘——木头，不要声张。"然后他将玉连城横抱起来，潜身钻入车内。

"王爷，这……不好吧？"黑木再是木头也明白主子要做什么，不得不佩服主子的胆大，居然想从古镜城偷走城主，"玉城主像是个烈性人。"黑木好心提醒。

"我知道，所以我才喜欢她。"楚若溪笑吟吟的声音从车内飘出，"走吧，趁天未亮时我们赶快出城，走得越远越好。"

黑木叹了口气，挥起马鞭。

夜色中，车轮滚滚，马蹄声声，远处依稀可以看到朝阳的曦辉正在冉冉升起。

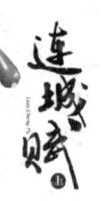

　　次日清晨。玉无双还在梳妆，就听到外面传来急促的敲门声。她打开门，略带困意：" 怎么了？"

　　婢女花容失色："小姐，不好了，城主失踪了。"

　　"大哥失踪？"玉无双一震，"怎么会？那位墨言墨公子呢？"

　　"他也不在。问过城门的兄弟，说是城主亲许他离城。"

　　"他肯走了？"玉无双不解地蹙起眉心，"到处都找过城主了吗？"

　　"到处都找遍了，就是找不到城主。"这个婢女生性胆小，极度的焦虑和恐惧让她几乎说不出最关键的那则消息，"城外，城外有人敲门，要进城来。"

　　"有人敲城门？"玉无双一惊，不认得城外迷宫般阵式的人是根本找不到城门的，"是什么人？"

　　"全是官兵，打着好大的旗子。据说他们的将军姓袁，叫什么……哦，对了，袁飞傲！"

　　玉无双娇躯微颤，"啪嗒"一声，手中的梳子突然掉落在地。

　　玉连城一直在做噩梦，梦中她跌入了一个看不见的深潭，她不停地坠落，坠落，不知道坠落了多久之后才跌入一泓更深的池水中。只是这池水不像她想象中的那么冰冷，而是温暖柔软，她身在其中，四肢百骸都像是化开了一样，坠落的恐惧得到稍许安慰。

　　但是紧接着，那泓温暖突然又变得滚烫，烧灼得她从心肺到骨头都开始痛得翻江倒海。

　　迷迷糊糊中，好像有人一直在耳边叫着她的名字，但她又累又倦，睁不开眼睛，只是将身子蜷缩起来，意图躲避那加诸身上的重重迷雾。

　　"连城，这一生你是要为古镜城牺牲掉自己的幸福了，你，愿意吗？"

　　"爹，我愿意。"

　　"哪怕这一生你都不能去爱别人，而别人也不能爱你？"

　　"我愿意。"

　　……

　　沉重得像是有几千斤的眼帘终于缓缓睁开，眼皮上巨石移开的那一刻，刺目的一抹亮紫率先映入眼底。她疑惑着，迷茫着——自己的卧室不该是这个颜色的纱帐。她向来不喜欢亮色，一般用的是灰暗之色，或是白色。难道这里是无双的卧室？她怎么会睡到无双的卧室去了？

　　这样想着，身子想动一下，却又觉得浑身酸痛，一身大汗，原来那个噩梦竟有几分真实，她是病了吗？

　　"王妃醒了。"一句出谷黄莺轻啼般的呼唤在她耳畔响起，她依旧迷茫：王妃？古镜城哪里来的什么王妃？

　　"王妃醒了！快叫王爷去！"有人继续喊着，声音忽近忽远。

　　她轻轻用手指指尖抠了自己的掌心一下——微疼，那不该是梦。可这耳边听到的又是什么？怎么自己竟然不懂？

　　几乎只是片刻后，有一双强而有力的手臂抱住了她虚弱的身子，她甚至来不及看清抱着她的人是谁。

　　"狂徒，放手！"她嘶哑着声音大声喊着，但是冲出口的只是微小的呻吟。

　　"城城，还好你醒过来了，否则我真得把自己骂上一百零八回了。对不起，我真的不知道那迷香的药剂该用多少，一不小心就下的分量多了……结果路上你还生了病，这一路真是害你太辛苦了。你放心，你想吃什么，我这就叫下人去做……"

　　那人喋喋不休，她猛地将眼睛睁大，纤纤十指疾伸，狠狠地抓在这人的脖子上。

那人"哎哟"地叫了一声,喊道:"城城,你要谋杀亲夫啊!"

"谁是我的亲夫?"玉连城咬牙切齿地说,"我和你——什么关系都没有!"

那张可恶的笑脸自然属于楚若溪,他稍稍一用力就将玉连城的手从自己的颈部拉下,笑眯眯地说道:"城城,别忘了你之前曾经求过我什么。"

"什么?"玉连城一怔,过往的记忆如潮水一般涌回大脑。她用力推开他,掀开被子想要下地,这才看清自己身上竟然穿着女装!十八年没有穿过女装,她怔怔地看着身上的衣物,只觉得陌生又刺眼。

"我的衣服呢?"她咬着牙问。

楚若溪笑道:"舟车劳顿好不容易到了京城,你该不会以为我还让你穿着那身脏衣服吧?我已经叫宫里制衣坊最好的师傅给你做了衣服,过两日就能送来,现在你先委屈一下。"他抬头吩咐丫鬟,"把王妃的衣服拿过来。"

那些华丽的罗裙和耀眼的簪环首饰让玉连城闭上眼,挥手道:"拿走!这些东西我不会穿的!"

楚若溪给丫鬟使了个眼色,丫鬟聪明机灵,立刻便退去了。

楚若溪笑道:"好,你不愿意,我不强求,回头给你找件我的衣服穿。"

玉连城咬着嘴唇靠在床头,恶狠狠地瞪着他:"我现在在哪儿?"

"京城啊,我不是和你说了?"楚若溪扶着她,"你生了这一场大病,身子很虚,不要急着下地,昨日来给你诊脉的冯太医说,你还要再休息至少三五天才能缓过气来。"

"荣王,你将我绑架到京城来,可曾问过我的意思?我是古镜城的城主,我向我爹发过誓,终此一生只在古镜城,不会出城半步!"

"你爹让你发的这种不近人情的誓言吗?他知不知道古镜城将自身难保的事实?"楚若溪冷笑一声,"他自己撒手跑了,将这个重担压在你的身上,让你一生着男装,管着这么大一家子,真是个自私自利的老头!"

"要你管我的家事?我为古镜城牺牲,心甘情愿!"玉连城恨声道,"你去叫人准备马车,我要赶回古镜城!"

"不可能。"楚若溪微微一笑,"我把你弄到这里来,又怎么可能让你回去?"

玉连城笑得更冷:"我就不信,难道我就逃不出王爷的手掌心?"

楚若溪知道她性子刚硬,自己不能和她硬着来,便赔笑道:"你不要着急,我知道你的担心,也知道你的愤怒,听我一样一样和你说,为什么我要带你来这里。"

玉连城冷冷转过脸去,懒得听他解释。

"首先,你们古镜城面临内忧外患,亟待解决。你已经在玉华景面前求过我,而我也答应了,你的事就是我的事,我当然要尽全力为你完成。但是这江山毕竟不是我做主,我纵然是皇上的亲兄弟,也不能随随便便就为他做这个主。关于古镜城的事情,我三言两语未必说得清楚,你是古镜城的城主,若是能由你亲自和皇帝陈述自然是再好不过的。但你又自命清高,我若是让你来,你肯定不来,到最后两边僵住,我这个中间人会很难做。

"其次,玉华景虽然暂时离开了,焉知他不会卷土重来?不过玉华景再厉害,也不过是个钱庄的庄主,算不得你的心腹大患。若是你能把皇帝哄好,为古镜城谋得一个天子封号,再加上我为你撑腰,看谁能骑到你的头上去?"

玉连城盯着他:"你说得好听。先祖离开朝堂,就是为了与世无争,避世一处,现在你是要拉我回朝堂上来?我稀罕那个天子封号吗?"

楚若溪嘲笑道:"行啦,你们先祖是怎么想的我不管,但你现在失了古镜城的天然宝地,还能为城中的人做什么?若是有一天外面的水源不在,城中子民尽数遣散,他们还能不能活得像现在这么安逸?你们是与世无争惯了的人,不知道外面的风雨艰难,有个天子封号怎么了?古镜城还不是天子赏的?你让我和皇兄求的免赋税、寻新址,难道不是天子的恩泽?我说你自命清高真是一点儿都没错。"

玉连城被他揶揄得脸色更加青白,但又不得不承认他说的话不是没有道理。

"纵然如此,你为何要强行绑我到这里?难道好好说,我会不同意吗?"

楚若溪笑道:"好好说?你急不可耐地要赶我走,我和你说了,你又该觉得是我巧言善辩,强词夺理了。更何况当时城外还有一个我讨厌的对头,我不想和他碰面,只得先把你拉出门了。"

"对头?"玉连城一震,"对了!袁飞傲!糟糕!无双现在落在他的手里了!对了,还有水源!已经被玉华景下毒了!城内百姓坚持不了两日就要中毒,可我还未来得及告诉无双……"

她猛地坐起身,双足落地,但是一阵天旋地转,又栽回楚若溪的怀里。

楚若溪软玉温香抱满怀,笑道:"城内水源被下毒的事情我已经留书给你妹妹了,她很快便会知道。至于袁飞傲——这就是我要和你说的第三件事。你当初广发求亲帖时,没有给袁飞傲发一份?"

"有。"

"啊?"这一点倒是出乎楚若溪的预料,"那么,你是为了混淆视听?"

"嗯。"

"结果他没有来……"楚若溪坏笑着摸摸下巴,"你一定在心中暗自窃喜,想着只要他不来,你就可以摆脱掉他了。日后他若找上门来寻亲,你妹妹也已经嫁人,他自然没办法夺人妻子。"

"可如今拜王爷所赐,袁飞傲只怕已经入了城了!"玉连城怒气冲天,"看你干的好事!"

楚若溪慢悠悠地说道:"你也不必这么愤怒,你怕袁飞傲,也无非是听信市井传闻。其实袁飞傲并不如你所听说的那么可怕。这个人……是不读书,但是上无愧于君主,下无愧于万民,算得上是天地间堂堂正正的一个大好男儿。若是你妹妹嫁给他,嗯,一个是千娇百媚的美人儿,一个是铮铮铁骨的硬汉,倒是绝配。"

玉连城一怔,记得楚若溪是很不喜欢袁飞傲的,怎么倒为袁飞傲说起好话来?

楚若溪看出她目光中的怀疑,便笑道:"你奇怪我为何赞他?很简单,关于他的那些流言蜚语,其实都是我造谣散播出去的。"

"什么?"玉连城眸光再碎,"为何?"

楚若溪耸耸肩:"看这家伙实在是不顺眼呗。老大的嗓门,吵吵闹闹,从上到下都是一个粗人。我找他办事,从来没有一次顺顺利利地给我办过,总说什么公事公办,给我荣王摆官架子。哼!我怕他?最可恶的是,有一次他居然当着人说我娘娘腔!你看我哪里像娘娘腔!明明是大丈夫!"

玉连城默默地看着他,忽而冷哼一声:"他其实也没说错。"

楚若溪生得一副好皮相,一天到晚嬉皮笑脸,没半句正经的,虽然说"娘娘腔"三个字多少夸张了点儿,但可以想见他一定也是把袁飞傲气得不行了,才逼得人家用这样的狠话骂他。

楚若溪听到她这句嘲讽,脸皮却挂不住了,一把抓住她的肩膀:"谁是娘娘腔?要说娘娘腔,你才是正儿八经的娘娘腔!"

"放手!"玉连城无力推开他,此时只得示弱,"我胸口疼,要喘不过气了。"

楚若溪赶快放开手,慌张地问:"怎么了?是不是我压到你了?"

玉连城的确身子虚弱,也没什么力气和他斗。她飞快地在心中想:已经被他掳劫到这里,凭自己现在的病身子,的确是没办法单独跑掉,目前养好身子是第一位的。而且正如他所说,古镜城危在旦夕,她要向皇帝求一个未来,有楚若溪做自己的靠山,这事情就要好办多了。

据她猜测,袁飞傲一定不知道自己和无双曾经有过婚约,否则他不会不入城。此次到古镜城来,也许是一个巧合。无双虽然身子娇弱,但也是个聪明女孩,暂时可以应

对。有袁飞傲镇着，玉华景应该不会闹出多大的事情来。更何况连楚若溪这种眼高于顶的人都把袁飞傲说得那么好，看来她之前的担心是无用了。

但纵然袁飞傲不是心腹大患，玉华景呢？那中毒的水源呢？她想得头痛，不由得合上眼说："帮我做碗面来。不要太油腻，我喜欢吃柿子鸡蛋做卤的。"

"好，你等等，马上就送过来。"楚若溪听话地溜下床跑出去吩咐丫鬟了。

楚若溪走进御花园时，御花园中除了皇后和几位妃嫔之外，太子楚霄也在。楚霄今年七岁，长得玉雪可爱，而且聪明伶俐。对于楚若溪这位皇叔，他一直很喜欢。此时见到楚若溪走进来，他便张着手臂高兴地扑过去，问道："皇叔！您回京啦？这回有什么好听的故事可以说给霄儿听的？"

楚若溪笑着将他抱起，说道："皇叔这次来去匆忙，也没顾上给霄儿带份礼物，你不生气吧？"

楚霄儿抱着楚若溪的脖子："皇叔给我讲一个故事，霄儿就不生您的气。"

"故事可以讲，但是今天不行，我还要去见你父皇呢。"楚若溪正和他调笑，皇后袅袅婷婷地站起身，很有威仪地说道："霄儿，下来，不要对你皇叔这么没规矩。"

楚若溪笑着冲皇后点点头："皇嫂，这几日皇兄身体还好吗？"

"还好，有劳你惦记。你突然离京，公务都丢下了，陛下这些日子便多操劳了些。"皇后面无表情地说，但口气中明显有对他的不满。

楚若溪笑道："那我这就去看看他，先和皇嫂别过了。"

他放下楚霄，叔侄二人彼此做了个鬼脸，楚若溪便走向皇宫深处。

当今昊夜国的皇帝楚若涛刚刚三十岁，原本该是风华正茂的年纪，却因天生体弱，五年前又生了一场大病，身体更差了，连惯常的早朝都很难做到每日按时到场，只是按照公务的轻重缓急宣召众臣分别到书房中问话，以最简单但最有效的方法处理朝政。

楚若溪今天来的时候已经是下午了，守门的太监见到他，离得老远就弯腰行礼，连声问候："荣王来了，陛下今日的朝见刚刚结束，这会儿正在吃燕窝粥。"

"好啊，那我是有口福了。"楚若溪笑着走进去，忽然又停下来耸了耸鼻子，"怎么这里的药味这么大？"

"前两天陛下让太医院派了成太医常驻御书房，每天的药就在这里煎好直接端给陛下了。"

楚若溪的步子一缓，蹙眉道："有这么严重吗？"

"是……"太监小声道,"陛下前天晚上曾经昏倒过一次,奴才不敢往外说,皇后都不知道这件事……"

楚若溪皱了皱眉,沉默半晌后,才如没事人一般踏进书房,堆着笑脸道:"听说今天有燕窝粥喝,所以我特意来和皇兄讨要一碗!"

楚若涛身形清瘦,但面容英俊,一双眸子湛湛有神地看着他笑:"你这个浪子终于知道回来了?这一趟又去哪儿玩了?"

"怎么是玩,走之前我和陛下说过了,我是要去寻一位绝代佳人。"楚若溪大大咧咧地坐在皇兄的对面,丝毫不顾君臣之礼。

"看你这春风得意的样子,那位佳人是寻到了?"楚若涛斜睨着他。

"当然。"楚若溪自豪地笑,"人就在我的府里呢。"

"但这个女人只怕是带了些麻烦过来吧?"楚若涛意味深长地看着他,"为什么你昨晚刚一回京,先找太医,又擅自调动御林军为你看家护院,这女人难道是个受了重伤的钦命要犯不成?"

楚若溪哈哈笑道:"若是钦命要犯我倒不怕了。只是这个女人……身份有点儿特殊。她是古镜城的城主。"

"古镜城的城主?"楚若涛皱眉思忖,"朕怎么记得古镜城的城主是个男子,叫玉……"

"玉连城。"楚若溪主动说出名字,"就是她。她自幼被当男儿养,所以外界都以为她是个男子。"

"莫非她就是你心心念念要寻访的那位佳人?"

"是。"楚若溪将脸凑过去,"我想和皇兄讨一道旨。"

"为你们证婚?"楚若涛漫不经心地说,"你这个人想做什么就做什么,谁拦得住你?只是这个女人既然是古镜城的城主,身份也算不低,堪与你匹配了。朕也没什么好反对的。你若想再要道圣旨给你这桩亲事添些光彩,朕现在就可以写给你。"

"不是,我要娶她还不那么容易,因为她现在还不肯嫁我。"

"哦?为何?堂堂荣王她竟然会看不上吗?"

"我总要有一份拿得出手的聘礼,人家才肯点头。"

楚若涛疑虑地看着他一脸坏笑:"怎么?难道这荣王府都拿不出像样的聘礼?"

"普天之下莫非王土,我能给的,还不是皇兄赏的?"

楚若涛暧昧地笑了:"明白了,这份重礼是要朕给你出。该不会要朕的土地吧?"

"皇兄英明。"楚若溪顺势颂扬。

楚若涛向后一靠，靠在宽大的龙椅中，似笑非笑地说："你这是要和朕分家产？朕以江山许你，你都不肯要，现在为了她倒和我要土地了。你想要多少？半壁江山吗？"

"皇兄误会我的意思了。我这一辈子就做个闲差王爷便心满意足了，哪里会做那种乱臣贼子？只是他们古镜城地处荒漠，原本的水源已经渐渐枯竭。她希望皇兄能另赏她一块地方，让她可以举城搬迁，且衣食起居一切照旧，皇家赋税一切全免，让他们这国中小国的日子可以再千秋万代地跟着昊夜国过下去。"

楚若溪一边说着，一边偷偷看着楚若涛的表情。如果楚若涛有一丝皱眉不满的意思，他便要立刻换一些更温和的说辞来诱导。毕竟，和一位皇帝讨要藩地并不是件简单的事。

但楚若涛只想了想，问道："你心中是不是已经想好了地方？"

"我听说洛川那里地肥水美，民风淳朴，而且地广人稀，是不是可以……"他笑着，其实也不是很有把握。都知道洛川是块宝地，国内几位老王爷都曾经厚着脸皮和皇上讨要那块地盘，但是都没有得到允可，现在他又来要，纵然他是皇帝的亲弟弟……

"朕答应了。"楚若涛干脆地回应，"朕明日和六部的人商量一下，再下一道正式的诏书昭告天下，否则旁人不知道，她在洛川也难易安稳。"

"那……我代她多谢皇兄了！"楚若溪总觉得此事不大对头，皇兄答应得这么痛快，似是背后还有别的话没说。他正想探问，楚若涛又说道："谢恩这件事不该你说，她既然在京中，明日便叫她入宫来见朕。"

"遵旨！"楚若溪高高兴兴地跳起身，"我这就回去和她说。"

"若溪！"楚若涛忽然在身后叫住他，沉声说道，"朕这次给你这么大一个面子，你要想想，该怎么样回报朕这个人情。"

楚若溪望着他笑："明日我就把公务都捡起来，决不让皇兄再这么操劳了。"

楚若涛微微一笑："要记得，你是楚氏子孙，朕与你都是父皇心中的骄傲。这份江山朕可以二话不说就交到你手上，是因为这世上朕最信任的人就是你，希望你不要辜负朕的这份信任。因为，昊夜国比朕更需要你。"

皇兄如此诚挚又严肃的话让楚若溪的心头乌云笼罩，阴霾一片，一种不祥的预感隐隐涌动。他知道，有些事他只怕是躲也躲不开，不得不面对了。

走出守言宫的大门，楚若溪立在原地好久没有离开。
眼前是一片正开得茂盛的幽兰花。
这花是昊夜的国花，碗口般大小，淡紫色的花瓣，细长的茎枝，一朵开时遗世独

立,有清贵之气;百花齐放时则如霞云万朵,灿烂似锦。

此时清风缱绻,吹在那片花海之上,花枝摇动,香气四溢,让楚若溪仿佛又回到了童年——

那一年,他十岁,站在御花园的月亮门前,听到父皇正在谆谆教诲皇兄:"你是昊夜国的希望,昊夜国交给你的时候会比现在强大,当你把它交给你的子孙时也要有父皇这样的承诺,所以,你的每一天都不该是虚度的。父皇在你的母后面前曾经发过誓,要将你培养成昊夜有史以来最出色的王者,父皇一定不会食言的。"

"那……弟弟呢?"楚若涛发问,"若溪弟弟很聪明,他学文学武都比我更快,而且他身体也比我好,也许,应该由他来做这个皇帝……"

"不要胡说八道了。你是长子,又是先皇后所出,这个皇位自然是由你继承。溪儿是弟弟,他母亲不过是个宫女,母凭子贵封了个嫔而已,他最多只能封王,怎么可能做皇帝?今生他是没有帝王命的。"

"没有帝王命。"这五个字像是一个咒语紧紧缚压在楚若溪的身上。从那之后他对学习这件事变得玩世不恭起来。他再也不会刻意地以学业去讨好父皇,和大哥一争高下。他今生再努力,至多就是封一个王。无论他做得多好,永远只是大哥背后的一个影子。

对于一个小孩子来说,他想要的,其实不是那高高在上的皇位,而是父皇口中的一句认可。他没有得到,于是他决定放弃。

十五岁离京,将自己变成一个彻头彻尾的平民百姓,他四处流浪,看尽了风土人情。离开皇宫这片红砖绿瓦,高墙碧土,他将自己回归成一个最单纯的人,发现他能得到的快乐竟然比在皇宫中享受着众人的侍奉更能直入人心。

所以,王爷又算得了什么?他在民间一样可以吃穿不愁,不用高高在上地端着架子,不用费心去想朝中各方势力那盘根错节的关系,不用看父皇或者皇兄的脸色,不用面对任何他不想面对的人和事。

足足过了五年,直到父皇病重之际,对这个还在外面流连迟迟不归的儿子有了思念之情,连番急召之后,将他召回国,那个王爷的头衔到底是落在了他的头上。

"帮你皇兄守好这座江山,你们是彼此唯一的依靠。"这是父皇留给他的最后一句话。一个千斤重的责任就这样压在他的肩头。

当年玉连城的爹死时,也是这样强行把重担不管不顾地压在她的肩头吧?竟让她宁可牺牲个人的幸福,被这座山活活压死?

他"哼"了一声,他不要过这种生活,他爱的人,他也不会甘愿见她为此受苦。先用洺川将她眼前最大的难题解决了,等日后洺川安顿好了,他便和皇兄请辞这个王爷的头衔,跟随佳人去过逍遥日子!

想到这里,他又忍不住笑了,仿佛美好前景就在眼前。

快要走回到御花园的时候,有一个宫装丽人静静地站在他的必经之路上。他眯起眼,笑着走近:"皇嫂怎么一个人站在这里?"

"我在等王爷。"皇后安静地直视着他,"我听说王爷去了古镜城。"

他微挑眉毛:"这么机密的事情皇后都知道了?是皇兄告诉你的?"

"王爷为何要去古镜城?"

皇后一本正经的发问让楚若溪笑得更欢了:"皇兄没告诉你原因?那我也不说。皇后关心国家朝政是好的,但是我个人的私事……皇嫂就不要操心了。"

"若王爷的私事与国家朝政有关,我便不能不问。"皇后直视着他的眼神中那一丝戒备和敌意让楚若溪忽然暗自心惊。

他习惯性地眯起眼,打量了一番皇后,叫出她的名字:"尔雅,你是不是听到什么流言蜚语,所以对我误会了?你我好歹是自小一起长大的玩伴,我的为人你应该清楚。"

皇后默默地望着他:"王爷外出七八年才回宫,这七八年里王爷变了很多,我不敢说十分了解王爷的为人。而今陛下龙体抱恙,太子年幼,我身为陛下身边最为亲近的人不得不为这片江山着想。传言古镜城富可敌国,更有奇人异士,王爷在此时造访古镜城,不知道是为了国事,还是私事?"

她话中的敌意让楚若溪想装作没听明白都很难了,叹口气,他苦笑道:"我舟车劳顿赶回来还累着呢,今天实在是没工夫和皇后闲磨牙。我府上还有一个病人要照顾,只得先和皇后告辞了。"

皇后提高声音:"王爷可以顾左右而言他,但是请王爷记住,昊夜有我在,绝不会让江山旁落!"

楚若溪微笑道:"皇后好好守着您的江山吧,没有人会和您抢,能抢的,只是您的心魔!"

荣王府，拈花阁。

玉连城一手持剑立在院内。这是她在荣王府清醒后的第三日，她知道自己若是想回到古镜城，不能完全依靠楚若溪。那个男人狡猾又不讲道理，就凭他敢把自己从古镜城劫持到京城这件事，就不是一般的人会做的。所以她要努力地恢复体力，尽快地让自己可以脱离他的桎梏。

这柄剑是她和王府的侍卫要来的，那侍卫给她剑时很是犹豫，但是旁边的丫鬟为她帮腔："这是王爷新娶的王妃，你总不敢违抗王妃的命令吧？"

她从侍卫的眼中看到震惊和怀疑，因为那一刻她穿的是男装。她自少年起就经常穿男装，渐渐地都忘了自己穿女装的样子，而城中也没有几个人知道她原本是女儿身。

楚若溪第一次看到她时，她恰恰散了发，只穿了最宽松的练剑袍，那衣服宽大而舒适，但配合她的散发，正暴露出她最女性、阴柔的一面，所以，这天大的秘密就被他白捡了去。

现在身处荣王府，即使楚若溪给她准备了最华丽的女装，她依然固执地要着男装，因为她认定自己在京城将事情办妥之后，便要回古镜城去继续过她原本的日子。

她是一个害怕生活改变的人，每当身边有亲人离开，或是古镜城面临重大危机时，她都有一种濒临末日的感觉。

所以倘若强行让她变身回女人，失去古镜城，她也宁愿去死。

如今，长剑在手，她深深地吐纳，剑尖横空一扫，银色的剑花朵朵绽开，剑如虹，人如玉，花香满溢院中舞，荡尽侠情剑气生。

她的剑法自父亲传宗，走的是清灵婉约一派。玉家的剑法在当年建国时颇有狠辣之风，才能帮太祖皇帝开国建朝。但是自玉家避世到古镜城之后，因为与外界隔绝，这狠辣之气也慢慢地在剑法中被剔除融掉。剑法传到玉连城手中，因为她毕竟是女儿身，气力较之男子较弱，所以父亲将剑法中雄浑刚劲的那一派也改为轻灵迅捷了。

但玉连城并不喜欢这样的改变，她觉得自己之所以在和楚若溪的对决中屡屡落于下风，归根结底便是她的剑法不够狠辣。以往她舞剑，只为了强身健体，运气凝神，而今她每刺出一剑都想象着楚若溪若在对面会如何应对，如何化解，她便再以更加犀利的招式反击。

毕竟是大病一场，在她刚刚练出十余招后便觉得气力不济，第二十招一剑"长河秋水"是气魄很大的一招，一招中还有九个变招，一招接一招，一招套一招，练出时真是疾风骤雨一般，一口气提不上来，玉连城忽然觉得喉头发咸，一口鲜血就喷了出来，让站在旁边等候的丫鬟吓得惊呼起来。

就在这时，院门口闪电般冲进来一道银白色的人影，猛地抱住玉连城，一手抵在她的背心上，将内力源源不断地输进她的身体，同时喝问道："谁让王妃练剑的？"

丫鬟已经吓得跪倒在地，连连告罪，玉连城挣扎着说："还能有谁？当然是我自己要练。你有发脾气的力气，不如先扶我进去。"

发脾气的人自然是楚若溪，他一把将她抱起，连忙跑进旁边的卧室。

将玉连城安置在床上，楚若溪依旧沉着脸，对外喊道："去太医院找个太医过来！"

"不用了，就是一口气岔住了。大晚上别惊动别人了，我不想吃那些药，我自己调息一下就好。"

"就这么急着跑？"居高临下的他一双黑眸幽邃明亮，能立刻看透她的心，"你怕我不送你走吗？我不是说了，要带你见皇上的，你的事情如果皇上允可了，我想拦也拦不住你。"

"那……皇上允可了吗？"她期待地看着他，他今天临走前说是要入宫面圣，那她的事情也必然和皇帝说了吧？只有皇帝尽快答应她迁城，对城中居民的伤害才能降到最低。

楚若溪叹道："皇兄的身体很差，今天见了百官之后已经没有什么力气和我说话了。我不敢太打扰他，只得退了出来。等过两日你的身体也好了，咱们再一起入宫。由你当面说出你的诉求，比从我口中转述不是要更好？"

玉连城稍稍有些失望，但也只得听从他的安排。

太医院的冯太医气喘吁吁地来到王府，见面先向楚若溪问安："荣王，是前日那位姑娘……"

"荣王妃。"楚若溪纠正他的用词，微笑着看了眼已经在床上半梦半醒的玉连城，"她今天强练武功，但是气息运行不畅，吐了血，烦劳您再把把脉，看看有无大碍。"

"是。"冯太医躬身走到床边，楚若溪轻轻将玉连城的右手腕从被角中拉了出来。玉连城感觉到了，但是懒得睁眼，只好任由太医把脉。

冯太医静静地号了一阵，起身说道："王爷放心，王妃的身体底子好，没有大碍的，回头我再为王妃多开一帖药，随着之前的药方一起煎下服用即可。"

"那就有劳了。"楚若溪客气地说。

当冯太医开好药方起身告辞并走出卧室大门时，楚若溪忽然叫住他问道："我皇兄的龙体到底病到了一个什么程度，您可知道？"

冯太医怔了一下，神色闪躲："这……陛下的身子一直是成太医负责，小臣并不清楚……"

"不清楚但也总该有所风闻吧？"楚若溪神情凝重，眉心微蹙，语气也冷了下去，"陛下自小体弱，吃了你们太医院多少药都不见起色，而今我回京，看他竟比我走时还要羸弱了，怎么？太医院的人都是滥竽充数、不学无术的骗子吗？"

"王爷言重了！"冯太医吓得连忙摆手，"陛下自幼身体就有不足之症，心肺较之常人都差了许多。虽然太医院研习上古医方屡屡配药，但这先天之缺难以补上，前些日子又感染了一次风寒，陛下的龙体最怕这伤寒之症，一旦寒气入体，便侵蚀五脏六腑，犹如蜂窝蚁穴，无法施救……"

"总而言之，就是你们无能为力了？还是说他的大限将至？"楚若溪不耐烦地又追问一句。

冯太医脸色难看，这样大不敬地对皇帝的身体下死刑判决他是不敢说的，但是面对楚若溪的咄咄逼问，他挣扎好久，也只得勉强点点头。

冯太医走后，楚若溪倚着门框发了会儿呆，直到身后玉连城懒懒地说道："你这里原来也是自身难保的局面……"

"什么自身难保？我有什么可需要保的？"楚若溪回头看她时，已经重新换上了笑脸，"我皇兄乃真龙天子转世，自有先祖神明庇佑。纵然他有个万一，以他的英明神武，和小太子的聪明伶俐，昊夜的国事也会安排得妥妥当当，我这个闲散王爷只要稳稳当当地做我的王爷就好了。难道还有谁敢摘我的脑袋不成？"

玉连城乖乖躺在被子里，一双眼睛却微微睁着，望着他的方向："当今皇帝只有你一个兄弟，他若英年早逝，太子年幼，这大统之位该由谁来继承？"

"自然是太子。"

"未必吧？"玉连城学着他一贯的暧昧笑容，"太子不过七岁，能懂什么人事？如何处理朝政？而你正当盛年，荣王的威名，纵然我远在古镜城中，偏安一隅，不问世事，都如雷贯耳。纵然王爷自己不想做个趁机篡权夺位的乱臣贼子，下面也必然会有人怂恿王爷继承大统，到时候时势逼人，王爷，就由不得您了。"

楚若溪的眼前忽然闪过皇后庄尔雅的容貌……

庄尔雅，是前丞相庄羽舒的独生女儿。小时候，因为常常跟随母亲入宫看望先太后、先皇后，她又生得端庄美丽，举止大方得体，故而很得两位先人的宠爱，几乎早早地就给她与楚若涛定了亲。她和楚若涛、楚若溪，可以说是自小长大的玩伴。

楚若涛因为身体原因，只喜欢下棋读书这样不费体力的活动，而楚若溪就喜欢摸高

爬低，一刻也停不下来。

好几次庄尔雅皱着眉抱怨说："二皇子，您能不能安静一会儿，您看桂花树上的桂花本来开得挺美的，可是您拼命地摇啊摇，都把它摇落下来了，多有伤风雅啊。"

那时他笑着说："你这么喜欢我大哥，难道不知道他喜欢吃桂花糕，喝桂花茶？我把桂花摇下来是要为他制糕泡茶的。"

"那也自有宫女太监去弄，何必您亲自动手。桂花倒是摇下来了，连上面的树皮尘土也都被您摇下来了，这好好的一本《子夜昙经》我都看不下去了！"

每次庄尔雅对他抱怨嗔怒，楚若涛就在旁边笑着说道："你们俩真是一对冤家，见了面就要吵架。原本都是为了我好，可是让我这个承恩人都不知道该谢谁了。"

"大哥谢她就好，她是外人，我们兄弟之间才不必假惺惺地瞎客气。"他一边说着，一边抱着树干更加拼命地摇桂花。

庄尔雅顿足道："谁是外人？"

他冲她眨着眼："不是说要等你们十七岁的时候才办喜事吗？怎么？这么着急要当我大嫂了？你要是非要当我们楚氏的'内人'也无妨，反正父皇都下了旨了，我从今天起就叫你一声'大嫂'如何？"

结果闹得庄尔雅脸色通红，羞愤而去。

那时候，三个孩子在一起说说笑笑，吵吵闹闹，何等单纯快乐。纵然他后来硬要离宫出走，他也总是在外面寻一些好玩有趣的小玩意儿，托人带回宫中，博他们一笑。

兄长楚若涛在他心中已经是牢不可动的神祇之位，而他甘愿如诗中所言——"飘飘何所似，天地一沙鸥"，只做那振翅翱翔寰宇的一只飞鸥，便可心满意足了。

但世事弄人，直到今天面对庄尔雅那戒备警惕的眼神，听到她咄咄逼人的质疑时，他才发现，纵然他心地清明，俯仰无愧，也挡不住别人对他的质疑和猜测。若皇兄真的撒手尘寰，他便当真不能遗世独立，独善其身吗？

他的沉默让玉连城第一次看到他深沉忧思的一面，缓缓从床上坐起身，慵懒说道："王爷不想做乱臣贼子，不如自请远调出京城。王爷出了京，放了权，自然就远离了这些是非。但是，王爷，您也是楚家子孙，如果陛下不幸薨逝，这江山还不定会落于谁手，王爷，您放心吗？"

楚若溪定定地看着玉连城的眼，良久之后，他唇角上挑："管它会落于谁手呢！你休想拿着江山社稷的大帽子压我，将我困在别处。"

玉连城的一双眸子如清泓无波，只侧着脸看着他："王爷以为我在危言耸听？王

爷有没有读过昊夜国的《史记》？可知道先皇是怎么夺得皇位的？若不是当年他杀死太子流放三位皇子，这个皇位本不该他坐。但是，当时适逢朝堂内乱严重，上下腐败蔚然成风，太子乃腐败的根源，其他皇子又同声同气，先帝驾崩仓促，诸侯又蠢蠢欲动，先帝挺身而出，平定内乱，扛鼎江山，这才有了昊夜国此后五十年的安定。虽然以手段来说，先帝做得不对，但以结果来看，先帝一点儿错都没有。若不是先帝及时出手，现在的昊夜也许已经四分五裂，成了他国口中的肉糜。如果陛下英年早逝，王爷请记住，昊夜将再一次沦为任人宰割烹炸的羊羔，而那把握刀的主人——任何人都有可能。王爷是想等到事态无可控的时候再懊悔叹惋呢，还是想现在就早做筹谋？"

楚若溪蹙眉道："你真是好奇怪，这番说辞真不该出自你这个在朝堂外闲云野鹤的一城之主之口，你忽然变得如此循循善诱，谆谆教诲，是因为你在怕什么吧？怕皇帝若死了，你古镜城的利益会受损。"

玉连城淡淡笑道："这是当然了。现在我古镜城濒临绝境边缘，皇帝的诏书还未送到我手上。纵然皇帝答应为古镜城另谋出路，但都说'一朝天子一朝臣'，先帝的圣旨能否延续执行，后继皇帝的人品和执政理念至关重要。如果让一个不靠谱的人来当皇帝，毁了古镜城的基业，害了城内子孙，我宁愿自刎谢罪。"

"说得好严重。"楚若溪笑道，"你这个'自刎谢罪'听起来比皇权旁落、江山易主更让我心惊肉跳。我先走了，你好好休息。"

依稀在他走到门口时听到他轻声一叹，这叹息声很轻很低，若非玉连城是习武之人，耳力甚好，根本不会察觉。

他为何叹气？只是单纯地吐气，还是为这渐渐乱成线团的诸多心事而烦忧？这个人从来都是笑面迎人，少有悲戚表情，她刚才用强硬说辞去刺激他内心的脆弱敏感，他却始终不动声色，到底是他心思深沉难以洞察，还是他本质就是个单纯天真的孩子？似是两者都说得通，又似是两者都不对。

她悄悄转身，只看到刚巧合上的房门。门外的他是什么样的表情，在想些什么？她已不得而知。

楚若溪向玉连城隐瞒皇帝已经许诺洛川之事是拖延之计。他知道一旦他告诉玉连城这个"好消息"，玉连城便会迫不及待地要求立刻赶回古镜城，着手迁城事宜。这个女人若是强硬起来，八匹马都拉不住。他虽然私自借调御林军围住自己的府第，防止玉连城逃跑，但是仍旧对她十二万分的不放心。

已经打开的禁门，焉能让它重新关闭？已经认定的人，他当然也不可能放走。

古镜城，玉连城，这二者该如何共存共生？

忽然间他想起一个人——袁飞傲。那个对头现在应该已经被他引进城了。说实话，若不是他留下了穿过那些护城阵法的秘籍，凭那个傻木头的本事，哪里能找到古镜城的大门？

引袁飞傲入城，是因为他不放心玉华景，担心在他把玉连城带走之时，玉华景会采取对古镜城不利的事情，如果引发了恶果，他将无法向玉连城交代。而袁飞傲的威名在外，相信玉华景那个疯子也不得不敬畏几分，所以此刻的古镜城应该比玉连城在时更加安全。

既然袁飞傲和玉无双早有婚约，而玉连城留守古镜城，甘愿为之牺牲一生幸福的真正原因其实也无非是为了妹妹的终身幸福。倘若他能助袁飞傲一臂之力，帮他赢得美人归呢？

倾城之富、倾城之容，尽归袁飞傲所有，那他便可以带着自己的如花美眷，笑傲此生了。

想到这里，忽然觉得好多问题迎刃而解，他阴霾了一天的心情又立刻欢悦起来。

与此同时，遥远的古镜城，那个正被他算计的袁飞傲，心情却不怎么好……

袁飞傲是在奉旨返京的路上遭遇风沙，无意中迷路到古镜城附近的。他的副将因为偶遇楚若溪的手下黑木而得到了进城的方法。

原本当袁飞傲听说死对头楚若溪竟然在古镜城中时，坚决不肯入城。他极度讨厌楚若溪那个娘娘腔，平日在朝堂虽然彼此互相挖苦，但那家伙仗着自己是皇帝的弟弟，对他指手画脚不说，还把去边关剿匪这种芝麻小事都丢给他，让他过不得清闲日子。

他原本想着请求陛下让他镇守边关算了，这个靖边将军的大名也算是名副其实。但陛下偏偏又召他回京，果然是一时一刻都闲不下来。现在落难到此，因为这鬼风沙和鬼阵法，害他大军的补给消耗严重，若不趁机补充食物和水，只怕还未熬到回京他们就要沦为丐帮弟子。

所以纵然他心中有千万的不情愿，但为了手下人，也只得将对楚若溪的讨厌压在心底，让人去叫门。

城门开了，但是他没有见到楚若溪。真正来接待他们的是一位漂亮的姑娘，说起话来嘴角还有两个小酒窝。

"我家小姐说，袁将军大驾光临，她本该亲自相迎，但是因为身体不适，只得对将军失礼了。将军和您的副将请跟我来，至于您手下的这些军爷，我们会另行为他们安

排住处，请他们不要到处乱走。这古镜城内外都有机关，若是一时他们走失，触动了机关，伤了人，古镜城是不负责的。"

古镜城怎么这样诡异？这里只怕也不是什么好人该待的地方，否则楚若溪又岂会到这里？

这里每一条街道看起来都相差不多，甚至可以说几乎是一模一样。所有的街道呈方回字形布局，若不是有人引路，相信他就算在这里转上一百年，也转不出去。

难道，这是楚若溪在这里设的一个局，故意引他上当？

想到这里，他猛地一伸虎爪，将那女孩的肩膀砰然抓住，沉声喝问："你要带我们去哪儿？"

那姑娘吓了一跳，纤弱的肩膀哪里经得起他这一握？她告饶道："袁将军大概是误会了，我是领您几位去休息。我都说了城中有各种机关，若是我不领着您走，您自己走丢了怎么办？"

"这鬼打墙一样的路，想不走丢也难！"袁飞傲低声咒骂一句，松开手，问道，"你们城主呢？荣王呢？"

"城主出城办事去了，至于荣王……袁将军指的是朝中的那位荣王吗？奴婢不曾见他出现在城中啊。"

楚若溪的身份在古镜城中并非公开的秘密，这丫鬟不知情也是正常的。但是听在袁飞傲的耳中便觉得更加蹊跷，明明楚若溪的贴身侍卫黑木是和自己的手下说过话的，也亲口承认楚若溪在城中，说他是在古镜城城主的家中做客，怎么一转眼连城里的丫鬟都不知道荣王？到底是谁在撒谎？

他一边思索着，一边打量着四周——墙头都不算高，这里若是跳出埋伏的杀手他该如何应对？不过说心里话，他也不认为楚若溪会特意大费周折地把自己引到这里来，就为了杀他。

一是因为两个人虽然政见不合，脾气不合，但他从不认为楚若溪是心狠手辣到要排除异己的那种绝情政客；二来，他来到古镜城外本是巧合，不是和楚若溪约好的，他就更不可能为了杀他提前周密安排。

他征战疆场无数次，对生死早就看淡，但是对于自己不了解的事情倒是存着一份好奇的求知心。于是他放开那个女孩，说道："对不住了，姑娘，你继续走你的吧。"

小姑娘三转两转，来到城中心最恢宏气派的两扇大门前，扬声说道："开门吧！燕儿带着贵客回来了！"

这里便是古镜城城主的居所。

大门吱呀一声打开,门后有一名风华绝代,袅袅婷婷的绝色佳丽盈盈颔首低眉,柔声说道:"古镜城玉无双见过袁将军。"

袁飞傲还未说话,便听得身后"扑通"倒下一个,他警觉地回头喝问:"出什么事了?"

"没事没事。"几位副将笑着扶起倒了的那位,"是老三看到这姑娘貌美,一时间没站稳而已。"

袁飞傲瞪了那人一眼,只觉得对方实在是给自己丢脸。但是回过头再仔细看了一眼这位自称是玉无双的姑娘——嗯,确实长得很漂亮。他自小到大所见过的所有美女,加在一起,都不及她一半美貌。

于是他恍恍惚惚地想起前不久他接到的那封信——

千金易得,璧玉无双。古镜城有倾国之富,倾城之容,君岂无意乎?

原来传闻还是有几分靠谱的。这样的姑娘谁娶回家当老婆也是面上有光,稳赚不赔的吧?

他正想着,忽然与玉无双的目光无意中相撞了一下,对方那清亮得可以映入星子之光的黑眸正好奇而大胆地打量着他。他猛然想起自己一身征尘,脏得要死,赶路辛苦也难免蓬头垢面,这样狼狈的他被她看到了,那……从来不讲衣着的袁飞傲忽然在这一瞬间,因为自己的外表失仪——脸红了。

袁飞傲今年二十一岁。听起来年纪不算大吧?但他十二岁就跟随父亲定远将军袁成化上战场了,所以算起来他已经在战场上出生入死近十年,绝对算得上是一员老将。不过因为长期在军营里生活,他身边能见到的女孩子不多,每年回京住上两三个月便会因为各种理由又赴战场,因而他一直顾不上谈及婚嫁。他母亲在他十二岁的时候就去世了,他父亲又是个打仗狂人,顾不上思量儿子成家立业的事情,于是他自己就这么稀里糊涂地一直单身到现在,也没有觉得怎么样。

年初皇帝曾经和他私下聊过两回,有意无意地问及他的婚事,问他想要个什么样的女孩子做老婆。

他简单而爽快地回答:"不会一天到晚哭哭啼啼缠着微臣的,会生养的,也就行了。"

他喜欢的刀枪剑戟、兵法战术,说给女人,女人也不会懂。而下属中亦曾有因为老婆争风吃醋而闹到军营中的笑话,让他更觉得女人实在是种麻烦的动物,敬而远之为好。

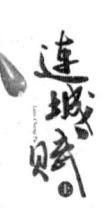

可为什么这个晚上无意中见到了玉无双后,却像是被一根羽毛轻轻搔动着他的心,让他有种难以遏止的冲动,想让对方再多了解自己一些。

晚上,正在房间内用凉水擦拭着面部的袁飞傲眼前闪动着玉无双的笑容,他忽然冲着面盆中的清水低声咒骂:"原来我和那些不正经的玩意儿一样,都是色鬼!看见人家姑娘长得漂亮,就按捺不住了!呸!"

此时屋外那位为他们引路的小丫鬟轻轻敲门,说道:"袁将军,我家姑娘请您至花厅一叙。"

袁飞傲有点儿怕见玉无双了。不是怕她能把自己怎么样,而是生怕自己心中这份情绪被人家姑娘看出来,丢了他的脸。

当他走到花厅时,玉无双还是那样恬静地微笑着迎接他。

"袁将军,我这里略备薄酒一壶,想问将军几个问题。"

袁飞傲低头看了眼桌上的一双杯子和一个精致的酒壶,这一路赶路喝的都是水,还真有些日子没尝到酒的味道了,他肚子里的酒虫忍不住开始闹腾。但当着姑娘的面,他只好故作客气:"玉小姐有什么问题尽管问好了。"

玉无双看出他一双眼睛始终往酒壶上瞟,便猜到他的心思,笑着亲自为他斟了一杯酒,送到他面前,说:"这第一杯酒算是为将军接风。将军乃昊夜奇人,可以到我古镜城来小住,也是古镜城的荣耀了。"

"客气。我军迷路荒漠,古镜城可以收留,也算是我们的幸运。"袁飞傲搜肠刮肚地想着怎么把话说得文绉绉点儿,一边接过杯子,一饮而尽。

"好酒!"他由衷赞叹,问道,"这酒叫什么名字?"

"待君归。"玉无双细声细气地念出这名字,"将军听说过吗?"

"没有。"袁飞傲忍不住又问,"我能……再喝一杯吗?"

玉无双见他那一脸馋酒的样子,捂住嘴偷笑:"当然可以,将军若愿意,这一壶都是您的。"

袁飞傲干脆直接坐下来,自斟自饮,他两杯酒下了肚,五脏六腑都是暖和的,心情大好,说道:"这古镜城的结构看起来很是精巧,想来你们那位老城主一定很花心思吧?"

"是,当年先祖穷尽自己毕生之心血才得以建成这座古镜城。"玉无双坐在他对面,托着腮看他酣畅淋漓地喝酒,问道,"将军真的没有听说过这种酒?"

"没有啊,怎么?我应该听说过?"袁飞傲喝酒如喝水,那小小的酒壶哪里禁得住

他的鲸吞豪饮，七八杯之后酒壶就空了。

玉无双见他喝得不过瘾，便招呼丫鬟："再取一壶来。"

袁飞傲忙止住道："大晚上的我其实并不是那么贪杯，说正事要紧。刚才你说有问题要问我？"

"哦，我想问将军，此行只是路过本地呢，还是……特意前来？"

"路过。我是奉旨返京，因为碰上那该死的风沙才晕头转向地跑到古镜城来的，等明日休整补给完毕，就要继续启程。"

玉无双面露惊讶之色："将军只是路过？我以为……"

"以为什么？"

"我以为……将军是在收到我兄长的请柬之后，特意来赴那场选婿大会的。"

"请柬？"袁飞傲想起那张被他撕个粉碎的信函，心中忽然很是懊悔，他不好意思地笑，"那个……被我弄丢了。"

"难怪将军没有来。"玉无双笑道，"将军的父亲是咱们昊夜国威名赫赫的老将军，他与家父曾有些交情，这一点……将军也没有听说过吗？"

"还有这事？"袁飞傲对这个消息很是出乎意料，闻所未闻的样子，皱着眉想，"老爷子在世时并未和我说起过古镜城。"

"大概……十八年前，可能是冲岭一战……"玉无双还在小心提示。

"冲岭之战？"袁飞傲想起一些事，"哦，那是我爹少有的败北之战，三万大军遭遇沙暴丢了一半，我爹在风暴中整整走了七天才走出来。那一战他很少和人说起过的。"

"老将军也没有说过他是怎样走出沙暴之地的吗？"

"他都不愿意和我提及那一战，至于细节我就更不清楚了。"

玉无双细心观察着袁飞傲的表情——这个在她和姐姐心中一直认为是极其恐怖的男人，直到真的站在她面前时，她心中却全无恐惧。

因为他虽然一身征尘，很是狼狈，却精神抖擞，傲然且有威严，一看就是出身戎马的赳赳武将。纵然在见到她的一瞬间有些失神，也并非那种登徒子的色欲熏心，更像是个孩子般偷偷看她几眼便急忙将目光调开，生怕被她发现似的，甚至在月色下她恍惚着还以为自己看到袁飞傲脸红了。

霎时间，她不仅不害怕这个传说中茹毛饮血的冷血将军，反而觉得他挺有意思的。但是为什么袁飞傲好像并不知道自己和他曾被父亲们订下婚约？难道袁老将军竟把这么重要的事情都忘了吗？

她默默垂着头，此时玉连城不在城内，她私自答应放袁飞傲入城，到底有没有危险也不得而知，但袁飞傲已说了明日就要走，且他只是路过，那他对于古镜城的威胁也可以忽略不计了吗？

"你要问的问题都问完了？"袁飞傲见她低头不语，似有心事，眼前又没有酒了，两个人只能干坐着吗？忽然他又想到一事，便说道，"对了，我们已经帮你们守水源整整一日了，明日我带着人马走后，那水源就该由你们自己接管了。"

"看守水源？"玉无双一惊！玉连城得到水源被下毒的消息之后并没有来得及告诉她，她对此事全然不知。她惊问道，"是谁请将军守的水源？"

"楚若溪的手下。"袁飞傲特意留意了一下玉无双的神情变化。之前丫鬟说不知道荣王造访古镜城，但是玉无双听到这个名字时并没有什么诧异困惑的反应，显然对于楚若溪曾出入此城的事情她亦是知道的。

"他没有和将军说过为何要请将军守住水源吗？"玉无双担心地问。

袁飞傲答道："据说是因为城中有难，这水源的洁净至关重要。"

玉无双立时花容变色，忽然想起最后见到玉连城时，她脸色大变地跑向药斋，莫非是药斋里出了事？

她起身要走，又忽而回身拉住袁飞傲的手："将军，烦请护我一段路，好吗？"

袁飞傲一怔，随着她的手顺势站了起来。这姑娘的声音不大，手上也谈不上什么力度，偏偏说出口的话让他无法拒绝，见她这样焦虑急迫，似是有天大的祸事已经迫在眉睫了，让他不由得不跟她一起往外奔跑。

这样连街道都如迷宫一般的古镜城，深处荒漠，外人难觅，兵马难行，还有什么可怕的灾难能撼动它呢？

奔入药斋，玉无双迅速地从上到下、从左到右地看了一遍架子上的所有药瓶，一直看到最上方，她的脸色变得惨白，喃喃念道："糟了！糟了！七叶草不见了！"

"什么七叶草？"袁飞傲好奇地看着这满屋子的药罐子、药瓶子，每一个都不一样，外瓶上并没有标签写明名字。显然，这药瓶内所装之物应该是只有极熟悉它们的人才能认得。

"是一种毒性很强的毒药。"玉无双一时间慌了神，"大哥一定是知道这毒药没了，所以那天才那么惊慌失措，可这毒药，会是谁拿走的？"她虽然在自问自答，但亦有一个名字噙在嘴角，呼之欲出，"玉华景！一定是他！"

袁飞傲茫然地看她自说自话，也不好插嘴问她，但玉无双回身一把抓住他的手，急

切地说道:"袁将军,我求您一件事,请务必看在全城百姓的性命攸关上,答应我!"

袁飞傲虽然是个粗人,但是绝对心系百姓,听不得百姓受一点儿苦难,见玉无双已经方寸大乱,这样苦苦哀求,他怎能坐视不理,便说道:"你先不要着急,这世上没有什么解决不了的事。"

玉无双咬着唇说道:"我这城已经封了,但城中可能潜伏着一个很可怕的敌人。这个敌人手中应握有从这里偷走的一瓶毒药。这瓶毒药因毒性剧烈,一旦倾入水中,全城人都难以活命。既然荣王曾经恳请将军的手下负责截堵水源,那必然和这毒药有关。请问将军,能拖延水源入城几日?"

袁飞傲蹙眉道:"你们这古镜城的水源入口不会只有一处吧?我派人守住的只有东面一角的入水口。"

"那我立刻下令让全城百姓从此刻起不得再打取新的用水,或许还能在毒药流入城中前救大家一命。可是这只是暂缓拖延之计,这古镜城……只怕还是要亡城了。"

"亡城?"袁飞傲也是暗自震惊,但是转念一想也可以理解:偌大的绿洲之城,若非那一片巨大的湖水支持,焉能让人居住生存?如今一旦水源受污,不管那毒药是否如玉无双说的这么可怕,也的确不敢拿人命冒险。

玉无双继续说道:"实话实说,我兄长玉连城今日忽然失踪,我不知道他去了哪里,也许是为了追踪那名下毒之人,也许是在想办法解毒,但无论哪个理由又都说不通。因为大哥最怕我为'他'的安危担心,绝不会闷声不响地撇下我,失踪一天一夜,所以我只怕……'他'是遭了毒手。"她说到这里,声音微颤,大大的眼睛中已经充满了水雾,似是随时这水雾都会凝结成泪滴跌落眼眶。

袁飞傲皱着眉想了一阵,说道:"楚若溪呢?那家伙现在到底在不在城里?"

"荣王已经出城走了。"

"几时?"

"就在将军入城之前。"

"你大哥是几时失踪的?"

"似是……同时……"

袁飞傲又想了一阵,笑道:"你也不用这么担心。你兄长是怎样的人我不清楚,但楚若溪那家伙狡猾得像一只老狐狸,别人死八回他都能平安无事。况且他手下还有个功夫很高的黑木跟随左右。他突然跑掉,也许是为了不和我碰头,但也许是带着你大哥查案子去了。至于你大哥为何来不及向你解释留言,应该是事态紧急所致。反正你城中如今暂时没有发现他们的尸首,那他们暂时应当是平安无事。"

"是吗?"玉无双听他这样分析,似是有理,稍稍松了口气,但是水源之事立刻又纠缠心头,如麻绳捆缚,整个肺腑都绞痛起来,"可是无论他们去了哪里,水源之事只怕是覆水难收。没了水,城中便无法正常生活,将军,可愿帮我?"

"你说吧,要我怎么帮?"袁飞傲望定她。

玉无双深吸口气:"我要迁城。"

迁城。这是个浩大的工程,绝非一朝一夕就可以完成的。袁飞傲带兵打仗多年,深知纵然是训练有素的军队,达到千人以上规模的外出行军都要各方调度,安置妥当了才可以发兵出行,而今玉无双随便的一句"我要迁城",就要在两日内带领全城上千百姓进行大迁徙。怎么可能?

上千人的补给怎么找?上千人的行李家当怎么搬?上千人的衣食住行且不说,就说他们要搬去哪里?从这个荒漠搬到另一个荒漠?又能到哪里找到如这片绿洲这样完美的水源?搬入昊夜国的普通乡镇城市?又有哪里敢一下子收容这么多外客?

他沉默着,没有立刻答应。玉无双看出他的为难,便说道:"我不求将军太多,等明日我为全城百姓公告此事时,只望将军能在旁边以声威助我。古镜城虽然民风淳朴,但百年来未遭大变,突逢大难,人心难测,我怕我一介女流到时无法控制事态场面。将军,我知道此时求您会耽误您返京的行程,但是,为了城内百姓安危……无双求您了。"

说到最后一句时,她竟然不顾自己大小姐的身份,双膝跪下。袁飞傲眼疾手快,一把拉住她已经半落的身形,沉声道:"不必跪我,我既不是皇帝老儿,也不是你的父母兄长。我袁飞傲虽然是个粗人,但也是明事理的。好!就如你所言,明日我会为你护持守望,若是城中有敢趁火打劫、为非作歹的,我一定当场严惩!"

玉无双含泪一笑:"多谢将军。"

清晨，震耳欲聋的警钟响彻古镜城的每个角落。

这种由纯铜制成的巨大警钟高高挂在古镜城的四角，百年来从未被敲响过，但是今天它的声音传遍全城，震动得每个人的心里都惶恐不安，人们一个个走出家门，好奇地互相询问，却又没有人知道答案。

人流汇聚成人潮，慢慢地涌向城主所在的府院前。

玉无双就站在朱红色的正门前。她今日一袭雪白，那张绝美如画的容颜在晨风之中似朝露晓雾，美得精致而不似凡间气象。

城中百姓虽没有见过她，但是人人都仰慕大小姐的美名已久。今日玉无双震慑住他们的却不是倾国倾城的容貌，而是她脸上那庄重悲戚的神情，即便她还没有开口说话，那种浓重的忧伤已经让人的心都要碎了。

"诸位古镜城的叔叔婶婶，姐姐妹妹，哥哥弟弟……"玉无双缓缓开口，场上极其安静，大家连大气都不敢喘，她努力提高了声音，让大家听到她的每一个字，"今天是古镜城建成后的第一百一十二年第二百零三天。这一百多年来，承蒙各家先祖及各位的鼎力相助，才换得我们古镜城的百年安宁。现在我们面临着古镜城的一场前所未有的劫难，但请大家相信，我们玉家一定会和各位一起共渡难关。"

站在最前排的一位大妈颤声问道："大小姐，出了什么事？"

玉无双轻轻低下头望着她："我们……必须要迁城了。"

"迁城？"

"迁城！"

这两个字从前排如海浪一般一波一波涌向后排，渐渐地又似天翻地覆在人群中不断地炸响："迁城？怎么可能？咱们在这里祖祖代代生活多少年了，哪里能搬得走？"

"房子搬得走吗？"

"东西搬得走吗？"

"我们要搬到哪里去？"

"我们要和外面的人住在一起了？"

玉无双望着神情惊恐、嘈杂聒噪的这上千人，高高抬起一手，但是众人只顾着自己讨论，甚至顾不上看她一眼。

赫然间，有人断喝一声："都给我闭嘴！"

这一声断喝，如晨钟暮鼓，振聋发聩，满场心脏不好的都觉得心跳加快，一个个噤若寒蝉，呆若木鸡地看着从玉无双身后走出的那名伟岸英武的男子。那扑面而来的冷峻之意，肃杀之气，令人胆寒。

大家虽然都不认得他,但是再也没有人敢出一声了。

玉无双感激地回头看向袁飞傲,点了点头,又继续说道:"我当然知道大家不愿意搬离故土,咱们古镜城的人祖祖辈辈早已过惯了与世无争的安逸日子,若不是濒临绝境,我也不会做出这样的决定。事实上,因为咱们城外的水源年年减少,本城搬迁是早晚的事情,我和大哥这些年也一直在为这件事发愁。而昨天我竟然发现……水源被人刻意破坏污染了,所以大家从今天起请不要再从城外的水源汲水,自己家中的水缸如果还有存水则暂时安全,否则……有中毒的危险。"

"中毒?"

这一次纵然是袁飞傲震慑在这里,也挡不住众人的恐惧感从心底喷涌而出。这个词背后所寓意的可怕是他们不敢想象的,大家面面相觑,情不自禁地握住了彼此的手。

玉无双说道:"所以,我们必须要迁城了。至于迁到哪里去,我暂时也不清楚。但是大家可以想见,若城中没有了干净的水源,我们则无法继续生存——"

"城主呢?他人去了哪里?"人群中忽然有人尖锐地喊了一声,"为何出了这么大的事情,却不见城主露脸?"

"对啊!城主呢?"

"城主不该和大家解释一下吗?"

人群又开始骚动起来。

玉无双淡淡说道:"我大哥已经紧急奔赴京城和皇帝亲自商议迁城之事,不日之内就会返回。但是在大哥赶回之前,我们必须做好准备。因为车马有限,建议大家在迁城前不要携带任何大件的家私,只带换洗的衣物和钱粮就好。"她用手一指袁飞傲,"这位是鼎鼎大名的靖边将军袁飞傲,各位应该也听说过他的威名,他便是负责护持我们此次迁城的护军首将。我希望大家在此城危之时可以精诚团结,相互扶持,共渡难关。但若有人趁火打劫,煽动内乱,袁将军一定严惩不贷!"

人群中,又有人发问:"我们古镜城不是国中之国吗?昊夜国的律法从来不适用于古镜城,袁将军凭什么抓人?"

玉无双神情沉郁庄严,曼声说道:"国有国法,城有城规,无论是在哪里,作奸犯科的都将被严惩。至于施惩者是谁,并不重要。"她的声音不大,但是字字掷地有声,看似柔弱的外表下却有一颗坚强的心脏。在这场古镜城自建城以来最震天动地的大事面前,她毅然果断,全无拖泥带水,犹豫不决。

袁飞傲在旁边静静注视着她的一言一行,不由得在嘴角流露出一丝赞许的笑意。

玉无双的目光缓缓扫视过全场,虽然满场寂静,但她亦知百姓们都各怀心事。她微

微向众人躬身致意，朗声道："最多两日，请大家暂且回家准备，等候消息吧。"

虽然只是短短的一场讲话，但是玉无双走回到府中时忽然觉得浑身酸软，虚脱无力，几乎要摔倒在地上。身后忽然有双强而有力的臂膀将她一把扶住，沉声道："累了就休息，不要死撑。"

她举目冲他笑道："袁将军，今天真是多亏了你。"

"我什么也没做，不就是给充充场面吗？"袁飞傲刚才冷眼旁观了一圈，觉得这古镜城的人因为不大出世，所以性格也算得上是柔懦安逸，应该不难驾驭。只是如果玉连城迟迟不现身……

"两日内若是你哥不回来，你怎么办？"他很为这个姑娘的未来担忧。

玉无双坚定地说："纵然等不回来大哥，该迁城还是得迁的。城中的存粮，应该足够全城百姓一个月的过活，就算加上将军的将士补给，再多一个月也绰绰有余了。现在最要紧的还是没有干净的水源。城中的水还能坚持多久，我心里也没有底。"

袁飞傲听出她的话音，是要自己的士兵保护着全城的百姓迁城。这正是他之前担心的。除了迁城是个浩大的工程之外，这件事毕竟皇帝没有下旨，若是他再参与这件事的话，一旦被人上报给朝廷，他肯定又要被扣上一堆乱七八糟的罪名。他不想给自己惹麻烦。但看着玉无双那双单纯而热切的眼，拒绝的话他又实在说不出口。

"你有没有派人在城内找找你大哥？"他说，"也许他是被困在哪里了？"

"怎么没有？大哥去过的地方我都找了一遍，但是没有人说见过他。也许……他真的是和荣王一起走了？"

"还是先坐下来，我们再好好想想，迁城这件事关系重大，既然你大哥不在，我劝你还是不要擅自做主，还有，给你们水源下毒的那个人是谁？你抓到凶手了吗？"

"那人叫玉华景，说起来算是我们的堂哥。"玉无双黯然地垂着眼帘，"从小到大他就总是欺负我们。他爹爹曾是城主，他爹去世后，他总觉得他应当做城主，这城中的一草一木都该是他的，但是因为他那时候年幼，继承城主之位的是我爹，而后又传位给我大哥，所以他十分记恨我们，恨不得将古镜城一起毁掉。"

袁飞傲听得火冒三丈："怎么会有这么冷血无情的人？难道城中这么多条人命都要给他的自私自利陪葬吗？"

玉无双忙说道："所以要请将军帮我。有这样的人潜伏在左右，我一介手无缚鸡之力的女流实在是没有办法应对。"她的纤纤玉指按在袁飞傲的手腕上，柔声哀恳，"将军，求你了……"

这一句"将军"叫得人心痒如麻，这一句"求你了"问世间又有几人可以狠心拒绝？更何况那盈盈双眸，红艳艳的嘴唇，花朵般娇嫩的面庞，倾城的容貌就在咫尺之前，纵使铁石心肠也要化成水了。

但袁飞傲这一次并没有立刻做出决定，他只是凝眉深思，慢慢说道："此事……让我想想。"

他不愿意置城中百姓的性命不顾，落得一个不仁不义的臭名。但是若因为救古镜城的人而连累手下的数千兄弟，则更不是他所想见的后果。

所以，他必须三思而后行。

这一夜的古镜城与平日大不相同，满城都亮着灯火，每家每户的窗子里面都有一个不眠之夜。

玉无双也是如此。

她在玉连城的卧室前面放了一盏长明灯，默默祈祷，愿苍天保佑玉连城平安无事，愿古镜城能够顺利渡过此劫。

从小到大，玉连城都极为照顾她，家中一切大小事情都会有父亲和"兄长"为她做主。而今玉连城突然失踪，重担落在她身上，顿时让她有些喘不过气来。

究竟玉连城去了哪里？怎么会连句话都不留就失踪了？这不该是她的做事风格啊。

还有那个荣王——虽然从始至终她没有当面说破楚若溪的真实身份，但看他那样的口气，那样目中无人，胆大包天，再联想两位收到请柬却未曾进城的待选之人：荣王楚若溪和靖边将军袁飞傲，显然楚若溪的嫌疑最大。

所以，当袁飞傲第一次当面点问出楚若溪的名字时，她已经将这个名字和墨言的那张脸牢牢连在一起了。

楚若溪是真心喜欢"大哥"的，从他望着玉连城的目光中就可以得到肯定的答案。但是"大哥"愿不愿意追随楚若溪呢？以她对玉连城的了解，她觉得答案是否定的。

"大哥"对古镜城太看重了，古镜城的兴衰荣辱就是她自己的兴衰荣辱，如果让她放弃，就如同让她放弃自己的生命一般。

"古镜城"这三个字早已融进他们玉家的血脉里，密不可分。所以她绝不相信玉连城在出走时会忘了告诉她去向，而很有可能是被人胁迫。

会是被谁胁迫？玉华景吗？还是那个恰好一起失踪的楚若溪？不管是谁，她都要尽快找到"大哥"，因为古镜城的迁城之事非同小可，她真的对自己能稳妥地处理好这件事没有任何的信心。

　　也许是上天有心成全，才会在这个时候把袁飞傲送到古镜城来？袁飞傲既然是皇帝的宠臣，那若是袁飞傲肯出面向皇帝为古镜城的百姓求乞一处新的容身之所，皇帝会同意吗？袁飞傲会同意吗？

　　想到袁飞傲，她又不禁轻轻叹气。初见面时看他像根木头，还是个会害羞胆怯的木头，所以本以为可以很轻易地说服他。但是直到白天看到袁飞傲神情中的迟疑沉默，她便知道要说服袁飞傲也没有她想象中那么简单。

　　是啊，古镜城对于他来说原本是外人之事，和他一点儿干系都没有，他何必来蹚这摊浑水？那……倘若她告诉袁飞傲，两家曾经在许多年前为他们定下过婚事，那么看在她是他未过门的妻子的分儿上，或许他肯破例相助？

　　想到这一点的她又开始心慌了，万一她说出实情后却反而触怒了袁飞傲呢？她早已知道两家有婚约，还广发请柬希望另配郎君……而且她和袁飞傲毕竟是初识，如果袁飞傲是个表里不一的人，答应了她却不帮她解决任何麻烦，那她不是得不偿失？

　　她反反复复思量着各种可能，直到有丫鬟跑进来慌慌张张地说："大小姐，不好了，南城有一群人在聚集，说是死也不会迁城，说迁城之事其实是您和城主合伙算计出来的阴谋！"

　　玉无双一震，倏然向外奔走，同时扬声说道："备马车！"

　　玉无双赶到南城时，那里的一片空地上至少聚集了百十名古镜城的居民，当中有一人正慷慨激昂地和众人说："所以，你们想啊，怎么咱们在城中住了百十年了，也没有听说什么水源减少？偏偏今天大小姐又说水源减少，又说有人下毒，那么大的一片湖，能有什么毒药厉害到全城人都不能用水了？分明是要把咱们逼上绝路，不迁城不行了嘛！"

　　玉无双远远地听到那人声嘶力竭的喊叫，冷笑一声，走下马车向着人群中间走去，朗声道："这位朋友，难道你认为这一切是我设的计谋或圈套，特意来坑害大家的吗？"

　　众人闪出一条道路，玉无双立在众人面前，依然是白天那身白色的衣服，在月光下泛着莹白的光泽，整个人似是冰雕玉琢一般，美得令人不敢直视。

　　当中那人是个年纪看上去足有五十多岁的中年男子，只有他高昂着头面对玉无双，依旧大着嗓门说道："是不是计谋，你们自己心里清楚。怎么就那么巧？这水刚被人下了毒，官家军爷就入了城。若说不是你们之前提前勾结好的，这也未免太过巧合了！"

　　玉无双微笑道："是有些巧，但天下之事无巧不成书。我们玉家创建并执掌古镜城

这么多年，就是这城中王，如今有什么必要弃城而去，做个普通百姓呢？"

"你们玉家在谋划什么我是不清楚，也许是觉得在这里待着不如意，又想回朝廷去当大官吧？"那中年男子还在自以为是地编造着故事，"咱们古镜城是风水宝地，外面多少人羡慕咱们呢。就是附近三郡的郡主，哪个不是对古镜城垂涎欲滴的？我前年出城转了一圈，就听说那几位郡主一直在上表皇帝，要求将古镜城纳入他们自己的封地之内。倘若城主一家和那些郡主暗中有什么勾结的话……"

他的话刚说到一半，忽然在夜色中传来凄厉的破空之音，一支短小的弩箭正中那人的眉心，在众人的惊呼声中，那人瞪着眼睛直直地向后栽倒过去，当场毙命！

"城主一家杀人了！"有人在夜色中疯了似的大喊大叫。

"玉家怎么可以做这种杀人灭口，排除异己的事情啊？"

"我等在城主和大小姐的眼中，性命都如草芥一般吗？"

众人的愤怒和质问如惊涛巨浪冲击着玉无双那柔弱单薄的身体。本也在震惊于这场突发在眼前的凶杀案的玉无双，猛一抬眼，只见百余名城中百姓正黑压压地向自己逼近。她就像是汪洋中的一条小船，即将被海浪吞没。

但最可怕的不是这些平日里和她亲如一家的人们对她的愤怒指责和不信任，而是她突然意识到自己已经跌入了一个看不见底的圈套之中——

玉连城猛地惊醒过来！涔涔冷汗已经沁透了她的睡衣。

很可怕的梦！梦中她看到无数的刀剑砍向了无双。无双，无双！她怎么能把那样孤独无依的妹妹丢在古镜城中？

掀开被子，她从床上翻身下地，一跃而起的时候忽然头重脚轻，眼前一阵眩晕。

还是不行吗？休息了这几日，依然没有办法完全恢复体力。楚若溪那家伙一天到晚给她吃的到底是什么药？是治她，还是在害她？

"后背上都是汗，做噩梦了？"

"你怎么会在这里？"

"今日一早便来了，看你睡得熟，没舍得叫你。"楚若溪柔声说，"别担心，古镜城有袁飞傲在，不会有事的。"

玉连城神色复杂地看着他，这个人的目标从一开始就很明确，每一步都走得坚决果断。隐瞒身份入城，在众位求亲者中独树一帜的表现，帮她周旋在玉华景的左右，揭穿玉华景和尹笑人的阴谋……他做的事情，虽然不是按照她喜欢的方式去做的，但是每一件细细回想，都不是出自恶意。所以，她从试探到无奈，到半推半就地接受……

　　从小到大，何曾有一个外人对自己这样好过？她高高在上地做古镜城的大少爷，古镜城的城主，为了隐瞒自己的性别，她要和所有人都保持距离。即使是和妹妹玉无双，有些话也不能敞开心扉地去说。但偏偏身后这个人的那双眼，从第一刻注视到她时就仿佛将她所有的秘密都一起洞穿，她在他这个外人面前，竟然无所遁形。

　　一个在古镜城中长大，一个是皇宫中的皇子，上苍为何要用天意将他们捆绑到一起？

　　"还在胡思乱想呢？"楚若溪在耳畔柔声说道，"这样吧，我明日写封信，派八百里亭驿快马加鞭给你送到古镜城去，一旦有袁飞傲或者你妹妹的消息，立刻就可以传回来了。"

　　"古镜城不是一般人可以去的地方，送信的人如果找不到怎么办？"她直到这时才缓缓开口。

　　"古镜城也没有你自己以为的那么固若金汤，否则我怎么会进出自如？"

　　这个问题正是玉连城好奇的，但是一直没得空问他，此时他既然主动提起，她便转身问道："是啊，你为何能进出自如？"

　　"灵玄子，这名字你听说过吗？"他的脸贴在她的眼前毫厘之处，带着几分睡意，笑吟吟地瞅着她。

　　"灵玄子？昊夜国第一异人？"玉连城狐疑地看着他，"你们俩是什么关系？"

　　"那是我师父。"楚若溪得意地说。

　　"你师父？我听说那个人的脾气很古怪，一个人在江湖上独来独往，从不与人结交，怎么会收你做徒弟？"玉连城不信。

　　"他虽然是个脾气古怪的老头，但架不住他也有弱点——贪吃！有一次他在枫江楼吃东西，钱袋丢了，被店家痛骂吃霸王餐，他一怒之下抬手伤了人，被官府捉了。幸好我在附近，出面帮他求了情，免了他的牢狱之灾，才让他同意收我做徒弟。"

　　玉连城瞅着他，哼了一声："倒真是巧啊。我记得某人说过，巧合太多就不是巧合了。他和你出现在同一个地方，这是一巧，他的钱袋丢了这是二巧，他抬手伤人被官府捉拿，你出面救他，这是三巧。该不会是某人故意设计陷害他吧？"

　　楚若溪诡笑着，打了个哈欠："知我者……城城也。"

　　听他讲述完往事，玉连城暗自在心中感叹：这难道也是上天注定的？

　　沉默了好一阵，她再度幽幽开口："你在宫外漂流四海那些年，觉得快活吗？"

　　"当然，金子的鸟笼中的黄莺吃得再好，也比不得在天空中高高飞翔的麻雀。"

　　玉连城淡淡笑道："你自比麻雀，荣王将自己看得这样低，出乎我的意料啊。"

第十三章 异变

楚若溪本来已经闭上眼了，听出她语气中的嘲讽便挑开眼角一条缝："你笑话我我也不怕。在父皇眼中，皇兄就是皇宫中的黄莺，怎么叫都好听，我就是那只无关紧要的麻雀，看上去怎么都不招人待见。"

玉连城有些错愕。本以为他这样的皇子贵胄，必然是皇室中的宝贝，又看他总是一脸骄傲对人，想着也是皇宫中骄纵出的脾气，但是听他这样形容父子关系，仿佛他过得并不如她所想的那般恣意妄为。也许，家家都有一本难念的经，皇室更是如此……

"但是再逍遥自在的麻雀终归是麻雀，没有谁会看得起的。王爷，您真的愿意一辈子只做在路边乞食的小麻雀吗？"

楚若溪被她的话刺得心里一疼："你是怕我失了宠，不能帮你达成大事，所以故意用话来刺激我？我告诉你，皇兄一时半刻还死不了，只要皇兄在，你的古镜城就不会有事。"

"王爷，朝堂上的事情我不懂，若是您真的这样自信当然最好，否则……"她闭上眼，"我不知道王爷想要的，是否能守得住。"

"什么意思？"他的语气阴沉。

"王爷想做个闲散的王爷，可以过逍遥日子。但是王爷是皇帝的胞弟，对您虎视眈眈的人肯定不少。太医的话我听到了就不可能装作没听到，皇帝就算是真龙天子转世好了，他的大限已近，您留不住他的命，就要想办法保住自己的命，否则与小太子的稚龄相对的是什么，您知道吗？"

"什么？"

"您的该死。"

他的手臂忽然在此刻僵硬了，没有立刻反唇相讥。过了好一阵，他才缓缓说道："你……想不想见一见我皇兄？"

"见皇帝？"她诧异地问，"我能见吗？"

"当然，"他抚摸着她额头的乱发，"如果你愿意穿女装，我就让你见他。"

玉连城咬着唇："你就一定要用这种方法羞辱我？"

"不是羞辱，而是不想让你犯了欺君之罪。"他的理由冠冕堂皇。

玉连城思忖了一阵，咬牙道："好！我换装！几时可以见？"

"明日即可，只是……你的身子不好，走不了太远的路，我要先给你找一张榻椅，叫人把你抬入宫中。"

玉连城没听清他后面的这句话，满脑子想的都是明天如果能够面圣，她该如何向皇帝提出她的请求，如何说服皇上答应古镜城另迁一处。如果说先祖是因为于皇家有恩才

得到这样的殊荣,那现在的她又有什么价值可以让皇帝为她再度破例?

忽然又想到身边这个至关重要的男人,她问道:"你和皇帝的感情如何?"

"当然好啊,你既然知道荣王得宠,便该知道我和兄长的手足之情,情比金坚。"

"纵然你有可能威胁到他儿子的皇位继承,他也会毫无保留地信赖你吗?"

楚若溪不高兴地说:"怎么你老想到这么龌龊的事情?我从头到尾都没有想过篡权夺位,还要我说几遍?"

"纵然你不这样想,但总难免别人会这样想你。"玉连城幽幽说道,"明日见到皇帝本人,我若有什么犯忌的地方触怒了圣驾,你要记得帮我救古镜城的子民。"

楚若溪笑道:"你会触怒圣驾?那我又怎么可能见死不救。你放心吧,皇兄不仅不会为难你,还会对你格外青眼有加。"

这样的笑容玉连城很是熟悉,她忽然有种很不好的预感在心头涌起。他是不是已经在皇帝面前胡言乱语过什么了?

对,以他的脾气性格只怕是难免了。若皇帝问起来,她是立刻否认还是承认?

否认,就表示古镜城的事情和皇家无关,皇帝可以束手不理。承认,则是当着皇帝的面承认了她和楚若溪的关系,正中了他的阴谋诡计。

这家伙,算得一笔好账!她恶狠狠地瞪着楚若溪,但他已经闭眼装睡,完全将她的目光隔绝在眼帘之外了。

　　玉连城换上了身雪白色的罗裙,虽然很不自在,但是也只得勉为其难地穿着。走出房间时,楚若溪手中握着一朵紫色的花微笑着看她:"你认得这花吗?"

　　"幽兰。"昊夜的国花她怎么会不认得?

　　"香花配美人。"他将幽兰花别在她垂下的凤尾髻上,端详着笑道,"虽然你们玉家人穿白色很好看,但是太过素净,这样去面圣会显得有些不吉利。"

　　玉连城的心神一恍,忽然想到那一句"香花美人"以前他也曾说过。她从未觉得自己美过,自小到大穿着男儿衣服的她甚至很少从镜中看自己。

　　后来无双一天天长大,她的丽色足以闭月羞花,让她这个假大哥真姐姐面对时也不禁自惭形秽。

　　但是自从认识他,他就没完没了地夸她是美人,一开始听着厌烦,觉得他虚情假意,渐渐地,被他夸多了,自己也慢慢信了一些。只是,这些溢美之词在佛家看来都是虚妄,是与不是又有什么关系?她几曾执着过?

　　瞥了一眼楚若溪,她最怕的,是在某一天发现自己已经被这个人改变得越来越不像自己了。

　　马车到了皇宫门口,一开车门,就有四个健壮的太监守候在那里,旁边放了一张豪华的肩舆。

　　太监之首忙走过来赔笑道:"玉姑娘人如其姓,真是雪堆玉做的一般美。荣王好福气!"

　　玉连城也不看他们,自行坐上那张肩舆。

　　这样一直来到守言宫的门口,肩舆还未落下,便从宫门内跑出一个小黑影站在他们面前,昂着头好奇地问玉连城:"你怎么了?断腿了吗?为什么要人抬着?"

　　玉连城困惑地看着面前那个小小的人儿,直到看清对方衣服上那盘绣着的七条银龙时,她忽然意识到了这孩子是谁,待回头去向楚若溪求证,楚若溪已经笑着弯下腰,刮了一下那孩子的小鼻子,说道:"不得无礼,这是你未来的皇婶婶,她今天身体不好,所以才要被软榻抬进来。"

　　"皇婶婶?"太子楚霄睁大眼睛看着玉连城,兴奋地拍手,"母后还说你不会娶老婆呢,看来母后错了!"

　　"我为何不找老婆?皇叔又不想孤单一世。"楚若溪回身要抱玉连城,见她已经自己走下肩舆,便急忙伸手搀扶住。

　　玉连城对楚霄躬身问候:"太子殿下金安。"

　　楚霄却说:"你要做我皇婶婶了,应该是我问候你的。"说罢他做大人状拢袖长

揖,"见过皇婶。"

这下玉连城就算是想装作没看见没听见也没办法了,她的脸颊一热,咬牙切齿地瞪着楚若溪:"都是你胡说八道!"

楚若溪只偷着笑。此时宫内走出一名太监,对楚若溪说道:"王爷,陛下刚刚用过早膳,还念叨着您今天要来,结果您就来了。"

"陛下今日见过人了吗?"楚若溪和玉连城并肩往里走。原本玉连城自视身份连个外臣都算不上,所以故意走得靠后了一点儿,却被楚若溪一把抓住胳膊,拉到他身边。

楚若涛今天在守言宫的正殿,桌上的膳食还未来得及撤干净。皇后庄尔雅捧着一盏药碗站在他身边,正轻声细语地请他吃药。门口的光线被楚若溪和玉连城的身影一挡时,庄尔雅率先感觉到了,头也不回地说:"不是说了先不要拿公事来烦扰陛下吗?陛下刚刚用过膳,还要休息一个时辰。"

"这一件不算公事,应该算家事。"楚若溪的声音吸引了殿中的两个人一起转头。

楚若涛眯着眼,看着背对着阳光的玉连城,虽然只看到一个轮廓,却情不自禁地赞叹道:"玉城主果然是人如其名,人似倾城玉,世间无双色。"

玉连城第一次见到皇帝本人,还未开口,已经被盛赞,让她大为窘迫,无所适从地跪下:"草民玉连城,叩见陛下。"

皇后庄尔雅居高临下地冷冷看着她:"明明是女儿身,说什么'草民'?应该自称'民女'才对。荣王,你带人来圣驾面前,怎么也不先把规矩礼仪教清楚?"

楚若溪负手而立,微笑道:"连城不是外人,也不必纠结什么礼仪。她自称'草民'是因为她这十八年都被当男儿养,今日还是头一次这么正经穿女装。"

"不是外人?"庄尔雅盯着玉连城,冷笑道,"难道是'内人'?被当男儿养十八年?这还真是奇闻,难怪她穿了女装也没有半点儿淑女的婉约贤淑劲儿。"

楚若涛却在旁边为玉连城说话:"玉城主为古镜城的城主,英姿勃发一代奇女子,学不来那些矫揉造作的女孩子。"

"在古镜城抖城主的威风也就罢了,到了宫中就应该遵守宫里的规矩,难道先祖皇帝礼遇厚待他们玉家,玉家就不懂得侍君之道?纵然是再有特权,也只是特权而已。说到底,她还是昊夜的子民。"

庄尔雅的盛气凌人让楚若溪听着很不舒服,他蹙眉道:"皇后是看着我们连城哪里不顺眼了?她不过刚进门说了一句话,你就这样咄咄逼人。若是日后做了妯娌,我们还不敢入宫来拜见你了。"

"妯娌?"庄尔雅一怔,再看向玉连城,似笑非笑地挤出一丝怪怪的表情,"哦,

难怪你说她不是外人，有荣王撑腰是不一样啊。"

玉连城抬起头，不卑不亢地回答："民女是一介庶民，与王爷虽然认识，但并无其他关系。若是民女在礼仪之上有不合规矩的地方，烦请皇后指点，定当改过。"

楚若溪从旁边搬了把凳子过来，放在她身后："皇兄，连城第一次入宫就被皇后训一顿也就罢了，难道连个座椅都不给吗？"

楚若涛笑笑："皇后是有些言重了，玉城主请起吧。朕知道玉城主是为了迁城之事而来，此事昨天荣王已经和我说了。但是你们一城人足有上千，要迁城可不是三两日就能办妥的，朕准备会同几部一起商量一下。但洛川那里，朕是答应了荣王的，可以给你，所以你也不用太过担心。"

玉连城不禁怔住，她没想到自己还未开口说话，楚若涛就把她的心事都说出来了。而且听皇帝的口气，竟像是昨天就已经和楚若溪达成了共识。可是这家伙不是明明说过昨天他没有见到皇帝吗？怎么……

她回头看他，楚若溪只笑着耸耸肩："因为还没说妥，所以本不想告诉你，怕你操心。既然陛下都说破了，我也不好隐瞒了。"

玉连城心中千言万语，一时间不知从何说起，只得再度躬身说道："民女代古镜城的上千子民谢万岁隆恩。请陛下放心，我古镜城的人既不好杀嗜战，也不会作奸犯科。迁城之时，一定会将给各地方带来的影响减至最低。万岁若有用得到古镜城的地方，请尽管吩咐，古镜城虽然名义上自城一方，但终究是昊夜国的子民，陛下有旨，莫敢不从。"

楚若涛听罢微微点头："你们玉家先祖于我楚氏有开国之恩，既然是先祖皇帝许诺你们的特权，朕自当遵循古训。只是朕一直很好奇，你们故步自封，不与外界交往，究竟是怎么让自己富可敌国的？"

玉连城无奈地苦笑："外界以讹传讹之语甚众，当着陛下的面，民女不便隐瞒。其实古镜城并不像外界所说的'富可敌国'，只是自给自足罢了。古镜城中没有任何矿产可以当宝藏般挖掘兜售，所种的农田都是只供给城内百姓。当年先祖搬到古镜城中居住时带了一部分家产，但也在建城时用掉大半。后来我们凭借手工艺者的丝织手艺，和种养珍稀花草与外界通商换钱，这才使城内的收支和用度得到平衡。"

楚若涛微微蹙眉："那城内的百姓可以随意离城吗？"

"年满十八岁的人，若是自请离开是可以走的，几时要回来也随他。只是因为城内资源有限，所以任何想入住古镜城的人都要被严格审查资格，不敢轻易放外人入城。"

"既然你们古镜城的人如此清高，又为何要给荣王发请柬，约他去参加什么'千金

易得，璧玉无双'的盛会？"皇后庄尔雅的突然开口再度打乱了场中的氛围。

楚若溪无奈地替玉连城说话："这是古镜城的私事，皇后足不出宫便知天下事令我佩服，但是，此事真的就不劳娘娘您费心了。现在是几时了？太子殿下在院子里玩了半天了，难道不该去学堂上学了吗？"

楚若溪的话惹得皇后脸色难看："王爷这是在皇帝的面前，在守言宫内对本宫下逐客令吗？"

楚若涛笑道："你们两个人从小时候就斗嘴，怎么长大了还在斗嘴？皇后今日不是也有许多事要忙？你的寿诞快到了，各位王公亲贵家的夫人小姐要过来向你请安，你还是先去忙你的事吧。"

见皇帝也这样说了，皇后不得不起身向楚若涛又叮嘱了几句"少说话保元气"之类的话，这才离开。临走前又看了楚若溪和玉连城一眼，尤其是看着玉连城时，她忽然说："玉城主难得出城一趟，一会儿去本宫的守心宫坐坐吧。"

皇后相邀，玉连城只得连声应允。

待殿中只剩下他们三个人时，楚若溪却"扑哧"一笑："尔雅现在怎么变得像只母老虎了？一天到晚脾气老大，看谁都不顺眼似的。"

楚若涛咳嗽几声，曼声说道："你不要怪她，她现在一人之下万人之上，时刻要提醒自己母仪天下，脾气变了些也是难免的。别说是她，朕觉得你从宫外回来之后，脾气也变了许多。"

"是吗？我倒没觉得自己变啊。"楚若溪摇头晃脑，还和玉连城做了个鬼脸。

但玉连城觉得楚若涛的气色很是难看，便问道："陛下脸色不佳，太医是不是对症下药了？"

楚若涛摇头："太医已经尽力，是朕这病……已经无药可治了。"他这句话中透出无限的悲凉和绝望，让殿内的玉连城和楚若溪都像被一瓢冰水浇到心里去了。

殿内忽然安静得像被黑夜笼罩住的人心，阴沉压抑。

楚若涛看到两人紧张灰败的神情，又不禁笑道："你们也不必担心，一时半刻朕又死不……"

恰似上天故意要给这位年轻的皇帝一记难看的耳光，就在他说完这句话的顷刻，突然一口鲜血自他口中喷出，正吐在他脚边雪白的方砖地上。

霎时，"陛下""皇兄"两声惊呼之后，玉连城和楚若溪一左一右抢步上前，将楚若涛摇摇欲颓的身子扶住。

楚若涛摆摆手："不要惊动别人，朕休息一下就好。"他抬起头，看着楚若溪，

"若溪,记得朕昨日和你说的话吧?"

楚若溪强笑着:"陛下昨日说的话有那么多,让我记得哪一句?"

楚若涛脸色苍白,但笑容沉静优雅:"这片江山,朕可以二话不说就交到你手上。因为你我都是楚氏子孙。你是朕在这世上最信任的人,所以,你也不要辜负朕的信任。昊夜国从来没有像现在这样需要你。"

那种因恐惧改变而引起的慌乱、无所适从,再度充斥了楚若溪的胸膛。

"陛下春秋鼎盛……"一向伶牙俐齿的楚若溪此时搜肠刮肚地想说一些能够安慰圣心的吉利话,但楚若涛只是摇摇头,示意他不要再说这种无用的溢美之词。他将身子靠向椅背,喘息了好一阵。楚若溪和玉连城都认为他一定还有很重要的话要说,但是当他再度睁开眼望着二人时,却只说道:"朕累了,你们先退吧。古镜城的事朕已经着手去办了,几日内便会有消息了。"

见他显得如此疲倦虚弱,楚若溪当然不好打扰他,简单地说了告退之后,带着玉连城走出殿门。

玉连城怔怔地站在殿门口时,没有看向自己来时所坐的那一乘肩舆,而是望着楚若溪:"你听明白陛下的意思了吗?"

"没有。"他闷声转身,竟然要撇下她独自离开。

玉连城一把抓住他的手,一字一顿地说:"陛下要将昊夜江山交给你。也就是说,你有可能会因陛下的遗旨成为新帝。"

楚若溪回头冷笑一声:"怎么?你以为我会稀罕这个皇位而欢呼雀跃吗?"说完,又低头轻叹,"不管怎样,他是我大哥,是我在世上的唯一亲人,我只盼着他好好活着,至于江山,那是父皇送与他的,无论是巧取豪夺,还是顺势承继,都非我所愿,我宁可不要。"

"上天自有安排,有时候这天意是你想躲都躲不开的。"玉连城在心中长叹——就如她在古镜城中遇到外来的他,不也是天意安排?想躲都躲不开的啊。

因为庄尔雅要玉连城过去找她聊天,玉连城便向旁边的太监询问皇后的寝宫在哪里。楚若溪阻止道:"去见她干什么?她与你处处针锋相对,你还是离她远点儿好。"

玉连城低头沉思道:"她像是对我有很深的敌意,否则以她的身份,不该用那样的口气和我说话。"

楚若溪不屑地撇嘴:"那女人就是心眼小,脾气大,看谁都不顺眼。当了皇后之后就怕东怕西的,老怕别人抢了她的位置,尤其是看到比她长得漂亮的女人,就直接当作

眼中钉了。你的事情，既然皇兄已经应了，你就踏踏实实回去等消息，不用理她。"

玉连城还是觉得哪里不对："我不是要入宫待选的秀女，她对我完全不必有敌意的。"

"那就是嫉妒你比她美。"楚若溪将玉连城抱起放在肩舆上，吩咐太监，"走吧！"

当他们来到皇宫门口时，忽然有个宫女追了出来，双手捧着一个锦盒，说道："王爷，皇后娘娘让奴婢把这件东西送给您。"

楚若溪好奇地接过，打开看了一眼，是一支发钗。那发钗是纯金做的，钗头是一只幽兰花。他怔忡了一阵，玉连城偏过脸来看着他手中的发钗，心生疑窦，不动声色地打趣道："皇后娘娘这是别有深意啊。"

楚若溪抬头笑道："我明白了，必然是让我把这件东西转送给你，她刚才对你态度不好，又不好意思直接和你道歉，故而假借我手。"说罢，将那发钗从锦盒中取出，不由分说地插在了玉连城的头上。玉连城当着众人的面不便驳他的面子，一低身子进了马车。

在马车内她又摘下这支发钗，细细端详了一遍，翻过金钗的背面，看到上面依稀刻着一行小字：愿得一心人，白首不相离。

她不禁秀眉轻拢，斜眼看着钻进马车内的楚若溪，将金钗举起："这支钗，不是她要送我的，既然指名说是送你的，我觉得还是还给王爷为好。"

"女人的东西，我要来干什么？你若是不喜欢，回头就扔了它。刚才在人前我总得给你戴一下才好让宫女回去回话……"

"只怕宫女要回的话会让皇后气疯的。"玉连城似笑非笑地将金钗上有字的那一面给他看，"若宫女的话没说错，这支金钗是皇后赏赐给王爷的，那后面这句话也该是她要说给王爷听的悄悄话，却被我戴在头上，不好吧？"

楚若溪看到那金钗上的小字，霎时脸色变了，他尴尬地支吾了两声，急急说道："我们俩什么事都没有，你别多想。"

"我没多想，是王爷想多了吧？"她本来只是猜测，但楚若溪这样着急地解释简直就是欲盖弥彰，不打自招了。

楚若溪低下头，沉默许久后，才悄声道："回去我再慢慢告诉你，我们俩真的不是你想的那样，或者说在我心里真的对她没有任何杂念。"

玉连城何等聪明，回想刚才皇后见到她时那尖酸刻薄、咄咄逼人的样子，似是疑问

终有解了……

"我们三个是自小一起长大的玩伴,我和庄尔雅一天到晚吵吵闹闹,大哥就是我们的和事佬。庄尔雅很早就被许配给大哥了,直等到他们十七岁时便成亲。十五岁时我外出离京,没有参加他们的大婚,回来时便顺手在一家首饰铺子买了一对金器作为贺礼。"

在荣王府的卧室内,楚若溪一边慢慢地将药碗中的药汤搅凉,一边娓娓道来过去的那些往事。

玉连城摇动着手中的金钗:"想来这就是那对金饰中的一个了?"

"对。另一件是一个镶金嵌玉的镇纸,现在还摆在我皇兄的御书房里。"

玉连城又看了看那金钗上的字:"这是买来时就刻在上面的?"

"不是,我买时这上面一个字都没有。"

玉连城不信:"若是原本没有字,那你刚才看到这字时为什么变了脸色?"

楚若溪叹气道:"我原本是一番好意,只为了送礼。没想到我回京几日,她却从宫中跑来找我,问我送这支金钗是什么意思。然后泪流满面地说什么我要是早点儿回来,不至于误了她一生……"他尴尬地咳嗽苦笑,"我又不是笨人,怎么可能不明白她的意思?吓得我第二天就从京城跑了。但是那天她在我面前说的最后一句话便是:愿得一心人,白首不相离。"

玉连城幽幽一笑:"荣王被皇后心系,这是荣王的荣耀,你吞吞吐吐不敢告诉我,说什么怕我多想,其实这事是皇家秘闻,和我有什么关系?倒是这句话,的确令人动容。此生此世若有一人对您这样痴情,便不要辜负。反正陛下春秋难久,说不定……"她话说到一半,忽然住了口,因为她发现楚若溪盯着自己的眼神冷幽幽的,全无平日的嬉笑玩闹,正经严肃,威仪内敛。

"这些话有辱我皇兄的清誉,也有辱你自己,以后还是不要说了。"他一字一顿道,"皇后就是皇后,我尊她为嫂,一生一世都是,此心不改。纵然她现在对我有些怨怼,那我便要做欺君罔上、违背人伦的畜生吗?"

他第一次在玉连城面前震怒,脸色难看如冰山一般。玉连城心头凛然,意识到自己触碰到了他最深藏的底线,忽然间却对他肃然起敬起来。若是旁人,知道皇后青睐自己,应该会暗中偷笑吧?再碰上一个命不久矣的皇兄和尚在髫龄的太子,应该更是暗中窃喜。偏他公私分明,不为那至高无上的皇权所动,这是他的真心,还是假意?

若是初相识,她必然认定楚若溪是个口是心非的伪君子。若是他初纠缠,她会以为

他在花言巧语。但是如今……这屋中只有他们两个人，他一本正经，神情凝重，他对兄长病情的焦虑，对这个国家未来的忧思，都明明白白地写在脸上。

而且，让她真正怦然心动的是她意识到他此刻的真情毕露是因为在他面前的是自己，他原本是一个那么会掩饰情绪的人……

情不自禁，她伸出手去，盖在他的手背上，放缓了语调："陛下会渡过此劫，你要对太医们的医术放心。"

他却一拍大腿："最不放心的就是那帮光吃饭不干活的太医！一个个像江湖郎中似的，这宫中有几个人被他们治好了？我看治死的倒有不少！否则我皇兄为何这些年身体越来越差？"他跳起身，"不行，我得去太医院问问！"

他说走就走，竟像旋风似的，冲到门口时不忘回头对她吩咐："赶快把药趁热喝了。你若是不把身体养好，我是不放你回古镜城的。"

玉连城捧着那药碗暗中苦笑：他说太医院都是光吃饭不干活的江湖郎中，那她此刻手中这碗药汤又是谁开的方子呢？

玉无双面对黑压压不明真相的愤怒人群，心中寒凉。玉家创建古镜城这么多年，这些古镜城的百姓多是当年追随先祖打仗的家奴，但是毕竟时过境迁，一百多年过去了，没有过刀枪剑雨共患难的洗礼，众人习惯了安逸的日子，却忘记了玉家的恩情。

他们竟然会以为在这个危难关头，玉家会为了私利而谋害他人性命？

可悲，可笑，可怜……想到这里，她的嘴角也渐渐挂上一抹悲凉的笑，这笑意却让很多人误解，惹得众人更加愤怒："你们看！她在笑！她居然在笑！一定是她指使人下的手！玉家真的不把我们的命当回事了！"

黑暗中，不知道是谁伸手推了她一把，她脚下一个趔趄便要摔倒。

一声清啸刺破夜空中的嘈杂，一道黑影似大鹏展翅般掠过众人的头顶，踩在几个人的肩膀上，落入场内，一股强劲的力道如海墙般将众人分隔开来，许多人不得不倒退数步以保持自己的站立，力气小的，甚至跌坐在地上。

玉无双心中一喜，还未叫出那人的名字，耳畔就听到他洪钟般的怒喝："三更半夜的吵什么吵？一群人欺负一个弱女子算什么本事？"夜色中袁飞傲如一尊从天而降威风凛凛的天神，震慑全场。

有胆子大点儿的，小声说："那也不能闹出人命全无解释吧？"

袁飞傲看了一眼倒在场中的那具尸体，走过去看了看，说道："他是被人以弩弓射死的。你们亲眼看到玉姑娘发这种弩弓了吗？"

"纵然不是她,焉知不是她的手下……"那人瞥了一眼袁飞傲,似是在说这事和袁飞傲脱离不了干系。

袁飞傲眉角飞扬,冷笑一声:"混账玩意儿!我袁飞傲这一辈子从不干暗箭伤人的事,说这话的人倒有可能是贼喊抓贼!你们半夜在这里聚集是想闹什么?不想搬家就不要搬,也不是非要逼你走,只是喝了有毒的湖水的人,毒死你就是活该!少带你们这几个唠唠叨叨的废物蛋子,大军还可以走得再快些!你们有种站在这里不要动,让我点点数,搬家时一个都别出现在我面前!否则我就给你扔到那有毒的湖水里去,让你舒舒服服洗个澡!"

他的话吓得众人"呼啦"一声就作鸟兽散了,玉无双孤零零地站在场中,面对着一脸盛怒的袁飞傲,盈盈下拜:"多谢将军再次为我解难。"

"谢什么?知道错以后就别半夜三更单独跑出来。一个姑娘家,出了事怎么办?"袁飞傲余怒未消,拉着她往回返,原来他是骑马而来,遂将她像扯小鸡似的丢到马背上,然后他一纵身上了马,与她共乘一骑往回走。

"要不是你那个漂亮丫鬟机灵赶着去叫我,现在你这二两肉还不让那群暴民生吞活剥了?"他还在喋喋不休地数落她,"他们闹,就让他们闹去,一群傻瓜不值得你拿命救!"

玉无双还在回头看倒在路边的那具死尸,急道:"那死了的人总要找他的家人好好埋葬起来,还有凶手……"

"死人我一会儿找手下去给你埋,凶手还用找?不就是那个给你下毒的仇家?这场内乱八成也是他挑起的,就为了引你去,让你们自相残杀!"

玉无双垂下头,轻声说:"这道理我其实也知道,只是总不能让他一直留在城中继续为非作歹,暗中操控吧?不把他揪出来,我连迁城都没办法做,谁知道他继续会不会祸害城里的水源呢?"

"玉华景,他是叫这个名字吧?"袁飞傲想了想,"这个人有什么弱点吗?"

"他是个心思特别缜密的人,而且狡猾非常,说不上有什么弱点。"玉无双为难地说,又叹口气,"若是大哥还在就好了,大哥比我思虑周到,总会想出对付他的办法……"

"没你大哥还不能吃饭走路了?"袁飞傲听她老是把"大哥"放在嘴边,似是满心崇拜敬仰,忽然觉得心里别扭。

他想了想,说道:"行了,这个人我帮你揪出来。你先准备后院的事吧。"

"后院的?"玉无双不解其意。

"粮食啊,你在前面再折腾得欢,后院失火也没辙啊。你不是说城里的粮食充足?你可别忘了,这粮食现在已经成了除水之外最要紧的事情了,没了粮食做保障,你怎么迁城?"

两个人这样说着话往回走,忽然见城西火光冲天,玉无双惊喊道:"糟糕!被你说中了!八成是粮仓失火!"

袁飞傲浓眉皱起,喝道:"抓紧缰绳!"然后双足一磕马镫,原本缓步慢行的骏马忽然甩开四蹄飞奔起来。

在这样纷乱诡异的深夜里,四处事端频出,自己独木难支。所幸,上天送来这样一尊守护神护持在她的左右,让她不再惊恐,而且莫名其妙地觉得踏实心宁。

袁飞傲,你真的是我命中注定的那个人吗?

南城的粮仓被烧,虽然施救及时,但是也有一半的粮食被毁。再加上救火需要大量水,参与救火的城中兵士都在纷纷臆测:眼前这几口井里的水是不是都不能再用了?毒水会不会趁机漫进来?

玉无双赶到这里时,看到的是一片狼藉和众人忧心忡忡的表情,只得一叹。粮仓的守备哭着跪倒请罪:"大小姐,不知道是从哪里来的天火,今晚又有风,所以这火很快就烧了起来。"

"不是天火,是人祸……人祸。"玉无双喃喃低语。玉华景,你果然是蛇蝎心肠,居然毁了一条又一条的路,这古镜城就真的让你这般切齿痛恨,不毁不快吗?

袁飞傲负手而立,冷眼看着这乱七八糟的景象,忽然哼了一声:"行了,古镜城的粮食也剩不下多少,那我袁家军留在这里也全无意义,何必陪着你们等死?"

玉无双惊讶地回头看他:"将军……"

袁飞傲的表情僵硬如冰:"明天一早我军就会出城,保护水源的事情大小姐还是尽早做好接手准备,至于城内的治安,恕我无能为力了。"说完他竟丢下玉无双便走了。

旁边的人见玉无双脸色灰败地"扑通"一下坐在旁边的碎木之上,急忙过来相扶:"大小姐……"

玉无双双手掩面,低低啜泣,却不肯说一句话。

旁人看在眼中只觉得心疼,那一袭在夜风中因哭泣和寒冷而瑟瑟发抖的娇弱身子,似是可以任人宰割的一只羔羊,此时纵然她有倾国之色又有何用?

古镜城,在一夕之间便如风烛残年的老人,在连番的狂风骤雨之中已经破败将倾。袁飞傲的离开,犹如抽走了它最后一根擎心柱,玉无双再想凭自己之力救它逃过此劫,

已是不可能了……

次日,袁飞傲的大军浩浩荡荡地开出古镜城。

玉无双站在城头遥遥相送,没有再和袁飞傲说一句话。古镜城的许多百姓已经在清早听说了昨晚的变故,各种人心绪不同。

有些人原本就不喜欢朝廷的军队插手本城的事情,袁飞傲的离开也可让他们松口气。但有些人觉得袁飞傲英名赫赫,肯定不会是暗中以弩箭杀人的那种魍魉小人,袁将军一走,城中更无人可威震四方,主持大局。那个娇滴滴的大小姐,有谁会真的信服吗?

深夜,玉无双对走出房间的丫鬟说:"一会儿再送一个手炉进来吧,今天怎么会觉得这么冷?"

"小姐,您大概是今天在城头上吹的风大,累病了……"丫鬟燕儿抹着眼泪站在门口不愿意走远。另一个丫鬟小青过来问道:"小姐还没有吃晚饭吗?"

"没,今天一天都没有吃饭。"燕儿流着泪,叹着气,"都是那个该死的袁飞傲,一点儿不知好歹,可小姐还在他们走时送了不少粮食。咱们自己的粮仓都烧了,全城人还不知道迁城的时候粮食够不够吃呢。小姐就是心太好,可是最终是害了自己啊!当初还不如让他在城外饿死呢!"

小青叹气道:"要怪也该怪那个暗中下毒和杀人的人,不知道是什么人那么心狠手辣和咱们古镜城过不去。大少爷也不知道去哪儿了,若是大少爷在,哪能容得了别人这么欺负咱们?"

"大少爷到底去哪儿了?该不会是被那坏人……"丫鬟的声音戛然而止,因为她们也意识到自己说了一个最可怕的禁忌。玉连城的突然失踪对外界还可以勉强解释,但是玉家最亲信的丫鬟和家臣都知道玉连城的失踪离奇而不自然。

因为没了玉连城,玉家上下已经人心惶惶,袁飞傲也撒手离开,迁城之事更是曲折坎坷。两个丫鬟一边说,一边叹气,一边流泪,一边沉默,渐渐出了院子。

房门一响,玉无双却从门内走出。她换了一件淡蓝色的衣服,神情憔悴,明艳的容颜也染上了一层阴云。

一晃一晃地来到院子中间,她跪在地上,面对明月双手合十,默默祝祷。月色下的她犹如一尊绝美的玉雕。

突然间,一道黑影无声无息地落在她身后,一把明晃晃的长剑挺身疾刺她的背心!

就在剑尖即将刺破她衣服的刹那,一个东西猛地砸过来,将剑尖砸歪,这黑衣人一

惊，抬头寻找那东西丢来的方向，却被一道风墙猛地推着向旁边侧移了数步。

只此一招，黑衣人便知自己不能力敌，立刻团身抱剑，纵身飞向旁边的屋檐。但是身后之人动作极快，眨眼间已经追到他的后面，一掌击出，如雷霆万钧之势，将黑衣人打得当场一口鲜血喷在路边的泥土里。

"将军！留活口！"玉无双高呼一声！

此时黑衣人诧异地转身抬头，看向在夜色下如神祇一般护持在玉无双身畔的那个高大身影，赫然明白了，他"哼"了一声："想不到袁将军也会使诈。"

这从天而降的人自然是去而复返的袁飞傲。

袁飞傲盯着这黑衣人的脸，冷冷地说道："兵不厌诈！我虽然读书不多，但是打仗不少，如果我就知道一味地拼蛮力，裤子都要输光了。"

"尹笑人……"玉无双盯着这黑衣人，念出他的名字，"原来你还在古镜城。"一顿之后，她又想透一件事，"原来你和玉华景早有勾结，那之前城中的人命便和你脱不了干系。"

尹笑人擦了一把嘴角的血渍："你那个大哥没把这些事告诉你，所以你才会笨到现在才知道。"

"要我卸了他的下巴吗？"袁飞傲向前走了两步。

尹笑人长剑一指："袁飞傲，你虽然名头不小，但要救古镜城却是完全不可能。就算你为她强出头，你知道下场是什么？就是埋在这荒漠中的一堆白骨。"

袁飞傲挑着眉笑道："我一天到晚枪林箭雨中蹚着尸山血海过日子，还怕你这两句威胁不成？"他兵刃不出，只凭一双肉掌，掌风虎虎，排山倒海一般。

尹笑人平生遇敌不少，但是以前从未有一个只凭掌风就将他逼得无路可退的，并不是袁飞傲的招数有多么精妙，而是这在战场上淬炼过的武功去掉了花架子，更讲究简单实用，每一招皆是"切颈""击胸""砍腹"，狠辣精准，杀气腾腾。

袁飞傲在把他逼得步步倒退时，忽然大喝一声，一把抓住他的脖领子，高高提起，飞起一足将他踢翻在地。然后一脚踩上去，正中尹笑人的胸口。

"这一脚算是替那个被你用弩箭射死的家伙报仇，虽然他嘴巴臭，死了也活该……"袁飞傲话音刚落，忽然觉得脚下的尹笑人不对劲——头一偏，竟然一声不吭地闭了眼。

他伸手去摸，骂道："龟孙子！竟然自杀！"

玉无双一惊："他死了？"

"嗯。"袁飞傲皱眉，"不知道他的同党还有谁，你说他不是那个玉华景？"

"不是，原本他也是入城待选的那些人中的一个……"

袁飞傲瞪着这具尸体，禁不住鄙夷："你大哥是什么眼神？这种人都能选进来？要是让你嫁给他……你和你们古镜城不就成了人家的口中食了？"

玉无双蹙眉想着："尹笑人原本已经离城了，他还能回来必然是玉华景给他引的路。玉华景没有被激出来，只怕他还在这城内……"

"我手下十余人围着你这府墙，若是有人在附近出没，必然会有消息。"袁飞傲说，"保不齐这玉华景和你大哥是一起失踪的，他们便是在一起。尹笑人不过是他留在城内的一枚棋子罢了。"

今夜的确是他和玉无双设的计，这计在玉无双赶往粮仓的路上两个人就商量妥了。与其让人幕后捣鬼，不如他们从台前退到台后，让那施计者自己暴露出来。

所以才有了废墟前袁飞傲的决绝离开，和玉无双城头上的凄然相送。别说是外人，就是玉无双身边的丫鬟也真的以为玉无双是真的伤心欲绝。

袁飞傲回头看了眼玉无双："怎么刚才丫鬟说你一天不吃饭？"

玉无双微笑道："不这样别人怎么知道我已经备受打击，心神不宁？"

"胡说！身子病了怎么和坏人斗？去，回屋躺着去！我找你家丫鬟给你送饭过来！不乖乖吃下去我就饶不了你！"袁飞傲拉着玉无双往屋内走。

她与他是相识不过几面的陌生人，但顾盼之间，四目相对的须臾片刻，却忽然觉得他能懂她的心思，看懂她的一颦一笑。

手指悄悄回握，将他的掌心握在手中，将他的强势温暖也悄悄藏握在心底。

玉连城在荣王府里又养了两日，身子稍稍有了起色，但偶尔下地外出走走，很快又被楚若溪或他的手下丫鬟劝回房中，像是生怕她会晕倒。

兵器当然是不能再摸了，她只得看看书以打发时间。楚若溪最近几天都在外面忙碌，但是在忙什么他并没有告诉玉连城。只是每天看他回来时都是一脸疲惫。玉连城想问，又想着自己已经表示过和他没有任何关系，若是关心的话说多了，会不会显得自食其言？便只得按捺住心中的好奇。

到了第三日，皇帝的圣旨终于到了。

那天玉连城正在院中看着丫鬟们往院子里栽种幽兰花，便问道："王爷也喜欢这些花？"

"是，听说王爷小的时候亲手在皇宫中栽种过一些幽兰花，但是因为先皇不喜欢，说是'流连花草、玩物丧志'什么的，所以王爷在另立府第之后便没有再种过这些

花。"那丫鬟是楚若溪的家奴,从她爹娘那辈起就伺候楚若溪,所以对他的成长经历也颇为清楚。

此时外面忽然有人传报:"圣旨到!请玉城主接旨!"

府中的丫鬟机灵,忙去吩咐人准备香案接旨。玉连城的心口怦怦直跳,既紧张又期待。

宣旨的太监来了,玉连城在香案前跪倒,那太监一本正经地打开黄绫念道:"昊阳天承,天子诏曰:玉氏一门开国有功,玉氏子弟人品贵重,德行兼备,实慰朕心。现将洛川自东陵起,岳河止,方圆三百里地赐赏玉连城及门下古镜城子民,可自行管辖,无须上报朝廷。各地官府当礼敬避让,不可滋事骚扰。玉氏亦当严束子民,广传雅风仁德,莫负朕心。钦此。"

这一道圣旨宣读完,玉连城心头的一块大石头立刻放下了。她长长松了口气,说了"谢君圣恩",然后接了圣旨。

丫鬟在旁边听着,等那太监走了,小声问道:"玉姑娘,你接了圣旨……是就要走了吗?"

玉连城点头说:"是。"

丫鬟立刻神色黯然道:"那……王爷怎么办?您是要把王爷一个人丢下吗?"

玉连城心头一震,但表面若无其事地说道:"他要怎样与我无关,他在京中做他的王爷不就好了?"

丫鬟轻声说道:"王爷真的很喜欢玉姑娘的。您回京城那几日,生着病,他衣不解带地照顾您,让奴婢尊您为'王妃'……奴婢这一辈子都没有见过这样情深义重的男子。就是我娘生了病,我爹还要我娘给他做饭吃呢。"

玉连城一语不发地回了房间。此时她应该开始计划返回古镜城之事,自己到底出来了几日,也有些浑浑噩噩的,但总应该过去十来天了吧?

这么多天,城中可以变数无穷,虽然楚若溪说过要帮她送信回去,但纵然他不是说谎骗她,也该要好几日之后才能得到消息。她实在是等不及了。

走,是一定要走的。但心……却好像已经被楚若溪割下一块,所以一想起那个讨厌的人,想起要和他分离,竟然不是喜悦,而是痛……

这时候,丫鬟又端来了今天的药碗,请她服药。她看着那碗药,问道:"这药一直是谁给我煎的?"

"是奴婢。"

"一共是多少味药?"

"十二种。"

"都是什么？"

"这个……奴婢不认得那些药。"

玉连城淡淡道："我这病吃了药也不见大好，真怕是这些药材用得不对。"

丫鬟不解地说："都是太医院的太医开的药方，药也是从太医院拿来的，怎么会不对？"

玉连城吩咐："若是还有剩下的药渣，或是分了包还未煎煮的药，你拿一些过来给我看。"

丫鬟转身去了厨房，片刻后拿着一包已经单独分装好的药材包回来。

玉连城将那药包打开，细细地看了一遍，脸色阴沉。

此时院中已经可以听到楚若溪的声音："怎么？今天有圣旨来过？"

"是，陛下刚刚下了一道圣旨给玉姑娘。"

紧接着，楚若溪一脚踏进房内，笑道："皇兄这回可如了你的意了。但你不必急着走，城中搬迁的事情那么大，城里百姓的情绪还要安抚，我正在联络六部的朋友，看看能不能给你多备点儿清洁的食物和水……"他突然意识到屋中的气氛不对，玉连城冷冷地看着他，手边是一包摊开的药。

"王爷大概不知道，无双自幼身体不好，她的药方多是我为她开方调理。所以世间药物千千万，没有我不认得的。"玉连城缓缓开口，"这些日子我虽然喝不出药味，但也知道一连数日服药，身体却总是不见起色必然是药方出了错。但今天看到这包药我才知道为何我吃了它们身子却更加疲惫虚软……"她抓起一把药，"这里面的好几味药都是让人安神嗜睡，甚至害人筋骨无力的效用。王爷，您想留住我，便用这种小人之计，是不是太无耻了？"

随着她最后一个字的说出，她伸手一推，将桌上的那碗药和药包全部扫落到地上。"当啷"一声，碗碎汤洒。

丫鬟吓得急忙跪倒在地，一边说着"是奴婢的错，姑娘息怒"，一边用自己的手去划扫地上的碎片残渣。

楚若溪和玉连城默默相对，玉连城的幽冷和眼中轻蔑的嘲笑刺痛了楚若溪的心。他知道，纵然自己用尽心机，也在此刻功亏一篑。

良久后，他哑声开口："是，留不住你的人，也留不住你的心，我这辈子真不该心动喜欢一个人，还心动得这样痴傻。我这几日在为谁奔走辛苦，如今也不用说了。你若

一定要走，我自然无法强留。但是……城城，我发誓这一生你再也遇不到一个像我这样愿为你掏心滴血的人了，你当真对我这番苦心痴情就没有一点点的动容吗？"

玉连城在桌下紧紧捏着双拳。他的每一句话都像是淬了毒的剑扎在她的心口上。她竟不知道，他这些日子为了古镜城的迁城如此奔波，难怪每天看他这样疲惫，而她却连一句关切的慰问都吝啬于说出口。

但是，若是此刻不彻底翻脸，她又有什么动力将自己强行拉离他的身边？她的脚，已经被他的情丝紧紧缠住，再这样下去，被紧紧绊住的就该是她的心了。

楚若溪见她丝毫没有动容之意，黯然垂首，缓缓转身，走到门口时，他轻轻一叹："城城……真希望……能忘了你。"

心头的防线因为他的这句话几乎决堤，她倏然转过脸去，不让从眼眶中滴落的那滴泪水被他看到。听到他的足音离开，她才扶着桌子缓缓起身，但不知道是身子虚软，还是因为刚才的震怒和决然耗费了她更多的元气，竟然连着两下都没有站起来。

丫鬟因为知道自己犯了大错甚至不敢伸手扶她。

此时外面忽传急报："陛下有圣旨！陛下有给王爷的圣旨！请王爷接旨！"

玉连城一怔：怎么回事？陛下又给楚若溪下了一道圣旨？也是因为古镜城的事吗？

她挣扎着来到门口，就见楚若溪挺身站在香案旁边，大声说道："这香案不是还没撤呢吗？我就这么接旨了！"

宣旨太监走进院内，他也不跪，只冷冷听着。

太监对他躬身一笑："王爷，接旨应当跪听才合规矩。"

楚若溪回应道："本王在圣驾前都从来不跪的，你这个奴才是新当差的？没听说过吗？"

太监不敢招惹他，只得连忙打开圣旨念道："昊阳天承，天子诏曰：荣王楚若溪素来轻浮自傲，不服圣训，有辱帝胄之风。现革其王爷封号，降为郡王，令其三日内迁往隆城思过，无旨不得返京。钦此！"

霎时间，宣旨的太监、府内偷听圣旨的家丁丫鬟全都呆住了。

屋内的玉连城快走两步来到门口，因为走得又急又匆忙，却双腿无力，不小心一脚绊在门槛上，跌摔下去。

人影一闪，她跌入一具温暖有力的胸膛中，未及抬头，只听他喃喃低语："这下好了，我不再是王爷了，皇兄不要我了，城城，你也当真不要我吗？"

心一酸，再一痛，玉连城喉间哽咽，竟不能答。

古镜城。茫茫戈壁，黄沙漫漫。

蜿蜒而出的庞大队伍停滞在古镜城的城门前，所有人都停滞在城外，回首泣望。

今天是古镜城迁城的大日子，所有的古镜城居民，带着自己最重要的家当细软，有些人是平生第一次踏出古镜城的大门，外面那黄沙之地让他们赫然变得紧张而焦躁。

"娘，我们真的就再也不回来了吗？"一个髫龄孩子牵着母亲的衣角小声问道。

那妇女将孩子抱起，按在肩膀上，忍不住清泪长流。

她这一哭，牵动了众人心绪，队伍中的众人都"呜呜"地哭了起来。

骑着马在队伍中段的袁飞傲听到哭声，不耐烦地回头喊道："大早起号什么丧？不想走的就留下来！这里的毒水多的是，城里还有点儿老鼠什么的，你们抓来烤着吃，也就足够你们活几天的了！带着你们这么多人出门，我还嫌麻烦呢！"

玉无双原本已经坐在车内了，听得外面吵吵闹闹，急忙走了出来，她本怕袁飞傲发飙和城里百姓闹翻脸，之前那桩死人的事情还未能和百姓交代清楚。纵然她发了公文说那是致使古镜城水源中毒的敌人所做的反间计，但她相信依然有人在下面对她心存不满。这一趟倘若有半点儿差池，都将是一场不可想象的灾难。

她正要和袁飞傲说：对百姓温柔些。就见袁飞傲忽然抱起那个牵着母亲衣角的小男孩，问道："你是不是男子汉？男儿有志在四方，你要一辈子死在这座死城里？硬气点儿！说你不怕！"

他口气坚定而强势，那男孩睁大眼睛看着他，竟被他感染，脸上虽然还挂着泪痕，却跟着说："我……我不怕！"

"对了！敢不敢骑马？"袁飞傲回身拍了拍自己的马背。

男孩儿眼睛一亮，回头问母亲："娘，我想骑马，可以吗？"

他母亲胆怯地看着袁飞傲，不敢说不行，又不敢说行，正犹豫着，玉无双走过来微笑道："袁将军是咱们昊夜的大将军，骑射都是一流的，让令郎早点儿知道驰骋四海的滋味也未尝不可。夫人若是希望令郎将来能做一个顶天立地的盖世男儿，便让他从今日起晓得放眼四海的滋味，岂不是好？"

她语调温柔，笑容亲切，那妇女怔怔地看着她，情不自禁地点点头。

小男孩儿破涕为笑，抓着马的缰绳就想爬上去，袁飞傲"哈哈"一笑，抱起孩子跳上马背，对玉无双说道："你要不要也上来？"

玉无双脸一红："别说笑了。"反身回了马车。

她不敢再回头看古镜城一眼——这个从她祖辈起就世代生活的地方，今生今世都没有想过会真的有离开这里的一天，即使是"大哥"玉连城要为她择婿，她也以为一切都

还有转圜的余地。直到玉华景的出现，将一切生路和退路都断绝干净。

她轻轻拉开车帘，从这里可以看到袁飞傲控辔而去的背影。若非玉华景的出现，到现在她心中的袁飞傲依然如妖魔一样可怕。又怎么可能有现在的依赖信任？

这世上，谁是人，谁是鬼，谁是妖，谁是神？岂是听别人几句闲言碎语就能分得清的？即使是熟识十几年的玉华景，在她心中依然像个妖怪一样不可捉摸。

她现在最担心的就是玉连城是否落在玉华景的手中了，否则为什么接连几日都没有音信？现在全城搬迁，其实并没有一个确切的目标，原本的粮食也因为一场大火而毁了不少。前路茫茫，她心中一片无奈和惶恐。若是玉连城能在自己身边，她便不需要这样害怕恐慌。

大哥……姐……这些年你到底为这座城承担了多少人所不能承担的痛啊……

要走出这片荒漠，纵马驰骋要走一天一夜，这么多的人聚集在一起，有步行的，有骑马的，有坐车的，至少也要三天的时间才能走出去。

傍晚的沙漠是寒冷的，夜宿在沙漠中，对于古镜城的百姓来说着实是一件困难的事情。好在袁飞傲的部队早已习惯风餐露宿了，每个人都能快速地将帐篷支好，生火做饭。

因为有袁飞傲的命令，所以袁家军今天先帮古镜城的百姓支帐篷，那一顶顶帐篷支起来时，一簇簇的篝火点起，在这凄冷萧瑟的大漠之上，因为篝火的光亮而让每一个惴惴不安的古镜城人心生温暖。

玉无双走出自己的帐篷，看到袁飞傲正在帮那个小男孩母子扎帐篷，便走过去蹲下身说："我能做点儿什么？"

袁飞傲头也没回："你乖乖回帐篷里躺着去，就你这身细皮嫩肉的，能干什么？"

"我……可以帮大家做饭。"

"你会生火吗？"

"……"

"会炒菜吗？"

"……"

"能把肉做熟吗？"

"……"

袁飞傲这时才回头，看玉无双一脸尴尬，便笑道："不是要笑话你，你这个大小姐啊，什么都不会，就乖乖待着，少给我惹麻烦就好。"

　　玉无双在他这儿碰了个软钉子，但是心有不甘。她不希望自己在袁飞傲心中就是个花瓶大小姐。起身四下去巡视了一圈，古镜城的大部分百姓都有帐篷住了。

　　眼看着袁家军的一名士兵在搭帐篷时不小心被刀割了一道口子，那士兵自己不在意，甩了甩手继续去拉帐篷，她急忙走过去，拉住那士兵的手，说道："军爷，您的手伤了，先包一包吧！"

　　那士兵没防备竟是这么美貌的一个姑娘拉着自己的手，士兵又年轻，登时脸就红得像块红布似的，磕磕巴巴地说："没事儿，咱们行军打仗惯了的人，这点儿伤算不得什么……"

　　"这么冷的天，手上伤道口子可不是小事。你行军打仗，杀敌流血是为国尽忠，现在你为了帮我们古镜城的子民受了伤，我们会过意不去的。你等等，我带了个药匣子，就在我帐篷里放着呢。"说着她连忙起身跑回帐篷拿了个药匣子，又跑回来硬是帮那士兵包扎了一遍伤口。

　　她一边包着，一边柔声问那士兵是哪里人士，几岁当兵入伍，跟着袁飞傲几年了，打过什么仗，忽然身后有只大手将她的肩膀一抓，一提，就像提小鸟似的把她提起来"丢"到一边，然后有个响雷的声音在她耳边响起："包什么粽子呢？他的手是断了吗？"

　　那士兵吓了一跳，忙告了个罪又跑去帮人撑另一顶帐篷了。

　　玉无双忙解释道："他的手被刀划了道口子……"话没说完，便被袁飞傲拖回帐篷里。

　　"划道口子就要包成那个德行？"袁飞傲在帐子中叉着腰数落她，"你以为我袁家军的人都是你这样娇滴滴的大小姐？要是这点儿小伤还要'哎哟哎哟'地讨人可怜扮柔弱，我就一脚把他踢出我的军队！我袁飞傲可不要这样的孬种！"

　　见他竟似是动了怒，玉无双也不知自己错在哪儿了，既委屈又惶恐地垂手肃立，呆呆地站着，小声说："将军不要生气……我……我只是不想让自己像个废物罢了。大哥不在，能为我拿主意的只有将军，可我却没有半点儿可以为将军分忧的地方……"

　　"你不添乱我就谢天谢地……"袁飞傲还要训她，却见她眼中似有泪光闪闪，一肚子的怒火就噎在喉间，生生憋了下去。

　　"哭什么哭？我刚说你什么了你就哭？"袁飞傲瞪着她，但声音缓和了许多，"现在既然你大哥不在，你就是一城之主了，你该想的是大事，不是替人家包扎什么伤口！"

　　玉无双破涕为笑："我知道啊，只是你在外面忙着，我一时也不知道找谁去商

量，所以我就想先做点儿力所能及的嘛。"

袁飞傲展开一面地图给她看："在古镜城方圆一百里，最近的地方应该是隆城，隆城的守军福峥嵘是我的朋友，他那里地方不算很大，但是容纳咱们这些人应该是足够了。你到他那里去等着消息，我进京向陛下汇报此事，让陛下定夺……"

"你把我们送到隆城就走吗？"玉无双讶异地看着他，"原本不是说我跟着你去京城见陛下？"

"我想过了，这件事我从来没有和陛下上报过，贸然就带着你们这么多人进京，必会招人口舌非议。"袁飞傲是粗人，但不是傻子。这件事他权衡了两日，觉得还是自己先单独面见圣上更稳妥。

玉无双垂首思忖，其实她也知道自己拖拖拉拉带着上千人无论到哪里去都不方便，能有个暂时的栖身之地，让这些百姓暂时安身，免去流落他乡之苦当然是最好的。

但是，让他走掉……一想到这件事就觉得心里空落落的，好像那为她遮风挡雨的大树忽然被人从身边连根拔掉一样。

她忍不住脱口而出："我跟你回京去……"

"你跟我回去？"袁飞傲一怔，"这一城的人你都不管了？"

玉无双语塞，袁飞傲笑着拍拍她的肩膀："不用操心了，我办事儿你放心，我去面见陛下，一来一回，最多一个月就能给你搞定！"

"陛下真的愿意帮助我们古镜城解决这么大的一个麻烦吗？"玉无双忧心忡忡地说，"虽然千把人的安置不算难，可是……古镜城的子民闲散惯了，不懂外面的规矩，也不懂昊夜的律法……"

"有什么难的？都是吃喝拉撒睡那一套事，不懂规矩就跟着学。吃饭总会吧？干活赚钱总明白吧？不能杀人放火总知道吧？都是活着，在哪儿活不是活？"

袁飞傲这话算得上是话糙理不糙，玉无双纵然锦心绣口，也不知道该怎么辩解。

其实她也知道，古镜城的百姓是被"娇惯"出来的。因为没有和外面的世界打过交道，所以习惯事事以自我的规矩为中心，有一点点的改变都会怕得要命，又因为怕而容易造成恐慌。

但归根结底——正如袁飞傲所说，世人碌碌一生，最终忙的都是吃喝拉撒睡，只要让他们衣食无忧，生活回归原本的宁静，也许这一次迁城并没有她想的那么可怕。

这样想着，又悄悄看他一眼，看他正盯着自己瞧，可是一碰到她的目光却又躲开了，便笑道："将军怎么好像怕我似的？"

袁飞傲"哼"了一声，往外走，玉无双忽然在他后面拉住他的胳膊，袁飞傲不解地

回头看她,见她睁着一双水汪汪的大眼睛望着自己。

"将军……"玉无双细声细气地问,"将军有没有想过要娶什么样的女子为妻?"

"会生养的。"袁飞傲脱口而出,看到她的脸颊竟似绯红起来,便知道自己的话又糙了,只咳了两声说,"好养活的,不会病病歪歪给我添麻烦的。"

玉无双的手悄悄收了回去:"将军说得对,要当将军夫人也不是一般人可以做得了的。我累了,将军也请回吧。"

袁飞傲莫名其妙地被"请"出了帐子,站在外面时他还想:自己是哪里说错话得罪了这位大小姐吗?怎么前一刻她那样含情脉脉地看着自己,下一刻就变得冷若冰霜了?不就是说了个"好生养"的话?这又怎么了?哪个男人不想要个好生养的女人?

忽然间,他又用力捶了捶自己的头,斥道:"笨蛋!在人家大姑娘面前怎么能说这么糙的话?人家还没嫁人呢!"

帐子内的玉无双听到了袁飞傲的自骂,想笑,却又笑不出来。问他那句话时,她心里"咚咚"乱跳,紧张得牙齿都要打战。

也说不清自己哪儿来的这么大的勇气,敢问一个男人择妻的条件,若袁飞傲像楚若溪那般轻佻贫嘴,必然会反问一句:"怎么?莫非大小姐对我有意?"

可袁飞傲是个老粗,实实在在只说自己的心中想法,全然没有往她身上扯过半分。

这到底是对她的尊重,是他的纯善厚道,还是……他从头到尾也没有对她有过半分的意思?

心底的失落让她悚然一惊:曾几何时,这个才认识不过几日的大男人,这个让她惧怕纠结了十几年,和玉连城不惜以招亲的方式想改变终身的男人,当他真的走到她面前时,竟让她如此依赖倚重。

若是"大哥"知道了,会不会笑她还是个孩子,年纪小,不懂事,所以一颗芳心会陷落错了地方?

她猛地一手扯开帐帘,看到袁飞傲正在篝火前大声喝令着手下将所有的马匹赶到一起,把所有的缰绳也都缠裹在一起,以防夜晚沙漠风暴来袭时,马匹到处乱跑而走失。

另一边忽然一阵大风吹来,将几顶帐篷吹翻。袁飞傲一眼看到便大吼一声:"哪个笨蛋给人家搭的帐篷?风一刮就倒了!赶快去给人家弄好!否则小心我军棍伺候!"

旁边有人来问他晚上的饭该怎么吃,袁飞傲瞪那人一眼:"咱们的补给是谁给的?人家古镜城把自己的口粮省下来给我们,我们难道就厚着脸皮真要了?传令下去,先帮人家生火做饭,看着人家吃完了吃饱了,我们再吃!而且每个人的口粮要一分为二,沙

漠中变数大，不能一口气图嘴快，把所有的东西都吃光了！"

玉无双深深吸气。这样一个男子，的确值得她倚重信赖，也的确是上天厚赐给古镜城的一份大礼。那她……该以什么样的厚礼回赠对方呢？

那一晚，篝火点起，柴锅架起，为了节省水，他们做的是烤肉。出城前，古镜城人豢养的牲畜基本上都被带了出来，所以这第一晚大家吃的就是烤乳猪。

烤架上那烤得金黄流油的小猪，让已经赶了一天路，本来还沉浸在悲伤情绪中的古镜城百姓一个个不禁馋得口水都要下来了。但他们也没有忘记帮助他们的袁家军，纷纷上前拉着军卒一起享用。

军士们有了袁飞傲的指示，当然不肯过去，两边拉拉扯扯起来，玉无双看到这情景，便推了推袁飞傲的手臂："我们现在是共患难，让他们坐在一起吃饭，不是更有助于军民情深？"

袁飞傲想了想，便挥手下令："一起吃吧，记得别占人家太多便宜，尤其是老弱妇孺，要多帮衬着些！"接着又对旁边正在烤肉的小兵说，"今晚吃不了的肉，叫他们记得收起来，明天还可以接着吃。这些老百姓平日在城里事事方便，现在外出都不晓得怎么保存肉，你去和他们说一声。"

小兵应了一声下去传令，临走前那小兵却又回头偷偷看了眼玉无双，玉无双正低着头吃东西，并没有留意小兵的眼神，倒是袁飞傲看到了，喝道："看什么看？"

小兵是袁飞傲的亲随，和他平日熟稔惯了，就嘻嘻一笑道："大小姐美若天仙，小的想……她要是做将军夫人该多好。"

"满口浑话的东西！快滚！"袁飞傲抓起一把沙子丢过去，回头对玉无双说道，"我治下不严，你别介意，回头我揍断他的骨头！"

玉无双的头却埋得更低，嘴角上扯的笑意并不被袁飞傲察觉。袁飞傲以为她生气了，或者是不好意思，便又说道："要不然我现在就去揍他给你出气？"

"别！"玉无双连忙一手拉住他的袖子，又意识到自己手上油腻腻的，急忙收了回来，红着脸说道，"他不过说句玩笑话，我有什么可生气的……"

袁飞傲笑道："好！大小姐是个宽宏大量的人，不如我敬你一杯！哎呀，就是这里也没个杯子！"他解下自己的酒囊，四处看看，不知道该把酒倒在哪里。

玉无双却伸手把他的酒囊拿过来，直接打开塞子喝了一大口，那辛辣的酒把她呛得直咳嗽，袁飞傲忙拍着她的后背说："着什么急啊？渴了也不能这么喝酒啊！"

玉无双也不知道是醉了，还是被火架子烤的，脸颊红扑扑的，一双星眸中带着微醺

的醉意:"将军对我古镜城有这样的大恩大德,我古镜城中只有一件宝物可以报答将军的大恩,不知道将军……敢不敢收?"

袁飞傲望着她娇艳动人的容颜,心跳也不禁乱了拍子,他生恐玉无双认为自己是个好色鬼登徒子,也不敢多看她,只呵呵笑道:"我袁飞傲是那种施恩就要图报的人吗?你们有什么好宝贝,自己留着,日后重建家园还用得着呢。"

玉无双知道这粗人又没听懂自己的意思,苦笑着将酒囊一举,说道:"人生得意须尽欢,莫使金樽空对月。今夜咱们没有金樽,将军的酒囊我用过了,我们就算是生死之交!"

袁飞傲接过酒囊正要痛饮几口,忽然闻到一股幽幽的香气,他一下子意识到这是玉无双唇上的胭脂香气,不禁尴尬得不知道是该喝还是该放。

玉无双则迎着火光起身,双臂张开,笑吟吟地说道:"将军,我为您歌舞一曲吧!"

说着,她便挥动蝶袖,盈盈唱道:"花间一壶酒,独酌无相亲。举杯邀明月,对影成三人……"

她的歌喉婉转动听,舞姿翩然,如出尘谪仙一般,美似画卷。周围的人都不禁停了手,呆呆地看着她歌之舞之……

袁飞傲捧着酒囊,也呆呆地看着玉无双在火光前似耀目的蝴蝶一般夺人心魄的身影。一种从未有过的怦然心动早已在心底默默滋生,更因为她这一番大漠中的起舞弄歌,而更加蔓延开来。

看到她衣袂飘飘,似是随时可以化风而去,袁飞傲简直忍不住,想一把将她抓住,抓在手中。

可是最后的一丝理智又按捺住冲动,他只是怔怔地看着这位绝代佳人,为自己起舞高歌——

夜晚,玉无双因为心事烦闷,迟迟不能入眠。听着帐子外的风声阵阵,和时不时的马嘶声声,想着自己就这么远离家乡,压抑了多日的惆怅不禁似海底翻涌的潜浪,一波又一波地涌上心头。

辗转反侧了许久之后,她终于披衣而起,掀开帐帘悄悄往外看。今夜的大漠还算宁静,一弯金黄的新月高挂天空,洒下的月辉将大漠映照出一片莹白。放眼无际的大漠,渺然未知的前途,让人心生苍凉之感。

她刚往外走了一步,忽然脚下一绊,竟是有个人坐在她的帐子门口。因为她的动作

而惊扰到了那个人，那人持剑一跃而起，反又将她吓了一跳。

"将军？"她怔怔地看着他——袁飞傲，他怎么坐在这里？

袁飞傲本已睡了，但睡得并不沉。多年军旅生涯早已让他养成了时刻警觉的本能。揉了揉眼，拉住她往回推："大晚上的出来干什么？回去睡觉！"

"大晚上的，将军不去睡觉，坐在这里是为什么？"她望着他还略带困倦的脸，明明已经睡意惺忪了，他的大帐不是就在旁边不远处吗？

"第一个晚上总要警戒些。你不是一直担心玉华景会回来捣乱吗？他若是真有心下手，你这个手无缚鸡之力的丫头便是他下手的目标。"

"可将军已经派了士兵保护我了。"她记得睡觉前明明看到帐子外面有四名士兵守卫，问询过之后知道是他安排，还心生感动。

袁飞傲揉了揉脖子："他们做不如我亲自来做更踏实放心，你回去睡吧。"

忽然间，纤纤玉手握在他的双手上，玉无双仰着脸幽幽笑着："将军，你是上天派给我的护身使者吗？"

袁飞傲的胸口似被人狠狠捶了一下，想把手抽回来，却不料她抓得很牢，他不好意思太用力，结果第一下就没有挣脱开。

"既然我们都醒了，那……我们就去外面巡视巡视吧。"玉无双拉着他沿着帐群缓步而行。袁飞傲这么大的个子，平时就算是三五个高手都近不了他的身，倒让一个小姑娘拉着不由自主地就跟她走了。

两个人在帐群周围边走边看，踏着星辉月光，大部分士兵和百姓已经睡着了，只有一些篝火还星星亮亮地燃烧着。

玉无双小声问道："你原来打仗的时候也是这样经常露营在外吧？"

"嗯。"

"像现在这样没有水，也可能随时会面临沙暴，你不会害怕吗？"

袁飞傲想了想："顾不上害怕。"

"为什么？"

"因为我必须时刻想着敌人可能到来的进攻和偷袭，我身后是成千上万的兄弟，他们的性命都攥在我的手里，我哪有闲心害怕？"

玉无双笑道："也许是将军天生胆大。"

"我第一次杀人的时候也手抖了一下。"袁飞傲忽然面色凝重，"你这样娇滴滴的大小姐没有上过战场，不知道那里的残酷……"

"我虽然没有见过那种可怕的场面，但我知道你是为了国家和百姓而不得已去杀

人。人命关天,一时的怯懦也不可悲可笑。但是将军,杀戮之后必然也要寻得一方温暖和安宁,才能让你不继续陷入杀戮后的恐惧或忏悔中,将军心中的温暖是什么?"

她的语调温柔,但用词过于文雅,袁飞傲想了一会儿才明白她的意思,"呵呵"笑道:"温暖?能回到军营吃一锅热菜热饭就是温暖。别人说人活一辈子最大的幸福就是老婆孩子热炕头,大概我以后也是要这样的,这是不是就是你说的温暖?"

玉无双垂下头,轻声道:"将军年纪不小了,是该为自己想想日后的人生大事了。难道老将军在世之时,没有为将军安排过终身大事?"

"我爹一天到晚想的都是国家大事,女人的事情他不上心。"说到这里,袁飞傲倒是皱着眉头想起什么,"好像小时候依稀听说他给我在外面说了一门亲……也不知道我是不是记错了?"

玉无双心弦一颤:"说的是哪家的姑娘?"

"我也不记得了,而且那是好多年前的事了,纵然有……那姑娘也大了,肯定早嫁人了。"袁飞傲倒并不将此事放在心里,说来很是潇洒。

玉无双却甚是纠结,那个秘密埋在心里也不知道该不该对他说。

原本一直担心了这么多年,怕自己所嫁非人,怕人家上门强娶。如今真的见到本人,方知他是个可以依靠托付终身的好男儿,一颗芳心难免蠢蠢欲动。

可是他若是"郎无情",她这里的"妾有意"岂不显得可笑?

而且几次试探,总觉得他心中中意的对象并不是自己这样的,那一句一个"娇滴滴的大小姐"又让她着实被刺痛。

此时她羡慕起了玉连城,也许玉连城的英姿飒爽才堪匹配袁飞傲的霸气威武。而她……是不可能让袁飞傲这样的人另眼看待的。

心生自卑,便不禁失落。她已经和他走到帐群的最边缘,正反身往回走,夜里风寒,忽然打了个寒战。

一旁的袁飞傲一眼看到,便伸臂过来揽住她的肩膀:"瞧瞧,大晚上往外面跑什么?若是着凉感冒这里可没有大夫。"

她忽然大着胆子将他的腰一把抱住,把头埋进他胸前,轻声问道:"将军……愿不愿做玉无双的秦晋之人?"

"什么秦晋之人?"袁飞傲并不懂这词背后的含义,只是乍然被个大姑娘这样紧紧抱着,从一开始的吃惊、尴尬,到……心中的小火苗又蠢蠢欲动地烧灼了起来。

之前看她给那个士兵包扎伤口时的那腔怒火,现在想来倒更像是自己在吃醋的妒火。

这些年在沙场上和敌人血肉相搏也好,在朝堂上和人唇枪舌剑也罢,从来顾不得想

第十五章 迂诚

自己有一天,会为了一个女人而怦然心动。

就在两个人都默默地站在原地相依相偎没有说话的时候,旁边一个帐帘挑开,一个小男孩儿打着哈欠走出来,大概是要到远处去小解。他娘追了出来,手里拿着一件小衣服,喊道:"光儿,把衣服穿好,别冻着了!"

那男孩儿看到玉无双和袁飞傲,便愣愣地说:"娘,大小姐和袁将军为啥在咱们帐子前抱在一起?"

他母亲一眼看到这两个正慌张分开的人,立刻尴尬地将儿子抱起,对两个人连声说:"对不起对不起,孩子小不懂事,我们什么都没看清!"然后竟又将孩子抱回帐子去了。

玉无双红透了脸,半天说不出话来。袁飞傲却在她头上"扑哧"一笑:"让你半夜不好好睡觉!快给我滚回帐子里去!"

"你也回去睡吧!"她低着头说,"要不然我怎么能睡得着?"不知道他在帐子外还没什么,如今知道他守在帐子门口,她就更睡不着了。

袁飞傲到底也是困了,耐不住打了个哈欠:"行,我睡你隔壁帐子,等我踢几个士兵起来给你站岗。"

两个人并肩往回走,走到帐子门口,袁飞傲拔下自己腰上常佩的那把匕首递给玉无双:"拿着,若是有坏人近身,这个可以暂时用来防身。"

玉无双将那匕首紧紧握在手中,上面还有他的体温和气息。这匕首看起来很简单,也不知道用了多少年,匕首外面是一层磨得很旧的皮套,匕首的手柄上依稀刻着一个"袁"字,又因为主人长年累月地反复摩挲使用,那个字已经变得有些模糊不清了。

玉无双将它双手握着,突然说:"你等一下。"反身跑回帐子里,没过片刻又跑出来,手中被取而代之的,是一柄镶金镶玉的华丽短剑。

这柄短剑和袁飞傲送她的那柄匕首宽窄差不多,只是长了一寸。她把这柄短剑挂在袁飞傲腰上,柔声说:"我听大哥说这匕首是一寸短一寸险,只有高手才能用。那一柄你用了那么多年,一定帮你杀过很多敌人,你送给了我,自己对敌时就少了一柄利器。这柄短刃是我古镜城的旧物,削铁如泥,如今宝剑赠英雄,我把它送给将军,权作我对将军此次仗义援手的谢礼吧。"

"原来你有防身的兵器啊。"袁飞傲自觉有些自作多情了,可是将手中的短剑抽出,那寒如秋水的逼人冷意令见惯了场面的他都感觉到那种刺破眉睫的杀气,禁不住脱口而出,"真是一柄好剑!"

玉无双的唇角噙着笑:"那将军就收下吧?"

"好……"袁飞傲并非贪财之人,只是这样的一柄绝世好剑实在是难得,他身为习武之人又岂能不喜欢?

握着短剑,他忽然笑道:"这有点儿像是戏台上的那些公子小姐交换信物什么的……"

话音未落,帐帘落下,玉无双的脸已经看不见了。

袁飞傲怔忡着自语:"我是不是又说错什么话了?"

荣王府这几天真是一片狼藉。

因为荣王突然被陛下贬降为郡王，又被下令赶出京城，所以楚若溪这两日一直在准备离京的事宜。圣旨上说的是"令其三日内迁往隆城思过，无旨不得返京"，所以明日楚若溪是无论如何都要出京的。

楚若溪下令府中之人把所有贵重物品清点出来之后，他选择自己认为有用的，喜欢的，不得不随身携带的抬到院内，其余的就地分发给王府中的家丁丫鬟。

他说得很是凄楚："我这一去山高水长，返京无期，你们在这王府中守着倒是清闲，但也着实无趣。若是不愿意留下，可以拿了银子自己另寻出路，以免哪天陛下翻了脸，你们也被牵连。"

他这番话，说得王府中几位老人掉了泪，纷纷表示会为王爷看家护院，终老于此。年纪较轻的，难免心思活泛些。

以前都觉得王爷是朝中举足轻重的厉害大人物，怎么一转眼竟失了宠，被陛下赶出京了？于是有人收拾包袱，去找管家领了银子跑路。但这些人是王府外聘的散人，真正由宫廷指派给王府的那些奴婢，是不能随意离开王府的。

这几日这些人就三三两两成群结队地去找一个人求情——玉连城。

玉连城也想不通为什么楚若涛会突然翻脸把楚若溪赶出京城。以她之前见到楚若涛时对他的认知，觉得这位皇帝虽然年轻体弱，但心思缜密，做事条理分明，能顾全大局。对楚若溪这个弟弟，楚若涛显然也格外看重，以至于玉连城坚信楚若涛是要将昊夜国的江山都交到楚若溪手中。

为何会一夕之间风云变幻？

"我觉得你必须入宫一趟，当面问清陛下的意思。"玉连城感觉这道圣旨背后必然另有深意，"这圣旨真的是皇帝写的吗？该不会是别人代笔，假传圣旨？"想起楚若涛那蜡黄的脸色和瘦弱的身体，自古帝王被人在病中夺权的故事并不鲜闻。

楚若溪却展开圣旨叹气道："还见他做什么？你不知道伴君如伴虎的道理吗？他突然翻脸我有什么办法？这圣旨上的每一个字都是他写的，你看这笔法，这气力，旁人是模仿不来的。"

玉连城认认真真地看了那道圣旨，和她自己的那道做了对比。按说这圣旨未必一定要皇帝亲自撰写，但是这两道应该都是出自同一人的手笔。这圣旨上的字端正俊逸，只是笔力浮弱，可以看出写字的人应当是中气不足，像是出自病人之手。

既然楚若溪都说这是楚若涛的字，那就应当错不了。可是在她刚刚为古镜城讨要下洛川之后，楚若涛又为何要突然赶楚若溪出京呢……

楚若溪这两日很忙,除了让府内的人尽快收拾行装之外,他还几次跑到六部,联络各部的朋友,为古镜城的迁城做着一些必要的准备。有几次玉连城刚要张口和他说事情,他就先主动开口道:"我现在是被贬的王爷,不比以前了,别人给我办事也没有以前那么痛快,我只能尽力而为,若是做得不好,你别怪我。"

看他这样一副尽心尽力还委曲求全的样子,玉连城还能说什么?连同他之前给自己下药的那笔账都没办法再和他算了。

他奔波了这些天,居然向兵部借到了两千兵马,向户部要了各种食物、水,要了足够一千多百姓食用半个月的,说是为了从沙漠成功搬家到洛川。

当然这些东西不会跟着玉连城从京城跑到古镜城,而是要从距离古镜城较近的隆城调拨。

"明天我们俩一起走。"把这些事情都确认了之后,楚若溪满脸洋溢着的兴奋丝毫不加隐瞒,"车马我都备妥了,从这里快马加鞭,三天就能赶到隆城去。"

玉连城由着他折腾安排,但依然对他的那道圣旨心存疑虑。直到临行前的那一夜,有一位贵客登门造访——

因为是离开京城前的最后一夜,楚若溪对这一夜分外珍惜,叫人备了酒菜端到院子里要与玉连城痛饮一番。

玉连城吃过酒醉的大亏,怎么可能再上他的当?一口不饮,只是吃菜。

楚若溪倒是不强逼她,自斟自饮也很开心。他自少年起就背井离乡在外面漂泊闯荡,也许这一次被迫离京对于他来说不过是又一次漂泊的开始,所以他高谈阔论、谈笑风生的样子让玉连城恍惚着问自己:那天听到圣旨内容后,委委屈屈、泫然欲泣的那个楚若溪该不会是他演出来为博自己同情的吧?

"你就不担心陛下的病情吗?"她直勾勾地看着他。明明之前他们都已经谈到了楚若涛身故之后的国变了,总不能因为楚若涛要赶他出京,这场大变就可以避免吧?

他握住酒瓶的手似是停顿了一瞬,但紧接着又漫不经心地说道:"我虽有心挽狂澜,奈何没有回天力。这国家之事,皇兄不能和我上下一心,难道要我去求他把皇位让给我?"

"陛下自圣旨下达之后,你可有当面去质询?"根据玉连城对楚若溪的了解,他绝不是逆来顺受的人。纵然不想要这个皇位,也不该乖乖就范,顺从离京。更何况是在皇上身体这样差的时候。

楚若溪叹道："你以为我没有想过当面和皇兄对质吗？但是他不愿见我，我有什么办法？"

"入皇宫对你来说不是轻而易举的事？"她嘲笑道。

楚若溪黯然摇头："若是手足情深，自然是出入容易。若是兄弟阋墙，我们就是君臣之分。哪有臣子随随便便闯入君主家里的？那可是要被砍头的罪啊。"

他的话，玉连城觉得也对，也不对。总之是哪里怪怪的，一时又说不上来。她因为病得久了，身子虚，连头脑都像是迟钝了些，没能立刻想出这里的奥妙所在。

而此时，管家来报："王爷，有位夫人要见您。"

"夫人？"院中的两个人都很意外，玉连城"哼"笑道，"听说你要走，红粉知己都赶来相送一程吧？要不要我避让一下，以免红颜垂泪的样子被我这个外人看到？"

楚若溪笑道："什么红粉知己？你要这么说，我还偏要当着你的面见见这位'夫人'！"

获得他的同意，那位"夫人"走入王府内院。当她站在两个人面前时，玉连城一惊，屈膝下跪："拜见皇后娘娘。"

皇后庄尔雅虽然一袭便装，但依然雍容高贵，冷艳傲然地垂着眼角打量着玉连城和楚若溪。

"听说王爷要走，本宫特意过来看望……不，"她微微抬起头，"是送别。"

楚若溪无声一笑："娘娘待我这样情深义重，在下真是受宠若惊。连城，快给娘娘斟酒。"

玉连城款款起身，看了眼桌上没有富余的酒杯，便说道："我去再拿个酒杯来。"

庄尔雅冷冷阻止："不必，本宫并不是要来喝酒，而是要和荣王说几句话。玉城主可否避让一会儿？"

玉连城微微一笑，转身往屋内走。楚若溪则叫道："我与城城事无不可对人言，娘娘还有什么话是怕被她听到的吗？"

玉连城也不理睬，径自回了房间，还把房门关上了。

庄尔雅看着她关好门，才走近一步，看看桌上的酒盏酒壶，盯着楚若溪："知不知道陛下为何要赶你出京？"

"君心难测，我怎么知道？"楚若溪笑嘻嘻道，"这样也好，反正我留在京中也没什么用。正想着四海遨游去，又怕人家说我不懂得为君分忧……"

"若溪……"庄尔雅忽然叫出他的名字，轻咬着唇，"这真是你的心里话吗？"

"当然。"

第十六章 暗战

庄尔雅却轻轻叹气："我知道你现在佳人在怀，心中想的都是那个她……可是，陛下现在病重，你应该看得出他的状况，你好歹是陛下的亲弟弟，总该为国家分忧出力。陛下突然赶你走，我也不知道是为什么。问过他几次，他却都不说。我想，也许是你哪里惹到他了？你们是一起长大的，素来感情很好，说不定是有人故意挑拨……"

楚若溪脸色一沉："你还不了解皇兄吗？他心思坚定，能有谁挑拨得了他？上次我入宫，他还是好言好语，谁想到没过两天就情势大变？不过我猜这也是他早就谋划好的。我不管是谁挑拨，这世上最难弥补的是人心的裂痕，纵然是有人挑拨，若他心中对我没有芥蒂，能一挑拨就成吗？可见他是早有不满在先了。我这人的脾气你也知道，我不喜欢和人猜谜，当年父皇嫌弃我，我就离开京城。如今他也嫌弃我，那我一样走就是了。反正隆城那个地方风水不错，天高皇帝远，也没人能管得着我。"

庄尔雅面露哀戚之色，默默地望着他，好一会儿，才开口说道："你对先皇……一直都耿耿于怀，是吗？先皇当年若是肯改立你为太子的话……"

"且住！"楚若溪一伸手，"娘娘这话可不能乱说，我从来没有在皇储之事上对父皇有过任何不满或抱怨。皇兄是真命天子，这皇位理应是他的，他若不在了，就是楚霄的，上天早已安排妥当，而我向来依天命而行。"

庄尔雅一手按在桌面，咬着牙问："你明日真的就这么走了？"

"圣旨在上，我敢不走？"

庄尔雅看了眼他身后紧闭的房门："是因为这道圣旨，还是因为那个女人？"

楚若溪呵呵笑道："都有。本来她不愿意我跟着她，我自己也放心不下皇兄。可是现在皇兄不义，我便不仁了。人生在世，得如花美眷，笑傲一生，不是比困于朝堂之内更来得惬意？你知道我这一生本来也爱自由胜过爱规矩……"

"若溪！"庄尔雅再一次叫出他的名字，目光游离，"难道你都忘了？"

"什么？"

"忘了年少时你曾和我说过的话？"

"什么话？"

庄尔雅深吸一口气："你说……我们三个人是绑在一起的缘，也是绑在一起的劫。若是有一天线断了，不是缘散了，就是劫到了。"

楚若溪的目光闪过一丝幽然，嘴角依旧挂着笑："是吗？这是我什么时候说的戏语？我都忘了。让我想想……我的意思大概应该是，你是皇兄的缘，而我，是你们俩的劫。你看小时候咱们两个人老是吵架，不是劫数是什么？"

"劫数……是我的哪一劫呢？庄严劫，贤劫，星宿劫？"庄尔雅苦笑道，"你说得

153

真是轻巧洒脱。原本，我一直以为纵然我们没有上辈子的缘，能做这一世的劫也好。如今看来，无论是缘还是劫，你都准备和我们划清界限了。那好吧，荣工，不，荣那工，祝您一路顺风。皇城这里，我会替您照顾好您那位皇兄。日后是生是死，各自相安，互不相涉！"

她骤然变脸，转身而去，楚若溪也不阻止，在她身后躬身说道："恭送皇后娘娘千岁！"

过了一阵，小院内又恢复了平静，楚若溪走到玉连城所在的房间门口，轻叩门板："城城，我们的酒还没喝完呢。"

玉连城在里面说道："我累了，王爷请自饮吧。"

楚若溪默站了片刻，用力一推门，那门没有落闩，他便大咧咧地走进去，看着玉连城的背影问道："她和我在院中说了半天悄悄话，你没有吃醋吧？"

"王爷是高估了你，还是低估了我？"玉连城漫不经心地说，"皇后娘娘有国家大事和你说，与我何干？"

楚若溪嘿嘿一笑，说："我把她气走了，你应该补偿我。"

玉连城冷笑道："她半夜来找你，应该不只是为了叙旧或告别，难道你就没想过这背后的真正内因？"

他故意不接话，让玉连城感觉到了一丝诡异："你有事在瞒我。"

"没有。"

"你敢看着我的眼睛说'没有'吗？"

"好吧，我是有所猜测，只是你们女人的心思太难猜了，我现在懒得动脑。"楚若溪强笑道，转移了话题，"这几日给你改了药，身子好多了吧？"

玉连城冷冷道："你再想在药上只手遮天地控制我肯定是不能了……我休息了，王爷请便。"

已是二更天，几个打盹的太监坐在皇帝的寝宫门前歪七扭八地倒睡了一地。

这个时候皇帝已经睡熟，第二天的早朝还没有开始，正是宫内的人睡得最熟的时候。

忽然，一道黑影悄无声息地落在宫内的院墙一角，观察了一番周围的情况后，大模大样地走到宫殿门前，并拢二指在几名太监的身上戳了几下，那几名太监向四周一歪，睡得更沉了。

第十六章 暗战

殿门被黑影拉开一道缝,将将够他一个人通过。

殿内漆黑一片,连摆设的东西都看不清楚,但那黑影如闲庭散步一般,从容地走到皇帝的龙榻前,默默坐下。

暮色幽静,殿宇凄清。那黑影也只是一动不动地坐着。直到龙榻上的皇帝半夜醒来,咳嗽了几声,那黑影低声唤了一句:"皇兄。"

皇帝慢慢坐起身,转过脸来,黑夜中,兄弟的容貌虽然彼此看不清楚,但是好像将对方的一颦一笑都能看在心底。

"我以为你这一夜不敢再来,昨晚等了你许久都不见你现身。"楚若涛轻轻咳嗽几声,怕惊动外面的太监。

黑影从旁边熟练地找到痰盂递到他面前:"即将远行,臣弟心有挂碍,不能不来。"

楚若涛推开他的手,又将他的手腕握住:"若溪……辛苦你了。我听说尔雅去你那儿了?"

那黑影竟然是被他贬黜出京的楚若溪。

"嗯。"楚若溪的语调平静,"只是去给我送行,倒也没说什么。"

"你不必瞒我了。"楚若涛轻叹一声,"我当年若是早点儿看出她的心思,今时今日我们三个人便不会是现在这样……"

楚若溪抢话打断他:"当年我对她本就无心,如今也是无意,所以皇兄不是害我们'有情人不能终成眷属'的罪魁祸首,更不用自责歉疚。"

楚若涛的声音中依然充满了黯然神伤的味道:"尔雅变成现在这样是我没有想到的。她跟了我这么多年,对我照顾得也算是尽心尽力,我这个病弱身子不能陪她百年白首,实在是辜负了她的如花年纪……"

"皇兄不能这么说,当年她答应嫁给你时就已经在先帝面前发过誓要与你厮守终老,这是她的选择,你自责什么?如今要背信弃义的人又不是你。"

突然间,殿内静默得心寒。楚若涛的手从楚若溪的手腕上缓缓撤回,楚若溪也不再咄咄逼人,只是默默等待。直到楚若涛的声音再度响起,这一回是平静中透着帝王的威严:"庄家从她父亲那一辈起就已经在朝中培植亲信,罗织党羽。前几年她帮我批阅奏折,会见外臣,是我给了她太多的权力。如今庄家羽翼丰满,要把他们连根除掉实在很难。"

楚若溪的声音随着他的语气也寒凉下去:"皇兄不愿意做这个绝情人,所以便将此事交给我办,这不是挺好的吗?我不欠庄家什么,尔雅虽然是我自小的玩伴,但我要帮

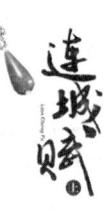

皇兄守住的，是楚霄的那份江山，不是庄家的天下！"

他的声音不大，但是掷地有声，坚若磐石，让楚若涛的身子一震，苦笑道："我若是有你这样的魄力，也不会坐视庄家变成现在这样。早两年你劝过我，但我想他们总是尔雅娘家的人，难道还能闹翻天去？毕竟日后的皇位是楚霄的……"

"可是庄家做主的人不是尔雅。人和畜生一样，胃口一旦养大，只会越来越大。掩藏在人心深处的那点儿欲望是最龌龊的，任何美好的借口都粉饰不了它的丑陋。"

听着楚若溪这样狠辣的言辞，楚若涛却笑了："这些话似乎不适合于你啊。为什么我每次说要把江山让给你，你就要跑？从……你十五岁起。"

兄弟间的沉默让记忆深处的那段过去被剥离。楚若溪至今都清晰地记得楚若涛站在宫门口，直勾勾地看着他，一字一顿地问："若溪，你要不要当皇帝？如果你愿意，我把这个太子之位让给你。"

第二天，他就跑了。他不敢想会有山一样的重责突然压在他的肩膀上。他恨父皇的偏心和不信，但是他不想做夺取皇兄幸福的强盗，无论这幸福是公，是私，是别人施舍，是赠予，还是他不劳而获，他都不要。

如今，当江山再一次被拱手送到他面前时，他选择的，还是拒绝。

"皇兄不相信我会没有欲望，事实上，我真的对皇位没有欲望。我也有渴望，只是我的渴望并不在'权'字上，而是在'情'字上。人这辈子不能太贪心，太贪心就会求不到完满。江山与美人，我并不相信自己可以兼得，若是一定要我二者选其一，我宁愿要美人，不要江山。因为美人可以一生一世一心一意地跟着我，而江山……是天下人的江山。这个皇位，人人都可以坐得。我就算是占据了，也不过是轮流坐上那龙椅的人中的一个而已。"

楚若涛静静地听，低低地笑："你现在是美人在怀便什么都顾不得了。可是你为了她讨要的圣旨我给你了，你不会就此一去不回吧？"

楚若溪沉吟片刻，问："你的身子……还能撑多久？"

这句话问得有些残酷，但楚若涛的语气却远比他要轻松："大概不出这个月了。"

"那么……你等不到我从隆城回来了？"

"只怕是……等不到了吧？"

带着悲戚的笑语，提到死亡竟是这样豁达，楚若溪情不自禁地握住兄长已经骨瘦如柴的手："坚持住，等我荡平乱党，将他们连根拔起！你要看着自己禅位给楚霄的那一天！"

"但愿我能不负你的厚望。"楚若涛再喘了几口粗气，平躺下去，"若溪，你我兄

第十六章 暗战

弟连心,我希望你在我面前能发一个誓。"

楚若溪淡淡问:"你希望我不要为难尔雅?"

"是。"

"但是庄家若是被毁,她岂能坐视不理?"

"只要你肯保她一个颜面,好歹她是皇后。"

"她可有要给皇兄保住颜面?"

楚若涛再度陷入无语中。过了半晌,楚若溪才叹气道:"好,我依你,只要她不太过分,我不会为难她。"

"古镜城那里,你或许可以利用。"楚若涛重新开口,"玉连城的身份特殊,是朝中老臣的后裔,又是不出世的高人,还和江湖有些牵扯。她的身份正好做你的掩护。"

楚若溪闷声道:"我没想利用她。"

"她也没有想过要利用你吗?"

这犀利的反问让向来口齿伶俐的楚若溪答不出话来。

"怎么?她伤到你的心了?"楚若涛感觉到他的呼吸在提到玉连城时变得有些紊乱,但楚若溪掩饰道:"谁能伤我的心?只要我肯出马,什么事不是手到擒来?"

楚若涛微微一笑:"好,你有这样的信心就好。无论是美人,还是江山,都是你的囊中物,我也可以放心了。"

楚若溪心头微震,紧紧握了一把他的手腕:"皇兄,保重!"

"一路平安。"

兄弟俩自小一起长大,正如楚若涛所说,他们心意相通。明知道这一别可能就要阴阳相隔,但是他们宁愿以男人的方式微笑面对。

手足之情,情浓于血,在这帝王之家中,有几个皇子不会为了那百年的权钱争得连人性都不要了?

他和楚若涛是难得可以坦荡相对、推心置腹的皇家兄弟。

这份坦诚至死不渝。

楚若溪离开皇宫时不敢再回头看一眼守言宫的牌子,下一次当他来到这里时,是否已是物是人非的景象了?

一眼扫过,发现幽兰竟然都败了。这才几天工夫?前些天不是还开得那样灿烂?

花如人命,这些幽兰或许也知道它们的主人生命已走到了尽头,所以先一步耗尽了自己的繁华。他蹲下身,手指触碰到一朵鲜花已经枯萎的花瓣,从怀中掏出一支金钗,

那金钗上面刻着那行字：愿得一心人，白首不相离。

将金钗深埋入花下，少午时的青春烂漫，两小无猜，如今都随花谢月落化为乌有。

暗香沉去，童心寂灭。出了这道宫门，就算是将前尘与来世割裂开了。

庄氏的死期就要到了，纵然庄尔雅是皇后，也护不住那群狼子野心了。

他紧了紧袖口，倏然飞身跃上屋檐，如风般掠向宫墙的尽头。他从小就在这片殿宇中长大，小时候登高爬低，对皇宫每一处屋檐、每一道禁卫会行走的路线都了如指掌。自回朝以来，偶尔与楚若涛有些私密的事要半夜谈，他便不经通传，私自翻墙入宫，从未失手过。

但这一次又格外不同。

心情从未有过的沉重，因为他眼睁睁地看着兄长的病情加重而无能为力。似乎天上地下都是这样寒凉，这样孤独，唯有在玉连城身上才能找到他渴望已久的温暖。纵然她一次次推开他，他也奋不顾身地扑上去，飞蛾扑火便是他这样悲壮吧？

可他要的又并非是毁灭。他要的，是一次真真正正的新生。帮助玉连城新生，帮助这个王朝新生！

跳下宫墙的前一瞬，他忽然看到一辆马车停在皇宫西边的小角门。他本能地警觉起来，半夜三更，会有什么人乘车到了这里？皇宫都已锁了门，寻常人也不敢靠近这里，这辆马车的出现难道只是偶然？

他将身子伏低，似黑夜中的狸猫紧贴着屋檐偷窥着那辆马车的动静。只见马车上静静走下一道人影，如他一样穿着墨色，显然也是为了不引人注意，只是那张含冰淬玉的妖冶俊容看得他那种反胃的恶心感又涌上心头，但更多的是惊疑——玉华景！他怎么会在此时出现在此地？是为了追杀，还是另有他事？

他正想着，只见那个车夫先走到角门口，轻轻敲了几下，而后角门内有人把门打开，玉华景就被迎了进去。

楚若溪捏紧拳头，嘴角上扯，眼底冷冽的笑意似星光闪烁。

好，这一次大变若是没两个搅局的人出场还真是不好玩呢。

玉华景真是他的死对头，看来不把这个人整死，他也不能踏实安生地和玉连城过那厮守一生的幸福日子。只是该为他选个什么死法才配得上玉华景这张臭脸呢？可得好好想想了……

情债 第十七章

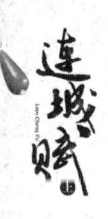

玉连城又贪睡了一夜,醒来时听到门外有人打着山雷般的喷嚏,吵得所有睡意都退去了。她不情不愿地睁开眼,只见楚若溪正在窗边拼命揉着鼻子,对端着水盆进来问候的丫鬟说:"多给我拿几块帕子,烧个热姜汤。"

玉连城用手肘撑着身子想坐起来,问道:"怎么了?着凉了?"

楚若溪走进来,鼻子居然被他擦红了,皱着眉道:"你说呢?"

玉连城从被子下伸出一只手:"过来,我摸摸看你的头热不热。"

楚若溪便乖巧地走到她身边,蹲下来,把额头给她摸。她带着寒凉之意的手掌贴在他的额头上,那里竟然是火烫的,也把她吓了一跳:"真的烧起来了,怎么办?今天不是要出京了?"

"只能派人给皇帝送封信,希望能延后几日,要不然我只怕还没到隆城就病死在半路上了。"楚若溪说着又打了一个喷嚏。

玉连城难得见他这样弱不禁风的样子,又想笑又想叹,难免生出怜惜之心:"你是几时受了寒?昨天不是还生龙活虎的?"

"想你想的,我在你的门外站了一夜,你都没注意?"

玉连城忍不住骂道:"活该你生病!好歹你也得给那边送封信吧?那天你不是说你出京的时候兵部还要来人监视你搬家?你拖赖着不走是给自己找麻烦,再不说清楚,只怕就要有大军押着你出京了。"

她边说着边下了地,忽然地上的一件东西吸引了她的目光——她凝眸看去,脸色忽然一变。回头盯着楚若溪,一言不发地将地上那件东西捡起来。

楚若溪没看清她捡了什么,只觉得她表情瞬间就变了,好奇地问:"怎么?地上有金子?"

"黄金万两易得,这件东西可难求。"玉连城走到他面前,将手掌摊开,在她掌心平躺着一片粉色的花瓣。

楚若溪也变了脸色,看着那花瓣语塞了一阵,强笑道:"在咱们屋里怎么会有幽兰花的花瓣?是你去哪儿的时候带回来的?"

"我这个病身子能去哪儿?"玉连城冷笑道,"我就知道你有事瞒着我。别赖,这屋子每天都有丫鬟打扫,可你这王府中并没有幽兰花。丫鬟带不进花瓣,我也带不进来,能带进它来的难道是鬼吗?"

楚若溪瞪着眼睛想:那大概是我昨天出去办事的时候无意中在哪里碰到的……

"昨天晚上你来我这里之前,丫鬟刚刚扫了一遍地,不可能遗落了它。而且这幽兰花是多么名贵的品种,哪里能种得起它?"

楚若溪迅速地躺进被子里，假装体力不支。被玉连城一把将被子掀开，他嚷嚷着："冷！我还发着烧呢！"

"你不说实话，我就在被子里再倒一桶冷水，让你烧得更厉害些。"玉连城盯着他，"昨晚你入宫了，对吧？因为入宫，所以身上沾了这花瓣，感染风寒发了烧。"

楚若溪无奈地咬着唇角："好吧，真是天算不如人算……是，我入了宫，去见皇兄最后一面。皇嫂都来和我告别，皇兄那里我也总要有个交代。"

玉连城不理他，走到门口对等在那里的丫鬟大声说道："给我打一盆水来，要最凉的！"

丫鬟讶异地问："小姐是要洗脸吗？现在天已冷了，水若太凉会生病的。"

楚若溪在屋内喊着："别听她的，我要洗脸，打一盆热水来！快去！"

丫鬟当然是听楚若溪的，应了声就跑去打水，楚若溪扬声道："城城，快进来，门口冷，别再把你冻坏了。"

玉连城走回屋内，斜睨着他："王爷现在有真心话和我说吗？"

楚若溪叹道："好吧，我说实话，我是去见皇兄了，不仅仅是为了道别。皇兄的身体越来越差，太医曾说……他大概熬不过三个月，但是这回我去见他才知道……他只怕是连一个月都熬不过了。"

玉连城怔住，她知道楚若涛的身子不好，常年有病，却不知他的病已经到了这么严重的地步。

"他既然病势沉重，为什么还要赶你出京？"

"为了……庄家。"

玉连城皱皱眉，暧昧地看着他："该不会是庄尔雅喜欢你的事情被他知道了，他忍无可忍，所以赶你出京吧？"

楚若溪虚弱地叹气："你想什么呢？庄尔雅和我们一起长大，庄尔雅的这点儿心思连你都瞒不过，他岂能不知道？"

玉连城再怔住，如果庄尔雅对楚若溪的心意楚若涛是知道的，那身为皇帝的他该用怎样的胸襟面对自己的妻子和弟弟？

楚若溪皱眉道："你瞅着我干什么？我行得端做得正，我怕什么？就是皇兄当面质问我，我也敢对天发誓：我连庄尔雅的手都没摸过一下。"

玉连城看他一本正经的样子，却不由得笑了："你想说你是正人君子？谁信？"

楚若溪不住地叹气："我也是有原则的，不是我自己喜欢的我不会去招惹，名花有主的我更不会去招惹，心里有了你之后，就算有人白送上门，我也不会多看一眼的。"

玉连城不接他的话茬儿,只追问:"那皇帝为什么赶你出京?"

楚若溪眨眨眼,缩进被窝里:"好冷,又好饿,要是这时候有口热饭吃,也许我的脑子不会这么僵。"

玉连城本想继续逼问他,但见他的脸色真的不对,刚才还红得像是刚出锅的虾子,现在又满头大汗,嘴唇无色,听他说话的气息也比较弱,真不像装出来的。

这时候丫鬟捧着热水进来,玉连城便吩咐道:"你们王爷病了,问问厨房他平日爱吃什么,拣不油腻的、清淡些的,做几样送过来,再请个太医过来看看病。"

吩咐完,她坐在窗边桌前,摊开一张白纸,挽起袖子开始研墨。

楚若溪从被子里探出头,看她正在蘸笔,知道她要为自己给皇帝写信,笑道:"城城,这信就不劳你代笔了,给皇帝的信是有一定制式的,你没有写过,若是出了差错会害我平白多了罪名。先放放笔,到我这边来坐坐,庄家的事,我再说给你听。"

玉连城听他说得也对,只好把笔放下。用丫鬟送来的手巾浸透了热水帮他擦着手臂上的汗渍。却发现了一道延伸至手臂的伤痕,玉连城心里一惊,掀开他的衣服,才发现这道伤痕从手臂一直延伸至背脊。

这伤痕也不知道过去多少年了,只留下浅浅白白的一道,却很长,显然当年这一剑惊心动魄,甚至有要了他命的可能。

她用手指摸着那道伤痕,问道:"这里怎么会伤到?"

楚若溪感觉到她手指下压的地方,慵懒地回答:"哦,小时候宫中遭遇刺客,我中了一剑。"

"刺客?不是为了杀你吧?"他是皇子,但不是太子,不该是刺客下手的目标。

"不是,是为了杀皇兄,只不过我挡在皇兄身前了。"

那一天正好是中秋月圆夜,先帝带着众嫔妃、皇子、公主在御花园赏月。

刺客的不期而至把满场养尊处优、不谙世事的皇家贵族吓得惊慌失措,像没头的苍蝇一样四处乱跑,内宫的侍卫听到动静跑进来,却要顾着不伤到这些嫔妃和皇家的金枝玉叶,而不能放开手脚厮杀。

那一年楚若溪只有八岁,他虽然也有惊慌,但天生的胆大让他尽快冷静下来,一眼看到一名刺客杀气腾腾地扑向楚若涛,他想都不想便奋不顾身地扑过去,将大哥猛地扑倒在地,那刺客原本必杀的封喉一剑就划在了他的后背上。

虽然刺客后来被乱刀砍死,但是他也因为那一剑的重创而在床上躺了足足十天才能下地。

第十七章 情债

那是他人生中最可怕的一幕,他至今都记得母妃每天坐在他身边默默流泪的样子,偶尔半夜从梦中惊醒,还可以听到母妃一阵阵的哭声。

他和楚若涛不是一母同胞,但是在他的心中大哥永远是最亲近的人。

这一剑之后,楚若涛每天都来看望伤重的他,陪他说话,把学堂上听来的新课转述给他听。

父皇也御赐了很多药材,屡派御医帮他恢复身体。

可惜在他逐渐好起来之后,母妃的身体却每况愈下,不到半年便因病而逝。

按说他那时候年纪还小,母妃不在,皇帝应该给他指派一位皇妃做他的代母,众人那时候都认为以他和楚若涛相仿的年纪,以及他和楚若涛这么好的感情,乃至那一剑的受伤,都该是楚若涛的母亲——静德皇后抚养他。可静德皇后竟然以自己气虚体弱为由拒绝了。

静德皇后拒绝抚养他,其他嫔妃也不敢伸手,结果一两年内楚若溪都属于没有人管,独自在宫廷中生活的状态,甚至连皇帝都把这件事丢在脑后了。唯一在乎他、时时关照他的,只有皇兄楚若涛。

所以,无论是父皇偏心也好,是上天钦命也罢,他今生今世都不会和皇兄争夺任何东西。女人、皇权,那都是皇兄应得的,纵然是死亡,也不能改变这一切。

玉连城则怔怔地看着那道疤痕,眼前浮想着那一剑袭来时惊心动魄的景象。想象着一个少年奋不顾身地扑向另一个少年,想象着鲜血浸透他的衣衫,他却满面笑容的样子,莫名其妙地心悸、心疼。

瞬间她就明白了为什么楚若溪一直不肯碰皇位,为什么楚若溪对楚若涛一直尊敬尊重,甚至连庄尔雅的事情他都不肯笑谈。

若非情深挚诚,他怎么会小小年纪就扑上去勇救手足?那时的他就可将自己的生死置之度外,现在的他就更不会鸠占鹊巢了。

于是,心底默默地生出一份对楚若溪的敬意来。这个人虽然平时玩闹嬉戏,但是在大事上自有他的坚持和大节。

"庄家的事你现在可以说了吧?"

楚若溪心中叹气:"庄尔雅的父亲是前任丞相,辅佐过先帝和皇兄这两朝,可谓劳苦功高,他去世之前,推荐他的儿子,就是时任户部尚书的庄尔铭担任新任丞相,皇兄当时刚刚即位不过一年多,政务不熟,识人不准,想着这毕竟是自家之人,便答应了。但实际上庄家主朝三十余年,门下之人过千,经庄家提拔的各地官员,四品以上的便有

七十二人，六部之中也多有庄家的亲信。我在外漂泊的时候，多听到一些官官相护的丑事，追根究底，多少都与庄家钩挂着利益关系。"

玉连城认真地听着，已经听出了味道："如今陛下后悔了。"

"嗯，但皇兄纵想裁撤庄家势力，却是力不从心。一是他的身子实在禁不起太大的事情折腾，二是庄家的势力在朝中盘根错节，扎地太深，不是一时半刻可以清除干净的。万一动得不对，朝廷的根基被动摇，这残局可就难收拾了。"

玉连城思忖道："皇帝担心的……只怕还有庄皇后的面子吧？"

楚若溪苦笑道："你说得没错。皇兄对尔雅的感情很深，我们毕竟是一起长大的，皇兄这辈子只爱过她一个女人。后宫嫔妃虽多，不过是为了平衡各方势力勉为其难收入皇宫的摆设罢了。尔雅也知道皇兄对她的一往情深，所以这些年在皇兄耳边吹过不少风，为她的家人说好话，甚至还帮皇兄批阅过不少奏折。那些对庄家不利的奏折，也因此一件都送不到皇兄的眼前。直到皇兄意识到事情不对时，庄家已经羽翼丰满，难以奈何了。"

玉连城低声自语："竟是红颜误国。"她疑惑地问，"既然如此，王朝正是危难之时，用人之际，为何要把你赶到隆城去？难道隆城那里有庄家不可告人的秘密？"

"你猜得也对，也不对。隆城早年间是军事重镇，但是现在军事的职能弱了，庄家的人根本看不上。但是距离隆城三百里外的耀阳……"他瞥她一眼，"却是庄家一处极为重要的堡垒要塞。据说庄家用赚取的财富在那里建了一座宫外宫，极其富丽堂皇，其中的奢华糜烂更不必说。在那里有各路牛鬼蛇神买卖交易。"

"买卖交易？什么样的买卖交易？"

"各种消息情报，诸如买官卖官，或者朝内有什么人是他们的对头，又或者……国家军情也难免。"

玉连城秀眉紧蹙，她已知道这事情的紧迫性了。

但她仍然觉得皇帝把楚若溪派到隆城这一招不仅危险，还很莽撞。就算楚若溪能找到庄家的罪证又如何？

若皇帝先逝，他一个降职被贬的郡王又有何力可以回天？

楚若溪看出她心中的疑虑，一手扶在她的手背上，低声道："城城，此事事关机密，事关国家，我这辈子只愿为了两个人去死，一个是你，一个是皇兄。眼看国家危在旦夕，我们若不出此招，便很难搜集到庄家的罪证，将他们这颗毒瘤从昊夜彻底铲除。你要住的洛川距离耀阳不远，庄家断然不会坐视古镜城在它身畔过安逸日子……"

玉连城一瞪眼："原来你一开始向我推荐洛川便早有预谋要拉我下水了？"

"洛川的确是个好地方,并非我有意陷害。不管你帮不帮我,你有圣旨在手,古镜城的百姓还是可以到洛川封地居住,只是……更多的昊夜百姓却不会有他们这样好命。死在庄家手里的好官越多,百姓的日子就会过得越艰难。你也是昊夜的子民,你既然心中有古镜,又怎能无昊夜?"

玉连城咬着唇:"你这个坏人!你拿昊夜的百姓威胁我和你联手。"

"我不敢想你和我联手,因为这里面毕竟有危险。"楚若溪紧紧握着她的手,"我只要你给我一个承诺。"

"什么?"

"无论我是生是死,你都愿意站在我身边。"

玉连城娇躯微颤,一眼看到他清澈见底的眼神,那眼中饱含的深情、专注、求恳,让人难以拒绝。

眼帘一垂,她凉凉地说:"什么生生死死的,谁要和你同生共死?我好歹要把百姓都安顿好了,才能想想你的事要不要掺和一脚。"

她虽然说得寒凉,但明显口风松动,楚若溪笑道:"好,我先帮你迁城,你若不肯,我也绝不勉强。"

"你勉强我的事情还少吗?"他的话玉连城真是一句都不敢信。

大事谈完,玉连城自己也觉得饿了,刚要起身去吃几块点心,忽然被他拉住袖子。

"干吗?"玉连城看他笑得邪魅,便知道他又没安好心。

"城城,你穿女装真的很美,改一改吧,换一种活法你才知道自己以前过得有多委屈。"说着,他伸手在床头的柜子里翻了翻,拿出一件紫色的长裙,"这衣服是我特意命人给你做的,我们这次出京,势必要被庄家关注,为了不打草惊蛇,我觉得我们两个人应该乔装改扮。你若肯穿女装,便可以为我掩护。城城,你仔细看看这裙子,这可是皇家绣坊的手艺,就是皇宫中的嫔妃也要等上两三年才能得一件,你真的对它无爱吗?"

玉连城气喘吁吁地看向他手中的那片紫色——如梦一般的紫色,深深浅浅用银线绣着无数朵幽兰花,看得出来很见功夫,裙子不知道是什么材质做的,看上去像是真丝,轻盈似雾,但又很柔韧,被他这样攥握在手中也不会起褶皱。

她在古镜城的时候也算是见过不少上好的丝绸了,却从没见过这种丝织品,更未见过这样美的绣工。

看定了眼的刹那,楚若溪何等眼贼,立刻说道:"城城,你不要妄自菲薄,觉得你

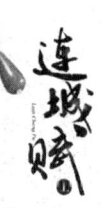

没有无双美。在我眼中,你才是天下第一的美人儿,这裙子只配你穿。天下再没有第二个女子能有你这般的绝代芳华。"

"花言巧语。"玉连城蔑笑道,"凭你说干口舌,我也不穿。"

楚若溪挑起眉尾,忽然从旁边梳妆台的桌子里拿出一把剪刀,三下五除二就将柜子里所有为她准备的男装都剪了个破烂,然后抖着这条裙子笑道:"如今你只有这一件衣服了,你不穿也得穿。"

玉连城喉间呻吟一声,似是无奈的叹息,抓过身边的枕头冲着他那张可恶的俊容就砸了过去。

庄尔雅听说楚若溪病倒了，要延期几日离京，不禁秀眉紧蹙。

"荣干不是这么拖拖拉拉的人，他若是不想走，早几日就该采取行动了，怎么现在倒不走？"

"垂死挣扎而已。只要陛下不被他迷惑，圣旨已经下了，他再拖下去，还能拖几日？"坐在她对面的是刚刚入宫请安的她的兄长——当今丞相庄尔铭。

庄尔铭悠闲地喝着茶："前天你不是说要找太医给陛下再会诊一次？情况如何？"

"陛下现在对用医很谨慎，只让成太医给他问诊，用药煎药都是成太医一手操办。"

庄尔铭疑惑地问："他是怕有人下毒害他？这点儿药还值当如此谨慎？"

庄尔雅默然良久，小声说道："先帝之死……他曾派人去查过。"

庄尔铭端着茶杯的手一停："查什么？"

"他曾念叨过，说觉得先帝在一年之内身体衰老太快，而先帝还是壮年，向来弓马不怠，冬天洗个凉水澡都不怕，怎么会……"

庄尔铭哼道："生老病死本来就是在所难免的事，难道还有人害他不成？楚家的人真是多疑。"

庄尔雅望着兄长，咬着牙根儿问道："咱们家……真的和先帝的死没关系吗？"

庄尔铭将茶杯一摔，冷着脸道："皇后以为咱们庄家是什么人？难道这种大逆不道、诛灭九族的事情都敢做吗？"

虽然论身份的尊卑，庄尔雅是皇后，庄尔铭不过是臣子，但是自小在娘家时，庄尔雅就很敬畏这位大哥，所以即使出嫁后身份改变，她依然对庄尔铭的一言一行充满了敬畏之心。

此时见庄尔铭骤然生气，她急忙说道："大哥不要动怒，你要知道这些事情陛下是不会和我说的，我不过是在他以前批过的折子里看到一封密函，才得知他下令京城总捕头密查此事，你可知我看到这封密函时心里一惊……陛下有事从来不瞒我的，为什么这件事却只字没有和我说过。若非对庄家有所顾忌，他不应该……"

"哼，什么有事从不瞒你？尔雅，你不要太幼稚了。"庄尔铭轻蔑地笑道，"咱们庄家有如今的财势地位，不要说朝中群臣会眼红，就是他楚若涛也难免心中介怀。自古功高震主都是不祥，他若不是个病秧子，有心无力，说不定早拿庄家开刀了。"

"怎么会……"庄尔雅还未争辩，庄尔铭就抢话道："什么怎么会？你帮着他批了几年折子，难道你还没看出来吗？那些对庄家不利的折子，即使你压下了，他还会偶尔过问，甚至亲自召外臣入宫问话，都不通过我这个丞相。若不是对你、对我、对我们庄

第十八章 求生

家已经有了怀疑,他为什么要绕着我们走?不说别的,只说他把荣王丢到隆城这件事,你不觉得奇怪吗?"

庄尔雅沉吟道:"荣王回京后见到他时,兄弟俩还和和气气、高高兴兴的。包括楚若溪带回来的那个女人,他也另眼相看,居然还把洛川拱手相送,我真不知道他为什么会翻脸……"

庄尔铭"哼"了一声:"你看,还说你们是夫妻,你自以为了解他,到底他做的事情也有你猜不透的。"他打量着庄尔雅,忽然问道,"荣王此次出走,该不会是为了你吧?"

庄尔雅一怔,脸色立时变得难看:"大哥何出此言?"

庄尔铭似笑非笑地说:"你出嫁前可是和他们哥儿俩都厮混得很好,这两个人为了你争风吃醋的事情不少吧?否则为什么你和楚若涛的婚事定下没多久,他楚若溪一个好好的皇子千岁不做,竟去江湖上闲逛了?"

庄尔雅涨红了脸道:"大哥刚才斥责我把咱们庄家想成了什么,可大哥又把我想成了什么?我和楚若溪什么事情都没有,陛下也知我的清白,从未在此事上对我有过任何置喙。"

庄尔铭却思忖道:"其实若是楚若涛活不久了,你对楚若溪示个好也没什么。这家伙看起来是个狠角色,早晚会成为我们庄家的麻烦,尤其是他这一趟去隆城,我总觉得事出蹊跷。你若是能稳住他,套出话……"

庄尔雅倏然起身,大声道:"来人!本宫身子不爽,送丞相出宫!"

她一直温和有礼,骤然发难,让庄尔铭也不禁吃了一惊。看着妹妹那紧绷的丽容,庄尔铭的嘴角动了一下,没有再问什么,只说了句"那请皇后娘娘好生休息吧",便告辞出宫。

庄尔铭对于昊夜皇宫来说是常客,他出现在这里并不稀奇,所有的宫女太监都频频向这位丞相大人国舅爷致意,当庄尔铭走到外宫最后一道门的门口时,一名太监赔笑着一溜儿小跑到他面前,躬身说道:"丞相大人,您的马车停在南门了,还请您移步跟奴才到南门。"

庄尔铭冷冷道:"不是素来都在西门进出外臣,怎么今天改到了南门?"

"西门正在修葺,刚才大风,把宫檐上的瓦片吹下来几片,工部派人来看了看,说有些危险,所以就改到了南门进出。"那太监一边说着,一边把庄尔铭往南门引。

走在半路上,见四下无人,那太监靠近庄尔铭,小声说道:"今日凌晨景字号的老

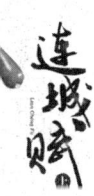

板突然入宫。"

庄尔铭一震:"玉华景?他入宫做什么?"

"入宫之后他就去见了皇后娘娘。"

"凌晨去见皇后?"庄尔铭更是困惑,"他以前也来过宫里单独见娘娘吗?"

"来过一两次,但都不是大晚上,而是白天,随着几家商户龙头老大一起来的,说的都是公事。娘娘也是代陛下宣召的他们。私下单独见面……应该只有这一次。"

庄尔铭的脸色阴沉铁青,他从怀里拿出一张银票,塞到那太监手里:"这件事不许再对别人提及。除了你,还有谁知道?"

那太监看了一眼银票的数字是"一千两",这么大的一笔赏银是他没想到的,心花怒放地收起来的同时忙小声说道:"只有奴才和娘娘的两个心腹知道,宫中的侍卫当时都被我们引开了。"

庄尔铭没有再问,昂首从南门走出皇宫。

景字号钱庄是昊夜国中的第一大钱庄,它的总店虽然不在京城,但是京城中亦有它三家分店。庄尔铭从皇宫离开,先去了距离皇宫最近的百花街上的景字号钱庄分店。

那钱庄的老板是见过世面的,看到他一身官服上绣着麒麟,便知道这是当朝丞相大人,惊得连忙迎出来问候:"丞相大人怎么会纡尊降贵到小庄来?有什么要用的、要取的,吩咐手下来办就好了。"

庄尔铭微微一笑:"你不用怕,本相不是来查你的账,而是来找一位老朋友叙旧。你们老板是不是来了?在你这个分店里吗?"

看那掌柜神色犹豫了一下,庄尔铭立刻说道:"玉华景有什么了不起的?他当初还欠着本相一个赌债,如今是不是故意躲债不敢见我?"

掌柜笑道:"丞相大人真会说笑,您稍等,我进去看看东家在不在。"

过了片刻他转身回来,说道:"东家请您进去。"

"哼,架子还好大呢。"庄尔铭迈步走入后堂,只见玉华景正在后堂的小院里逗一只波斯小猫。那小猫通身雪白,一只眼睛是碧蓝色的,一只眼睛是琥珀色,煞是好看。玉华景似是和那猫儿玩得很专心,连庄尔铭走进来都没有多看一眼。

庄尔铭在旁边负手而立看了片刻,问道:"你这只小猫价值千金吧?我在外面找了好久都没有找到这样的品种,你又是从哪里弄来的?回头也给我弄一只。"

玉华景缓缓抬起头,很随性地拱拱手:"这猫本就是为丞相大人找来的,想着回头送到丞相府去。既然丞相大人先来了,一会儿您就自己带走好了。"

说着，他提起那猫的后颈，将小猫送到庄尔铭的面前。

庄尔铭英俊的面容上露出一丝微笑，将小猫抱在怀中，爱抚地摸着柔顺的猫毛："你这样的大礼我可真是有些受之有愧。这几年也不见你入京，听闻你们景字号越来越好，可我连杯贺酒都没和你喝过呢。"

玉华景懒懒散散地说："丞相大人客气了。景字号有今天的成就和丞相的扶持提携是分不开的，这一只小玩物算得了什么，丞相大人若是想要，整个昊夜江山我都可以帮丞相弄到手。"

这最后一句话真是石破天惊，但庄尔铭只是摸着那小猫的皮毛微微一笑："玉老板真会说笑。这江山是楚氏的，我们庄家是辅佐楚氏的股肱之臣，如今这江山是我妹夫的，日后是我外甥的，有他们便有我，你刚才这句话虽然听上去像是故意栽赃陷害本相，但是本相一点儿都不怕。朗朗乾坤，陛下圣明，苍天可知我心。"

"苍天也知道丞相大人在买官卖官，贪赃枉法，一手遮天吗？"玉华景冷笑着问。

庄尔铭忽然手下一紧，抓得那只小猫"喵呜"一声吃痛地往地上猛蹿下去，逃脱了庄尔铭的手掌。

庄尔铭直勾勾地盯着玉华景："你这话是什么意思？本相给你个台阶下，你还不识好歹？既然如此，本相也不妨和你打开天窗说亮话。昨晚你偷着入宫面见皇后，这件事陛下不知道吧？你可知外男深夜私会宫中女子已是死罪，更何况皇后娘娘！你是不是活腻了？"

他的声音似淬了毒的刀，但玉华景连眼睛都不眨一下："私会皇后娘娘，你以为我是为何？哼，若不是为了收拾你们庄家的烂摊子，我才不要蹚这浑水！"

"什么意思？"庄尔铭皱紧眉头，"你最好一次说清楚，别让我一句一句问。"

玉华景蹲下身，对那只蜷缩在角落里瑟瑟发抖的小猫学了一声猫叫，那小猫又跑回到他的怀里。他一边笑着抚摸小猫，一边说："你们庄家这些年过于招摇，陛下早就对你们有所不满，可是你门下之人又不知收敛。前些年打着庄家的名义在外面放高利贷，结果惹得金禾那一带的百姓人人都以放高利贷为生，最近不仅闹出了人命，还害得成千上万的人家破了产，上千人吵着要进京告御状。当地的官员压制不住，求到皇后那里，皇后没办法，只求我帮忙。"

庄尔铭握紧拳头："这件事该是我的分内之事，她为什么求你？"

玉华景冷冷道："若是找了你，便是走官家，皇帝也会知道。我不在朝，手中又有银子，当然是找我帮忙比找你更能压住这件事。"

庄尔铭来回踱步："求你？你有什么可以和尔雅交换的？你不是向来看不起朝中的

官职,只肯出银子?这件事摆明了是要你拿大量的银子才能摆平,可是尔雅拿什么说服你掏银了?"

玉华景阴寒俊秀的面孔向上一扯,那笑容看得人心里发颤:"我和娘娘要了一条人命。"

"谁?"

"荣王楚若溪。"

楚若溪因病延迟离京的奏折递上去之后,当日下午皇帝楚若涛就准了他的请求,但时间给得有限,只有十天。

玉连城默默想了一阵,问道:"陛下该不会以为你是装病吧?否则这十天的时限有些长了。你不过伤风感冒,要十天这么久做什么?"

楚若溪此时已经喝了汤药,发了汗,热度也退了,正缩在被窝里剥着刚刚煮熟的花生,惬意得很。

"我现在不便入宫见他,写给他的信也要防着被庄家人截到,他只好先给我十天的时间,再见机行事吧。"

玉连城摸了摸他的额头,凝视着他问:"这十天他给了,你要利用这十天做什么?"

"等一个人。"

"等谁?"

楚若溪偷瞥她一眼,那欲言又止的样子让玉连城不由得捏紧他的肩膀,威胁道:"你最好说实话。"

楚若溪无奈地叹气,低下头:"不是我不愿意说,我是怕说出那个人的名字之后你会害怕。"

玉连城果然一震:"玉华景?"

"你看,我就知道你会是这样的反应。"楚若溪剥开一颗花生放到她唇边,她避开了,盯着他问:"你是有了玉华景的消息?难道他到京城来了?"

楚若溪点点头:"今天三更天前后,我在一个地方见到他。"

"哪里?"

"皇宫的西角门。"

玉连城讶异地问:"他大半夜跑到那里去做什么?"

"我也不知道啊,而且他到了那里就被人接入宫内。你不知道宫规严谨,就是我,

半夜三更要入宫门也不是那么容易的事情,他一个身无品级的平民百姓,到底是怎么做到的?"

玉连城思忖着问:"难道是皇帝和他之间有什么秘事要谈?"

"皇兄在我去时已经睡下了,若是他一早知道玉华景要来,皇兄不会提前睡下,肯定是要等的。"

"那……"

"皇宫之中能有如此权力可以私自放人深夜入宫的,除了皇帝,你想想还有谁?"

玉连城眼波震荡:"你该不会说那个人是……皇后吧?"

楚若溪将手中的花生放入口中,细细咀嚼,不发一语。

经过几天的艰难跋涉,袁飞傲终于带着玉无双及古镜城一干人来到了隆城的城门下。这么大队的人马浩浩荡荡从远处而来,在隆城城门上守卫的士兵早已看到,因为不知道是出了什么情况,所以吓得立刻封锁了城门,回报给城中守将福峥嵘。

福峥嵘今年二十岁,风华正茂,年少有为,是昊夜国新一辈年轻武将中的佼佼者。

听闻有不明人马浩浩荡荡地向隆城逼近,他也极度谨慎,立刻登上城头去看。

此时袁飞傲的大军已经来到城下,还未开口,福峥嵘一眼看到那旗帜上的"袁"字,笑道:"是袁将军来了,快,打开城门迎接!"

福峥嵘亲自率先走出城门,笑着飞奔向袁飞傲的坐骑,大声说道:"袁将军,许久不见了!"

袁飞傲一马当先跑在队伍的最前面,不等坐骑停稳,便飞身从马背上跳下,一把抓住福峥嵘的手臂,在他肩膀处狠狠地捶了一拳,笑道:"好小子,晒得黑了些,不是当年在朝中小白脸的样子了。"

袁飞傲的这一拳让福峥嵘龇牙咧嘴,他的话更让福峥嵘哭笑不得:"什么小白脸?将军见面就打趣我。可是将军,听说您去外面扫匪,怎么会跑到隆城来?"

"扫匪总要有个结果,我现在要班师回京了。路过你这里,有些事要烦你帮忙。"

福峥嵘伸头一看,才发现袁飞傲的大军中混杂了许多寻常百姓,而且一个个牵马拉骡,提包拎箱,灰头土脸的,让他简直一头雾水。

福峥嵘知道这里必然有事,但此地不是说话的地方,便说道:"将军还是先请入城一叙,这些人马……"

"你城里有校场吧?先让他们临时在那里扎上帐篷睡一下。这就是我要麻烦你的事儿了。"

袁飞傲回头对刚刚停在身边的马车喊话:"大小姐,来见一见福小将军吧!"

福峥嵘讶异地看着那车厢,也不知里面是什么人。车厢门一开,玉无双从里面婷婷走出,登时让福峥嵘屏息凝视,几乎被她的容颜逼得窒息。他在京城长大,见过世面,多少美女过过他的眼,却从未见过如此清水出芙蓉般清绝艳丽、不可方物的绝色佳人。

他呆呆地看着玉无双,愣着神儿问:"这是将军的……"

"这是古镜城的大小姐,玉无双。"袁飞傲大大方方地介绍,"这些老百姓都是古镜城的人。"

听袁飞傲的口气,似乎和玉无双并无私人交情。福峥嵘嘴角上扬,抱拳躬身:"玉小姐原来是来自古镜城,难怪钟灵毓秀,丽容如此人间罕见。峥嵘有福得见佳人,真乃三生有幸……"

玉无双走上前屈膝一福:"福将军谬赞了,无双愧不敢当。此番叨扰将军和治下之城也是迫于无奈……"

袁飞傲在旁边听他们客客气气、礼礼貌貌地互相致意,不耐烦地说:"好了好了,天都要黑了,有什么客气话进城再说。峥嵘,准备一壶热酒,再准备些能填饱肚子的菜食,我们这群人在大漠中走了几天没有正经吃饭,我这肚子都要造反了!"

福峥嵘笑道:"是,是,将军请随我入城!"他多看了一眼玉无双,小声道,"从城门到守备府还要一段路途,看姑娘似是身子娇弱,又旅途劳顿,还是请姑娘先上车同行吧。"

玉无双告了谢,反身上车。

两千多人就这样呼啦啦地拥进了隆城。

隆城算不得多大的城市,全城人口不过一万余人,骤然拥进两千人马,满城的百姓都吓到了,纷纷跑出来看。

有人小声询问:"这该不是哪儿来的难民吧?"

"不像,若是难民,怎么还会有军士跟着?"

"那是哪里来的俘虏?"

"也不对啊,若是俘虏,军爷怎么没有给他们上镣铐押解?"

众人左猜右猜也猜不对,古镜城的百姓被人们用奇怪的眼神打量,很是不舒服。他们平日在城里安逸而骄傲,不受昊夜法律的管辖,不用在意城外人的生活,现在他们成了外客,要过寄人篱下的生活,每个人的心中不是悲楚就是凄怆,一个个垂头丧气的,也不愿意答话,跟着城里的士兵去了校场上的空地暂时扎营栖身。

第十八章 求生

玉无双进了守备府，亲自和福峥嵘说明了自己的来意和情况，福峥嵘起初听得很惊诧："怎么你家有仇人竟害得你们要举城搬家？这人是谁，这样歹毒？"

"玉华景。"

听到这个名字，福峥嵘倒不像袁飞傲那样全然不知，他想了想，问道："可是景字号钱庄的大老板？"

袁飞傲好奇地问："你认得他？"

福峥嵘笑道："不算认得，只是远远地见过一面。将军不知道此人，是因为将军清廉自守，钱庄那种地方您大概这辈子都不会有往来，所以没听说过此人的名字。但此人非常有名，因为景字号钱庄算得上是咱们昊夜国最大的钱庄，全国各地的富商需要借贷时多找他家，据说有不少皇室贵族会在他的钱庄存钱，因为利钱比较高。"

袁飞傲皱眉："怎么听着这么怪？他给的利钱这么高，他又拿什么赚钱？难道白白送钱给人花？"

"这就不清楚了，我也不懂商人的心思。"福峥嵘看着玉无双，"那玉大小姐现在就是准备赴京向皇帝为古镜城再求一方安身之处？"

"对，不过……"玉无双悄悄看着袁飞傲，抿着嘴唇，"袁将军希望我先不要去见陛下，而由他代为转达。"

福峥嵘说："我听说陛下最近这几个月病得很重，玉姑娘去到京城也不见得能立刻见到陛下，由将军代为转达那是最好的。毕竟将军身居要职，他回京，陛下肯定要召见的。不如这样，将军去京城的时候，玉姑娘先在隆城等候，隆城虽小，但足以栖身，遮蔽风雨，姑娘想住多久就住多久……"

玉无双起身道谢："福将军一片赤诚，无双代全城百姓感激涕零。只是我们这千余人难免有吃穿起居诸多问题，我知道一定会让将军对隆城的百姓也有所交代。古镜城弃城时，我已尽量将城内的财物都带出来了。"她挥挥手，四个壮汉抬进一口小箱子，放在地上，看上去那箱子很沉，四名大汉都抬得很吃力。

玉无双走上前，掏出一把小钥匙，打开了箱子上的锁头，那箱子盖儿一开，屋中的丫鬟、士兵，甚至是福峥嵘和袁飞傲都不禁大吃一惊——那里面金灿灿、明晃晃，竟然是满满一箱子金子！虽然箱子不大，但分量十足。

"在这里的是三百斤的金子。"玉无双介绍道，"这里是我为了能面见陛下，说服陛下让古镜城重新建城而备的厚礼，如今我们要住在隆城一段日子，其中的一百斤，就留给福将军，算作我们古镜城人所需用度的支出。剩下两百斤，请袁将军代我送入京城，亲自交给陛下。无双久居古镜城内，不谙世事，不懂人情，若有不妥的地方，请两

位将军见谅。"

福峥嵘起身刚要说话,袁飞傲却在旁边"哼"了一声:"果然不妥!"

两人侧目看他,他一脚上去把箱子盖踢回去,说道:"这箱金子是古镜城百姓的救命钱,安家养老钱,峥嵘,你可不能伸手拿一分一毫。"

福峥嵘忙说道:"正是,我也是这个意思,将军放心,我福峥嵘不是见钱眼开的小人。纵然没有这笔钱,我一样养得起古镜城的百姓。"

"要吃多少饭,你就从粮库中调拨,咱们有战备粮吧?一般都要屯半年到一年的量,这会儿不打仗,你先开仓放粮就好。"他又面向玉无双,说,"陛下也不至于为了这点儿钱答应或不答应你,你平白送上这么一份重金,不见得能收买陛下的心,倒给自己招来无妄之灾,不是白白让人家知道你古镜城有的是钱?你这丫头看上去聪明,可是怎么净办傻事?"

玉无双被他一通训斥,刚要说话,福峥嵘却在旁边为她辩解道:"玉姑娘天性单纯,没有防人之心,在这世上极是难得,将军就不要责怪她了。"

袁飞傲瞪他一眼:"用得着你来护花?我不多说几句狠话给她,她哪里知道人世险恶?你出来!"他最后三个字是说给玉无双听的。

玉无双忙跟着他出了大堂,走到院子的一角,袁飞傲的眉心都皱出一个"川"字:"你怎么一点儿脑子都没有?纵然要拿钱出来,也不能当着这么多人的面拿啊。隔墙有耳的道理没听过?'害人之心不可有,防人之心不可无'的道理也没听过?"

玉无双低着头:"我知道,可刚才来时的路上,你没有留意到周围隆城百姓看我们的眼神,古镜城的人从小到大骄傲惯了,寄人篱下的滋味不好受,我只是想为大家……"

"骄傲能当饭吃啊?要那东西做什么?"袁飞傲忍不住打断她的话,继续训斥,"你就算是一片好心要拿金子堵人家的嘴,使个眼色给我,让屋中的人都下去,你要怎么献宝都随你,用得着在这么多人面前招摇吗?"

玉无双被他训得头都抬不起来了,只是不作声,默默听着。

袁飞傲一口气说了好一阵话,忽然停下,看她一言不发,头都快扎到地上去了,喘了口气,无奈地说:"好了,别装可怜了,我也不骂你了。那箱金子你先抬下去,找人看管好了。明日我就启程进京帮你面见陛下去。"

"多谢将军。"玉无双连忙道谢。

袁飞傲走出一步,又忽然停下,回头看她:"福峥嵘那小子好像还没成亲呢。"

"什么?"玉无双一怔,脸色微变,"将军这话是……什么意思?"

"没什么意思。"袁飞傲仰起头,"只是让你离他远着些。"

玉无双的脸上霎时如桃花盛放,艳丽娇媚,柔声应道:"好!记住了!"

傍晚,袁飞傲在校场查看古镜城百姓的安顿情况,见有几个人神情严肃地坐在一起,小声说着什么,便留了心。

他自己不方便出面,就派了个近身小兵,吩咐他说:"去那些人身边溜达一圈,听听那几个人在唠叨什么。要是说的是混账话,就回来告诉我。"

那小兵也机灵,脱了军服,假装去旁边整理帐篷,听了一阵,然后跑回来说道:"那几个人说玉姑娘肯定会把他们丢在这里,再不管他们生老病死,然后自己去享受荣华富贵。还说玉姑娘说要进京面圣,肯定是想去做皇妃的。"

袁飞傲冷笑道:"果然是混账话。他们家大小姐为他们操心操力,还要被他们这样毁谤。这帮人的良心都被狗吃了吗?"

他想了想,走过去踢了其中一人的后背一脚:"喂,你们这帮人这么闲着,那就去找隆城的粮官要些粮食来。福将军已经吩咐过了,你们去领就好。"

被他踢的那人不高兴地说:"我们来者是客,难道福将军不能派兵给我们送过来吗?再说我们赶了多少天的路,连个澡都还没洗呢。"

袁飞傲鄙夷地问:"你以为你是来这里走亲访友的?还要洗澡?告诉你,我带兵打仗一出京就是半年,风沙里滚,血海里翻,洗什么澡!又不是请你们来这里当大少爷的,人家隆城肯收留你们记得感恩戴德,自己都不去找粮食,回头饿死了别找人哭说是别人故意欺负你们!"

他眼睛一瞪,吓得旁边几个人连忙翻身起来,安抚着说道:"将军莫动怒,没有人告知我们要去哪里取粮,我们自己随身带的粮食还有一些储备,所以就没有着急。"

袁飞傲向旁边招手道:"哪个是福峥嵘手下管事的?过来一个,教教这帮榆木疙瘩该去哪儿找吃的。"

旁边跑来一名校尉,笑道:"袁将军,下官是福守备的手下,名叫丁聪,古镜城百姓的吃穿住行暂时由我负责。"

袁飞傲说:"不管你是哪根'葱'了,他们大小姐说了,这帮人平日在城里娇宠惯了,不懂人情世故,你该修理就修理,该照顾也不能含糊了,要是伤了谁,饿了谁,回头我找你算账!"

"是,将军放心,将军和守备交代下的事情,下官一定全力办好!"

袁飞傲皱皱眉头,看着那几十名古镜城的百姓被丁聪带走,自言自语道:"这些人

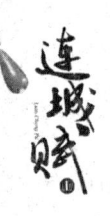

只怕日后在这里也住不下，一个个鼻孔朝天，不知好歹的……"

忽然身后有人轻轻拍了他一下，紧接着玉无双笑吟吟的声音在身后响起："是我们古镜城的谁惹了将军生气？我替将军教训他们就是。"

袁飞傲一回头，只见她一袭粉色的长裙，头上却戴了一顶垂着白纱的帽子，不解地问："戴这东西做什么？还怕自己不够招摇？"然后又怒道，"大半夜的你不去睡觉，在外面闲逛什么？快给我回去！"

玉无双在纱帘后笑道："第一个晚上，我也放心不下，所以过来看看。这纱帽……是福将军晚饭的时候送的，说是让我遮挡一下风沙，还有……他说我长得太美，挡一挡是为我消灾。"

袁飞傲的眉头皱得更紧："不是说让你离他远着点儿，怎么又收了他的礼？"

"将军若是不喜欢我戴着它，我就不戴了。"玉无双伸手将那纱帽摘去，艳光四射的丽容乍现，让周围的隆城士兵也惊艳得人人倒吸了一口气，纷纷窃窃私语起来。

袁飞傲的眼角余光瞥到那些人的反应，回身喝道："都杵在这儿磨什么牙？手里的活儿都干完了吗？这辈子是没见过漂亮姑娘吗？"

他几句雷吼，唬得众人都散去。玉无双笑眯眯地说："将军若是有了妻子，妻子又貌美如花，将军也愿意让她示众于人前吗？"

"老婆漂亮，做丈夫的脸上有光，有什么见不得人的，当然是要多显摆显摆。"他又看了眼玉无双，"不过若是漂亮到你这样的……也不好说。"

玉无双靠近几分，仰着脸看他："为什么？"

被她这样逼近，袁飞傲也有些不自在，咳嗽一声："你这丫头可不是一般'漂亮'，按照民间故事里说的，那就是倾城倾国的祸水了，万一那些不要脸的君王为了你掀起什么灾祸战事的……算了，你还是把这纱帽戴上吧。"说着他竟亲手帮玉无双重新戴上了纱帽。

玉无双隔着白纱问："将军说我是倾城倾国的祸水？难道将军真的认为无双会为将军带来灾祸吗？"

"我只是那么一说，也不当真。"

"那就是将军认为我其实没有倾城倾国的本事？"

"也不是，你要想倾城倾国，得先当上皇后。"

"将军认为凭我的姿色不能做皇后？"

袁飞傲神情一凛："你想做皇后？"

玉无双歪着头问："我不能做吗？若是我当了皇后，说不定皇上会体恤怜悯我们古镜城……"

"不能!"袁飞傲脸色一沉,"这件事你就别想了。"

"为什么?"

"因为……"袁飞傲语塞了一下,但立刻想到理由,飞快地说,"因为陛下和皇后的感情好着呢,其他嫔妃都不够看,你进宫去掺和什么?再说,陛下现在身体也不好,你嫁过去还没有你当大小姐的日子好过。"

玉无双却故作不领情地说:"可是皇妃的名号毕竟响亮,再说就算是做不了皇后,只要我能得宠于皇帝,就可以比皇后还要风光……"她说到一半,看到袁飞傲的眼神冷下去,立刻又改口道,"我早晚总是要嫁人的,若不嫁皇帝……真不知将来能嫁个什么样的人可以依靠终身。"她指着纱帽问,"这纱帽原本的主人如何?将军认为他的人品值得托付吗?"

"福峥嵘?"袁飞傲越听心里越不舒服,"你是有多着急嫁人啊?人家送了你一顶帽子,你就要以身相许啊?"

玉无双叹气道:"总觉得我一个小女子要管理古镜城这么一大家子实在是难如登天。将军帮得了我一时,却帮不了我一世。我大哥至今下落不明,将军走后,我和古镜城能何去何从?若是奉献我这一人,可以帮得了全城百姓,那我又何必在乎自己嫁的是谁?"

"不许你这么自轻自贱。"袁飞傲皱着眉头将她的手腕握住,"我还没见陛下呢,怎么知道你们古镜城日后的事情?嫁人是一辈子的大事,哪有随随便便就以身相许的?陛下不适合你,福峥嵘那小子也不合适。"

"那……将军莫非知道我该嫁给什么样的男子?"玉无双明亮的双眸透过那道白纱的阻隔似乎依然可以透出热度来,让袁飞傲默然了片刻也没有答出来。

玉无双心中失望,她都这样明示暗示过了,连定情信物都送过了,但这根木头似乎就是都不开窍。

忽然间,她身子一软,在他手中滑了下去。袁飞傲一惊,眼疾手快地将她抱住,急问道:"怎么了?"

玉无双抚着胸口,微弱地喘着气:"我……我胸口疼……我这里有病根,每年都要犯上好几次……"

袁飞傲急忙将她抱起,大声问道:"军医在哪儿?大夫呢?给我找间帐篷!"

玉无双被放进一间空帐篷内,大夫被找来,他给玉无双把了脉,犹犹豫豫地说:"这位姑娘的脉象与众不同,请恕小医才疏学浅,不能断定,只怕还要找些医道高明的

前辈来才能看得准。"

"笨蛋！当人夫的不能给人看出病来，那你当什么大夫！回去把你医馆的牌子摘了！别出来糊弄人！"袁飞傲勃然大怒，那大夫战战兢兢，玉无双轻轻拉着袁飞傲的袖子，小声说："别和他发脾气，我这病的确少见，我有自配的药丸，你让人去守备府找我的丫鬟，她们知道药放在哪儿了。"

"你也混账！好端端的大晚上跑出门干什么？"没想到袁飞傲又冲她发了火，"既然出门，就应该要人跟着，不跟着人，也要带着药！"他虽然骂得狠，但是抱起她时的动作却小心翼翼，生怕把她伤到了似的，"算了，也别叫人去拿了，我直接抱你回去。"

"太累着将军了。"玉无双心里欢喜，嘴上虽然说着客气话，但双手已经搂住他的脖子，袁飞傲哼道："反正你比只兔子也沉不了多少，自己抱住了，掉下去我可未必还能抱得住你。"

两个人出帐子时，周围人都看得清清楚楚，玉无双听到有人议论："这玉姑娘看来是攀上咱们将军了？将军这是英雄难过美人关啊。"

"如今的姑娘已经这么不要脸了？自己上赶着抢男人？"

"看这大小姐长得的确好看，跟咱们将军也算得上是英雄美人，也没什么不好。"

各种议论充斥于耳，她想袁飞傲肯定也听得清清楚楚，不知道他心中怎么想自己，会不会也觉得她是个不知廉耻的姑娘？抬头看他，他也正低下头，担心地问："怎么样？胸口还疼得厉害吗？能坚持得住吗？"

这温暖的胸膛，强健的手臂，宁可被人嘲笑，被人羞辱，被人指责，她也不要放手！于是，又将身子向他紧紧依偎了些，小声说："有点儿冷。"

他忙将她又往怀中抱了抱，连马都不敢骑，只横抱着她，飞身往守备府奔去……

楚若溪在窗边坐着,一直很专注地望着天空中的云彩。

玉连城似是漫不经心地在独自下棋,但是眼角的余光一直在瞥他。

"那天上是不是飘过了一位嫦娥,才让荣郡王这么痴痴地看着?"她终于忍不住开口问道。

楚若溪微微一笑:"你输了!"

"什么?"

他蹭过来,坐到她身边:"我在心里和自己打赌,看咱俩究竟谁先开口说话,谁先说了,就算谁输。"

"无聊。正经话从你口中就听不到几句,这两日我就回古镜城去,京中的棋你自己下吧!"

楚若溪含含糊糊地说:"我有正经话,是关于古镜城的,你要不要听?"

她骤然振奋起来,连忙问:"什么事?快说!你有城里的消息了?"

"今天一早你睡得还熟的时候,那边的消息恰好送来了,我不想惊动你,所以就没吵醒你。"

玉连城将那封信拿了过来,她迅速拆开来看,却看得一片茫然:"怎么说城里没有人了?"

"看来有可能是你妹妹提前带着全城的百姓迁城了。"楚若溪伸了个懒腰,"你看,我就说让你不要着急嘛。无双身边有袁飞傲,那家伙可不是吃干饭的,起码保护你妹妹那种柔弱的小花还是绰绰有余。"

"纵然是迁城,他们知道该去哪里吗?"玉连城心里更加担心,"无双从来没有主导过城里的事务,迁城之事可是大事,她怎么可能应付得来?万一路上出了差池……好歹是上千人的性命啊!"

"放心,天大的事有袁飞傲帮她顶着呢。"楚若溪拍拍她的手臂,"你好好想想,距离古镜城比较近的城镇有哪些?他们既然要迁城,一定不会无目的地长途迁徙,总要先找个可以暂时安身落脚的地方,再图后计。"

"周围?"玉连城脑子有些乱,一时也想不起周围的地理位置。楚若溪从旁边的书架上抽出一卷画轴,抖手一展,平铺在她的棋盘上,原来是昊夜国的地图。

"你看,古镜城在这里……"楚若溪指点给她看,"方圆一二百里之内,能够容纳得下你们古镜城百姓的只有三座城市,合顺、沧州、隆城。"

"合顺的知府我知道,姓庄,叫庄居侗。"玉连城接话道,"早年间他曾想和古镜城合作,被我拒绝了。"

"合作？怎么合作？"

"他没有细说。大概的意思就是想帮助古镜城的百姓致富，希望能允许他的城中商户和古镜城有商贸往来。"

楚若溪想了想，笑道："真是只狐狸，你若是同意了，他便可以自由进出古镜城，如果他对古镜城有什么图谋，就有机会观察城内动向了。"

玉连城淡淡道："他有没有这个心思我不知道，但是我们古镜城向来不与外面往来太密，以免给自己招灾惹祸。"

"这么看来，无双应该不会去合顺。沧州……应该也不可能。"楚若溪思忖道，"沧州虽大，但是比起其他周边地方算是较为贫困，养不起你们古镜城这么多人，所以她应该是去了隆城。"

"隆城不就是陛下放逐你的地方？"玉连城心头一喜，"那你快写信问问看，他们会不会去了隆城？"

"你不要急，我觉得十之八九他们应该是去了隆城。因为隆城的守备福峥嵘是袁飞傲的手下，如果是袁飞傲带着你妹妹迁城，他必然要去一个知根知底的地方。隆城的百姓大约有万人，再养千把人不算艰难，再加上福峥嵘和袁飞傲的关系……错不了，就是隆城了！"

玉连城轻舒一口气，自己担心了这么多天的事情终于有些眉目了，虽然还不能肯定，但是楚若溪的笃定也算是让她吃了颗定心丸。他虽然有时玩笑，看似无赖轻佻，但其实在大事上还是很思虑周详的，可以信任。

楚若溪见她这么多天来第一次露出些许宽慰的笑容，便赔笑道："我给你带了个这么好的消息，你该怎么谢我？"

玉连城脸一板："这算得了什么好消息？我要亲眼看到无双平平安安地站在我面前，我才能放得下心。否则……你我万事休谈，而且我还要和你算这偷携我出城的总账！"

楚若溪装出一副怕得要死的样子跳到一边去："我好怕啊，你别忘了，我虽然被贬了身份，但好歹也是皇亲国戚，你们古镜城再得皇帝特赦，也是昊夜的子民，你我是君臣有别的。不过……"他眼珠一转，嬉皮笑脸地说，"倘若你肯嫁了我，那我们就是夫妻关系，我这个人最懂得怜惜老婆。纵然你'河东常做狮子吼'，我也无妨做'挂杖落手也心甘'的贤夫，如何？"

玉连城想笑，又怕让他得了好脸去，就将脸转到窗户那边去，故意不看他。这时候正好丫鬟进来，两个人暂时停了这个话题，可丫鬟不是来奉茶的，而是传话道："王

爷，丞相大人来看望您了，就在院外等候。"

"丞相大人？"楚若溪挑挑眉，"他还真不见外，我这王府都能随便乱闯？"他瞪着丫鬟，"门房都欺我这个王爷做不成了，所以就这么给我守门吗？"

"你不想见那个丞相，何必拿丫鬟出气？"玉连城见丫鬟吓得已经跪倒，便出声解围，挥手让那丫鬟下去，玉连城说道，"这丞相若是一番好意，见见也无妨。"

楚若溪扭头看她："你不懂朝中事，自然也不认得朝中人。你知道他是谁？他是皇后的亲哥哥。"

玉连城沉吟道："那他此时来见你不是很有意思？你们俩也应该是从小一起玩到大的朋友吧？"

"算不上，他不像尔雅那样经常入宫，也只是逢年过节的时候在夜宴中见上几次。这个人，我真的不喜欢，他从小就心机很深，拼命讨父皇喜欢，如今做了丞相，又想尽办法蒙蔽皇兄的眼。"

"那你岂不是更要见一见了？"玉连城望着他，"你想在他的眼中，难道你就是个懵懂无知的傻王爷吗？"

楚若溪笑了："好，你既然这样激我，我就去会一会他，你要不要一起来？"

玉连城懒懒地说："你把他约到院子里，我隔着窗子听一听就好了。"

庄尔铭走进内院时只见楚若溪坐在院子中的一张把太师椅上，整个人的身上盖着厚厚的毯子，还在惊天动地咳嗽着，似乎是要把肺都咳出来似的。

他走上前一边行礼一边问道："王爷怎么病得这么重？传过太医了吗？"

楚若溪捂着嘴，断断续续地说："咯咯……快别再叫我王爷了，你知道陛下下了旨，赶我去做什么郡王，圣命难违，咯咯，我若不是因为突然得了急病，咯咯，我这会儿已经在路上了，咯咯咯……"

"王爷若是不想走，其实也可以不走的。"庄尔铭低眉凝目看着他，硬是没有改了称呼，"陛下和王爷的感情非比寻常，这一次大概是有什么误会了吧？你们兄弟之间有话不好说，我这个外人反而能帮你们调解调解，不如我为王爷做个信使如何？"

楚若溪叹口气道："你肯为我从中调解，那真是求之不得，如今哪有人敢来看我啊，都怕自己沾上晦气，躲得远远的。你看我这院子里这萧条，门口方圆十里地，人畜都不敢走。"

庄尔铭笑道："哪有那么严重？我不就来看王爷了？只是没想到王爷病得这样重，我还以为是……"

"是什么？"楚若溪用手帕捂着口一边咳嗽一边抬头看他，"难道你以为这是我的缓兵之计，故意拖着不走？"

"那倒不是。"

楚若溪再叹道："其实京城有什么好的？我从小就不喜欢皇宫，不喜欢京城，人多，心眼儿就多，太闹心。听说隆城那边挨着大漠，倒是清净，我要是能搬到那里去住，也省着碍皇兄的眼了。他清净，我也清净。"

庄尔铭笑着帮他轻拍着背："王爷真是被陛下伤透了心了，外面再好，哪里比得上京城的繁华？外面的房子再舒服也比不了王爷的这片府邸啊。隆城那里民风不开化，吃穿也不讲究，哪里是王爷这样尊贵的人可以住得惯？再说，陛下现在身子病着，正需要王爷这样的人给予他鼎力支持，所以王爷无论如何都不能走。今天我本来已经到宫中去求见陛下了，希望能帮王爷求情，可惜陛下龙体欠安，谁都不见，我只能明天再去碰碰运气了。"

"多谢你的一番好意，咳咳，我心领了，可是圣旨已下如覆水难收，不可能再变。"楚若溪咳得身子都几乎要趴到地上去，"万一皇兄的身子真的有什么三长两短……咳咳，日后这昊夜的江山只能指望你和尔雅两个人了。楚霄年纪这么小，什么都不懂，不过有你们在，我也没什么可顾虑的。"

"这样逆天背情的话王爷快不要说了，"庄尔铭面露哀戚之色，"我们只盼着陛下的龙体能早日好起来，昊夜不可一日无君啊。更何况，王爷，若陛下真……龙返九天，昊夜还要指望王爷力撑大局呢。"

楚若溪又是咳嗽又是摇头又是摆手，几乎说不出话来，只是用手指着庄尔铭，示意江山都由他做主即可。

庄尔铭环顾四周，问道："对了，听说王爷这次回京带回来一位千娇百媚的准王妃，怎么不见？"

"她的脾气大着呢，能不能做王妃还不一定。"楚若溪撇着嘴，"我不过是看中她的美色，她又总是冷言冷语地对我，时间长了也会腻，谁愿意一辈子只看女人的脸色过日子？"

庄尔铭笑道："王爷说的是，男人还是喜欢听话柔顺的女人。我府中的妻妾若是敢不听我的话，便要被严惩，看谁还敢在家中闹事。"

"你教妻有方，改日我得好好向你请教……唉，如果还有机会请教的话。"

庄尔铭看着他，忽然问道："王爷是否认得一个叫玉华景的人？"

"当然认得。"楚若溪冷笑道，"我平生从没有那么讨厌过一个人！"

"哦?为何?"庄尔铭饶有兴趣地问。

"他要和我抢女人,换做是你,你讨不讨厌他?"

"抢女人?"庄尔铭一怔,"王爷的意思是……您带回来的那位准王妃……"

"玉连城。"楚若溪并不隐瞒这个秘密,"连城和玉华景是堂兄妹,玉华景自小就对连城有非分之想。如今我和城城情投意合,他当然看不下去,差点儿在古镜城杀了我,多亏我早有防备才得以逃脱。所以你说这个人我该不该讨厌?"

庄尔铭点头:"这可不该是讨厌,而是死敌了。此人竟然曾要对王爷不利?早知道……我便下令刑部颁下追捕令,将此人追缉到案,为王爷出气!"

楚若溪摆手:"不用那么麻烦,他知难而退,已经是我的手下败将了。穷寇不追,反正城城跟了我,我还怕他抢回去?"

庄尔铭笑道:"也是,王爷的身家、王爷的才貌,都是人中龙凤。王爷眼前遇到的不过是小波折,日后必然是前程似锦,那玉华景一个小小的商贾,怎么能比得上您?"

庄尔铭又和楚若溪闲扯了几句之后便告辞走了。楚若溪本来是装咳,但装得狠了,肺还真有些疼了,不得不对着屋内喊:"城城,我嗓子疼,胸也疼,给我倒杯热茶来。"

玉连城端着茶壶现身,却是倚靠着门框笑道:"王爷刚刚是怎么说我的?要想喝,请自己到屋里来拿,恕我不能伺候周到了。"

楚若溪笑着丢开毯子,起身进屋追她:"我不过是在外人面前演戏,你还当真了?我若不贬低你,他必然要追问我喜欢你什么,甚至有可能怀疑到洛川之事,我不要掩饰掩饰吗?"

玉连城微微一笑,亲自斟了杯茶给他:"你不觉得他来得奇怪吗?好像什么都问到了,又好像什么都不在意?"

"当然听出来了。"楚若溪握着杯子幽幽冷笑,"他心里必定有事才会来我这边打探消息,而且没想到他还会当面问我关于玉华景的事。看来他并不想隐瞒他认得玉华景,只是他这样张扬,背后图谋的是什么?该不会是为了向我炫耀示威吧?"

"目前应该不会。"玉连城也在帮他理清思路,"他暂时没必要与你为敌,就没必要向你炫耀什么。说到底玉华景也是外人,你们好歹是有亲戚关系的。"

楚若溪慢慢饮下那杯香茶,淡淡一语:"那可不好说。玉华景的背后是景字号钱庄,谁知道和他们庄家牵扯着什么利益关系呢?自古官商可是不分家的。"

庄尔雅静静地坐在守言宫的正殿内,手中捧着一碗已经凉透的药。

第十九章 谁解

楚若涛在沉沉地睡着,夜色中听不到他的呼吸声,有几次庄尔雅甚至怀疑他是不是已经……但是将手碰到他脸颊的刹那——还好,还能感觉到温度。

药已经热过两次,但庄尔雅一直没有叫醒他。对于楚若涛来说,能这样沉沉地睡一会儿是好事,庄尔雅从成太医口中听说,他已经将近三天没有合眼了。

身为皇后,在皇帝病重时她应该扛起的责任重大,这几天她一直在尽心尽力地帮他批阅各种急等处理的奏折公文。身为妻子,在丈夫病重时她其实应该陪伴在他身边,尤其这个男人,与她相依相伴了十几年……

十几年啊,有时候想起来觉得好像还是昨天的事。

第一次认识楚若涛时,她还是个五岁的小女孩。被母亲领着走进昊夜的皇宫,好奇地张望着四周的华丽恢宏,一不小心摔倒,新做的裙子立刻沾了土,爱美的她立刻"哇哇"大哭起来,连母亲都哄不停她。

这时候她听到有人笑她:"爱哭鬼爱哭鬼!"她抬起头,就见两个男孩子站在不远处,其中一个正冲她挤眉弄眼做鬼脸,她一下子跳起来,用袖子擦掉眼泪,大声说:"我不是爱哭鬼!"

"鼻涕都要流到下巴上了,还说你不是?"那少年笑着用手指她的鼻子,而另一位少年却拿出一方雪白的手帕走到她面前,帮她擦去脸上的眼泪鼻涕,微笑道:"女孩子若是哭了就不美了,你笑一笑的话鲜花都会为你盛开的。"

这两个性格截然相反的男孩就是楚若溪和楚若涛。

同一天,认识了她日后深爱的、又爱她的两个男人,是幸福,还是不幸?

有一次,他们一起外出郊游,她因为好胜心强,要和楚若溪比骑马,结果不小心摔下来,摔到旁边的水塘里,楚若涛为了救她,自己差点儿淹死。最后侍卫太监们七手八脚地把他们两人弄上来,楚若溪却在旁边晃着马鞭笑道:"你说咱们三个人到底是彼此的缘还是劫啊?"

那一句话她死死地记住,她以为那是楚若溪对她的暗示。当她被指婚给楚若涛的圣旨颁下,他竟还能嬉皮笑脸地和她说"恭喜",她以为那是他在演戏;当他远走宫廷,漂泊他乡时,她以为他是为避情困走天涯;当他带着贺礼返京时,她以为那根金钗是他怅然伤感的凭证。直到……玉连城突然出现在她面前,直到她看清楚若溪望向玉连城的眼神时她才赫然意识到:他其实从来没有爱过她!

她不曾在与楚若溪相对时见过他那么贪恋专注的目光,不曾在楚若溪的脸上见到过因她快乐而快乐,因她忧伤而忧伤的神情牵动,不曾在他眼中看到过那样的沉溺的动容……不曾,不曾……

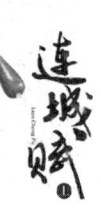

　　原本空落落的心一直装着的是错过情缘的遗憾，若有恨，只恨天意捉弄。而今蓦然惊醒，这恨立刻变成被嫉妒淬炼出的剑，直插在自己胸口。

　　一直以来，竟是她的单相思吗？

　　可那女人又是凭什么能俘获那浪子之心？凭什么？

　　她的双手紧紧握着药碗，手中的力度几乎要将药碗挤碎，一想到那两个人，她连呼吸都变得急促。

　　忽然间，楚若涛的声音如游丝一般飘来："是尔雅吗？你在这里坐了多久了？"

　　她猝然一震，低声说道："来了一阵了，看你睡得正熟，便没有吵醒你。"她端了一下药碗，说道，"这药都凉了，我让她们热热再给你喝。"

　　"喝不喝药也没什么。"楚若涛努力坐起身，"把药碗放一边，我们俩就这样坐着说说话，也挺好的。"

　　庄尔雅便将药碗放下，帮他重新在背后垫好枕头，楚若涛坐起身子，握着她的手，两个人四目相对。

　　"尔雅，好久没和你这样静静地坐一会儿了。"他微笑着说，"这些日子辛苦你了。"

　　"应该的，我也不能为陛下再分担什么了。"庄尔雅腾出一手帮他盖了盖被角。

　　楚若涛微微一笑："尔雅，还记得我们小时候一起去河边钓鱼吗？你说你不喜欢钓鱼，太磨人了，钓一天可能也只能钓起一些小鱼小虾，毫无意义，还不如用网捞。我和你说，做人就是要先学会磨练自己的心性，要等得起，耗得起，才能成大事。你现在已经学会等待了吧？"

　　庄尔雅默默地望着他："陛下可知道，我宁愿一辈子学不会等待。"

　　"人总要长大的。"楚若涛的手指轻轻揉摩着她的指骨，透着无限的浓浓爱意，"尔雅，你现在长大了。做皇后，虽然是登高一呼，富贵荣华，但是要牺牲的，和得到的一样多。这个道理，霄儿还要许多年后才知道，还好你可以先把这些道理教给他，以免他走上岔路。人若是走错了，便一辈子都回不了头了。"

　　庄尔雅柔声道："陛下，还有您，您是霄儿的父皇，他今后的路要怎么走，应是您来安排的。您可不能故意将这份责任丢给我啊。"

　　楚若涛笑道："人家都说严父慈母，咱们一家三口其实是严母慈父，我在霄儿面前时严厉不起来，难免会骄纵了他，自然还是要靠你了。更何况……日后我还能为霄儿做什么？也只有靠你了。"

　　庄尔雅听他说得悲凉，心中也是一阵阵心潮翻涌，她强忍着喉间的哽咽，笑道：

"陛下在说什么呢？我还记得咱们成亲那一夜，陛下在洞房中送我一对龙凤镯时，曾经亲口许我说：'尔雅，你的百年幸福有我，我绝不会让你有一丝一毫的委屈'，怎么现在陛下要食言了吗？"

楚若涛怜惜地摸着她的脸颊，轻叹道："我对不住你，尔雅，多谢你给我生了这么好的儿子，我知道你为了生他吃了不少苦，我……一定会尽力补偿你的。"

"陛下今天是怎么了？和我这样客气。"庄尔雅轻轻伏在他的胸口，"这世上有哪一个女子能做一人之下万人之上的凤凰？有哪一个女子能做日后九五之尊的生母？我庄尔雅若不是前世修福，何来这样的尊贵荣耀？陛下给我的已经够多了，我还敢奢望什么'补偿'吗？这样的话就别再说了，倒让我们夫妻生分了。"

"好，不说，你知我心，我知你心，我还记得你最爱的那句诗：'愿得一心人，白首不相离。'尔雅，我们两个人不就是诗中所说的那样吗？"

楚若涛随口的一句话，却又戳痛了庄尔雅心底的秘密，忍不住她问出压在心底多日的疑问："陛下……一定要赶荣王出京吗？"

片刻的沉默后楚若涛淡淡地说道："你是来为荣王说情的？"

"只是不明白陛下为什么会突然发难。荣王和陛下的感情一直都很好，你们从小一起长大，闹过多少次了，都是陛下让着荣王，为何这一回……"

"为小事打打闹闹没什么，但为了昊夜，不能容的我一定不会容下。"他的气息微弱，声音低沉，却让庄尔雅心里一颤，她急道："荣王到底做了什么……"

"有人说他有篡位之心。"楚若涛深吸一口气，"我本是不信这话的。若溪自小喜欢玩闹是真的，但大事上他从不糊涂。多少次了，我愿以'摄政王'之名许他，他都说不要。"

庄尔雅惊道："陛下以'摄政王'之名许他？为何？"

"我知道我的身子不行了，尔雅，我不得不为你和霄儿的日后打算。你哥哥虽然是你的亲兄弟，但是对霄儿来说，他毕竟只是舅舅，姓庄，我总要找一个靠得住的人看住他才行。"

庄尔雅的心中翻江倒海，她从来没有和楚若涛这么深入地谈过关于楚、庄两家对昊夜的实际权力之争，她甚至曾有错觉，觉得楚若涛对这种事根本不那么在意，但是这一刻她知道自己又错了。就像她错看了楚若溪一样，她也错看了楚若涛。

"陛下许荣王以摄政王之名，可荣王拒绝了，那为何现在又要放逐他？"

"我给他权力他不要，可如今他带着那位古镜城的城主回来，和我要洛川，你说是为什么？"楚若涛的语调中充满了嘲讽，"哼，古镜城是先祖皇帝的一个错误，明

明是昊夜的国土，为何要分出去一份给外姓，还不能行使昊夜的法律，这是哪门子的规矩？"

"陛下觉得他有和古镜城勾结之嫌？"

"是不是勾结还不好说。我只是觉得他突然跑出京城去，又大老远地带了这个女人回来，仅仅是因为他喜欢她？不说他荣王的身份何等尊贵，那玉连城有哪点好？值得他如此不辞辛苦，倾心相对……"

他一口气说了太多话，气息有些接不上了，就停在这句话后深深吸了几口气，庄尔雅被他说到痛处，眉心紧蹙，捏紧手指："也许，是那玉连城的手段非凡，荣王抵挡不住吧……"

"不仅于此，"楚若涛摇摇头，"我得到密报，据说古镜城的人在一夜之间突然从城内消失，这事你不觉得太过离奇吗？"

"全城消失？"庄尔雅吃惊不已，"怎么可能？他们不是祖祖辈辈就在城里待着，都不肯出来吗？"

"是啊，这两件事是不是来得太巧了？"楚若涛沉吟着说，"古镜城一直都很邪门，据说那里的人精通奇门遁甲、五行八卦那些歪门邪道，若溪自小也喜欢这些，还拜过一个江湖上的异人做老师，也许他们就是这样勾结在一起的。"

庄尔雅试探地说："可这……也不能说明他要造反啊。"

楚若涛苦笑着摇头："尔雅啊尔雅，你的心地未免太善良了。一件事是巧合，两件事就不见得是巧合了，若是三件事都'刚好'凑在一起，那就肯定不是巧合。若溪推拒摄政王之衔若是他故作姿态呢？从小父皇就只器重我，明明他文才武功样样胜我这个半条命的病秧子，可父皇就是不给他一丝一毫继位的希望。我知道他心中一定对父皇有恨。而今我命在旦夕，他还是风华正茂，让他为霄儿再看十几年的江山？换做是你，你愿意吗？"

庄尔雅默默无语，并不回应。

"所以，以防万一，我必须把他调开，趁着我的旨意还有效力。"他握紧庄尔雅的手，"尔雅，答应我，以后的路你会陪霄儿好好走下去……"

"陛下不要说这样的话，这是……不祥之音啊……"庄尔雅突然涌出泪水，一把将楚若涛抱住，"我当初嫁亲时从没有想过我们不能白首到老，陛下将我一人丢下，让我这一介女流怎么存活下去？世间险恶，我不想独自苦撑。"

楚若涛轻抚她的秀发，柔声说："尔雅……你可以的，你是这世上最值得我佩服的女人，更何况，还有你的兄长帮你。"

庄尔雅的泪水湿透了他的衣襟，这一刻她像个小女孩一般依偎在丈夫的怀中哀哀恸哭，这泪水有她对前路茫茫的恐惧，也有对过往对楚若涛真情淡漠的歉疚。很多心里话她有股冲动在这一刻对他倒出，但是最终，还是深深埋回了心底。

她与他，名义上是夫妻，其实更像是兄妹。一直以来他都用包容宽厚的态度面对她，他对她的歉意真正扎痛了她，因为亏欠了这份情意，背叛了白首之约的人其实并不是他啊……

楚若涛在这一晚病势加重，陷入昏迷，而后就再也没有醒过来……

一连三日，朝政大局都由丞相庄尔铭操持，没有任何一名外臣再见过皇帝楚若涛。对于楚若涛病势加重的消息早已不胫而走，只是到底这病沉重到什么地步，外人谁也不知道，就连楚若溪都不知道。

"今晚你要不要再夜探皇宫一趟？"玉连城已渐渐对楚若溪神情变化的背后心情开始了然，这几日见他虽然依旧以嬉笑之色面对，但实际上笑容背后总有些心不在焉的忧虑。

楚若溪被她看透了心事，也不隐瞒，在原地来回踱着步："我原本是有此意的，可皇宫中这几日已经加强了戒备，我若是冒险入宫，可能反而会给自己招来麻烦。"

话虽然这样说，但楚若溪的心中起伏极大。他本意是要留下来观察玉华景的动向的，但是楚若涛的病情如果真的加重，他的确放心不下，不敢在此时离开。

有件事他没有告诉玉连城，他府外这几日多了些可疑的人转来转去，极有可能是来监视他的。这些人是玉华景派来的，还是庄尔铭的手下，尚不好说，但也因此可以证明眼前的形势的确严峻。楚若涛的身体情况，庄尔雅肯定是最清楚的，是不是她透露了什么风声给庄尔铭，才让庄尔铭对他的动向如此戒备？

若他还没有来得及排兵布阵，皇兄就撒手而去，以他现在的实力能对庄家采取任何行动吗？当然不能。若为了自保，他是该留下，还是离开？

就在他反复斟酌难以下定决心的时候，突然这一天宫中有太监传来皇后庄尔雅的懿旨："娘娘有谕：急召荣郡王入宫一见！"

楚若溪陡然震动，问那太监："娘娘有说是什么事吗？"

太监也是一脸的忧心忡忡："娘娘没有说，但娘娘这几日都是守在守言宫，奴才猜……应该是和陛下的病有关吧？"

楚若溪的心一下子跌到谷底——看来皇兄并没有拖到一个月后，甚至在他还没有离开京城的时候，皇兄就已经走到绝境边缘了。

此时情况危急,他来不及多想,便说道:"我这就跟你入宫去。"

玉连城拉住他问:"倘若陛下真的有人变,你……想好全身而退的方法了吗?"

楚若溪定定地看着她——他以前从没在她眼中看到过这么浓郁的关切之情,心头陡然一暖,将她拥入怀中,旁边等候的太监自觉不好意思,忙别开了脸,其他丫鬟也纷纷跑开。玉连城正要推他,只听他在她耳边小声说道:"倘若我十二个时辰之内都不见返回,就是我出了事,你记得要尽快出京,先去隆城找你妹妹。"

玉连城满心震动,抬头看他那一脸的坚定严肃,那一层看不透摸不着的阴霾却又似千斤重般压在两个人的心上。她甚至来不及再和他多商议几句,楚若溪就急匆匆地跟着太监进了宫。

此后,便是玉连城煎熬般的等待。

因为楚若溪留了话,让她等他十二个时辰,所以在这十二个时辰内,玉连城不能采取任何行动。她每时每刻都拼命侧耳倾听外面的动静,希望能听到楚若溪的足音,他的笑声,可以由远而近地传来,但是一个时辰,两个时辰,五个时辰,六个时辰……从白天到黑夜,从黑夜到白天,整整十二个时辰过去,他没有回来。

玉连城找来王府中的管家,让他想办法给皇宫中的楚若溪送封信,问问情况。但是送信的人去了,却没有见到楚若溪,只说信已被转送入宫内,经手的太监保证说一定会把信亲自交到楚若溪的手里。

玉连城又等了半日,还是没有任何回音。她知道倘若楚若溪没事,必然会带封手信出来。这样只字片语地一去不回,不是他的行事风格,所以只有一个解释:他已被困于宫内,不得脱身。

圈套 第二十章

楚若溪的确被滞留在守言宫。入宫之后他就知道自己走进那个为他准备好的圈套了。守言宫内外没有宫女太监，全是禁卫军。当他走进内殿的时候，却不见楚若涛。

他问："陛下呢？"

引他入宫的太监躬身说道："陛下现在在皇后的寝宫中，请郡王少安毋躁，皇后说可以让郡王见的时候，自然会请您过去。"

听太监这么说之后，楚若溪反而释然了。既来之则安之，不管是不是庄尔雅把他叫入宫中的，如今自己的小命在人家手上，还想怎样？他是有一身武艺，但面对外面百十名禁卫军的弓弩刀箭还是要掂量掂量能不能逃出去。况且他还不清楚庄尔雅的安排，这样秘密把自己叫入宫内又不肯见，总不是为了秘密杀他吧？

他问那太监："一日三餐我总有的吃吧？"

"郡王说笑了，哪里敢饿着您呢，您想吃什么，吩咐一声，御膳房立刻给您送来。"

楚若溪想了想："御膳房还是老人吗？我少时喜欢吃的那些香酥板鸭、糖醋丸子什么的，若是厨子没有换，就按照我喜欢的口味做几道送过来，若是做的不好吃，我就去御膳房打他们的头！"

他要的饭菜果然一样不差地都送过来了，不仅热菜四道、凉菜四道上了个齐全，还有他小时候最爱吃的甜食点心也做了四样送过来。

御膳房的主厨立在宫门口笑道："听说郡王回宫吃饭，奴才赶着把能想起的先做了一部分送过来，郡王先尝尝看，哪里不合您的口味，奴才立刻重新做！"

楚若溪伸头看了一遍，用筷子夹起一块糖醋丸子放入口中，一边咀嚼一边称赞："真不错，这手艺十几年了没有变过。人活在世，要想有样东西不变可真是难若登天。"

他吃饱喝足，还是没有任何消息，从天亮等到天黑，再没有人来理他。他想给玉连城带个信儿出去，却只恨自己连个亲信都没有带进来。

他曾试着装作玩闹的样子跳上旁边一棵白杨树上，刚刚上去，就听墙外树下有人喊："郡王，请下树吧，树高则危，爱惜身子要紧！"

于是他便知道，自己周围都埋伏着人马，每时每刻盯着他呢。

他乖乖下了树，也不折腾了，安心等待着消息。

第一日，就这么平静无波地过去，没有人理睬他。

到了第二日，整整一个白天依旧没有人来见他，一日三餐还是照常送来，仿佛什么事情都没有发生。

第二十章 圈套

楚若溪今天搬了把椅子坐在宫院内，折了根树枝在地上画图玩。

天已黑透，一盏宫灯由远而近来到守言宫门口。宫灯照亮宫门时，有道人影也缓缓走进院子内。

楚若溪也点了一盏灯，就放在脚边，他正专注地在自己已经画得乱七八糟的图案上寻找着什么重要的点，嘴里还念着："初九，潜龙勿用；九二，见龙在田；九五，飞龙在天……用九，见群龙无首……奇怪，都对啊，怎么就走不出去呢？"

宫灯后，那人影缓缓拉长延展，逼近到他眼前那片图案上，他方抬起头，眯着眼看："晚饭不是都送过了？该不会是给我送夜宵来了吧？"

"郡王这一天除了吃吃喝喝，别无所求，真是让人羡慕。"华丽摇曳的宫裙，珠翠轻碰的脆响，庄尔雅那美丽且雍容的面孔从黑暗中浮现出来，随着袅袅身姿，停在他的面前。

楚若溪笑眯眯地说道："人生在世不吃怎么能活？我也想有所求啊，可是困在这里又出不去，你让我求什么？"

"郡王想求什么？说出来或许本宫可以帮你。"庄尔雅拖着长长的裙尾绕过他面前这幅奇怪的图案，靠着他站住，挥挥手，那持着宫灯的宫女躬身退出，守言宫的大门忽然被从外面紧紧关闭。

院内，只留楚若溪脚边的那一盏灯微微亮着，四周还是墨一般的黑沉。

楚若溪嘴角上挑："尔雅，你只有在这么见不得人的时候才敢来见我吗？"

"我只想不被人打扰地和你说几句话。"庄尔雅的手指轻轻触摸到他的鬓边，"若溪，你这个没心没肺的家伙，你知道我最喜欢背的一句诗是什么吗？"

"不是那句'愿得一心人，白首不相离'？"楚若溪也不闪开，任由她的手指在自己的颈边滑动，感觉到她指甲的尖锐，他甚至怀疑她是不是想把指甲扎进自己的喉咙。

"那是过去了，我现在最喜欢背的一句是'但见新人笑，哪闻旧人哭'。你可知我为何把你叫入宫内？"

"要我死？"

庄尔雅无声地笑笑："的确有人想要你死，你可知那人是谁？"

楚若溪翻着眉眼想："难道你想说是皇兄？"

"不管他对你有什么成见，他也不会有置你于死地的念头。"

楚若溪叹道："那大概就是你大哥了。他怕陛下去世后，我这个皇帝唯一的胞弟欺负你们娘俩，所以早点儿杀我以防万一？"

庄尔雅漠然道："我大哥宅心仁厚，忠心为主，赤诚为民，绝不会随意捏造罪名，

滥杀无辜。更何况你是皇亲，他岂敢动你？不要给他乱扣罪名。"

"那我就真想不出来了，该不会是皇后你要杀我吧？"

庄尔雅冷冷"哼"道："就是本宫要杀你，你现在有什么计谋能让自己脱身？"

"我能先问问要我死的原因吗？"

庄尔雅冷笑道："你游戏人间，玩弄感情，难道不该死？陛下重病，你却流连于花蝶之间，全然不为国事操心，难道不该死？"

楚若溪仰着脸看她，笑道："若我答应同皇后在一起，是否可以讨得皇后饶我一条小命？"

庄尔雅一震："这不是你的真心话，你以为我会相信？"

"你心心念念盼了这么多年，不就是盼这一天吗？"楚若溪一把抓住她的手腕，"尔雅，我们从小到大一起长大，你的心思我当然明白。我们是错过了，所以你想找个机会从新开始，可如今我们身份悬殊，眼看又要各安天涯，你不肯等了，你宁愿死都要听我一句心里话，对不对？"

"你……"庄尔雅全身轻颤，这样的场景，是她在梦中梦过无数次的，有时候午夜惊醒，看到身边的丈夫沉沉地睡着，她会心生恐惧，生怕自己在梦中喊出楚若溪的名字。

而今梦境成真，最爱的那个男人就在眼前，暗夜凄寒，她的脸却是火烫的。

玉连城站在距离皇宫十几丈开外的地方，仰首看着那高高的宫墙。她的身体已经恢复了八成，要翻墙入宫并不是难事。但是楚若溪现在在哪里她并不清楚，她若是这样贸然潜入，就等于将自己置于危险之边。但……她还有别的选择吗？

楚若溪困在宫中已经超过二十个时辰了，是生是死不知道。按照那家伙临走时给她留的话，她应该立刻收拾包裹跑向隆城去找无双，但是……但是……是什么绊住了她的脚？拖住了她的心？她满脑子充斥着的都是那家伙令她讨厌的笑脸和他一身鲜血的可怕景象。

等过了，但不能再等下去。因为心熬不住，这像油煎一般的痛楚。

生死放一边，无论如何要知道他是否平安。所以她不管不顾地来到皇宫墙外，纵然这一跃之后等待她的是死亡，她也愿冒一冒险！

咬紧唇瓣，她用一方黑巾蒙住面容，自黑暗中潜身出来，刚往前行进一步，就听身后有人喝止："不要妄想去送死了！"

她一惊！猛地回身，剑已出鞘，就在距离她两丈开外的地方，她看到一袭青色的衣

影。她知道那个人来了，虽然不想和他碰面，但还是要见到。只是她竟不知道对方跟踪了自己多久，她居然在这么危急的关头全无察觉？不觉一股寒意自脚心上涌。

玉华景幽幽地看着她，他手中并没有兵器，看上去像是偶尔路过的过客。但是他每向玉连城迈近一步，玉连城的心就紧缩几分。她从小到大最畏惧的这个人突然出现在这里，意味着什么？她不敢想。

剑尖，随着玉华景的身形而动，玉华景也似是一点儿都不怕她蕴藏在剑身上的杀气，只是淡淡开口："你救不了他。"说着，幽冷的笑意爬上唇角，"他今晚是必死无疑的！"

玉连城盯着他："你又为何会出现在这里？你算是为谁说话？"

"不要管我是为谁，总之看在我们的血缘分上劝你一句，若你执意入宫，就是送死。"

玉连城看他一眼，突然身形后退，腾空掠起。玉华景眉心紧蹙，随即跟上，在半空中猛击双掌打向她的后背！

玉连城听到掌风响起，知道他攻势已到，人在半空中不便回身，只将长剑背在身后，右手向后一抖，撒出数根银针。玉华景知道那银针的厉害，不得不卷袖避开，而玉连城已经趁势跃上那一丈多高的宫墙。

玉华景脚尖一点地面，借力再度起身，此时一掌横扫，一掌利如鹰爪狠狠抓向她的肩膀，他掌风犀利，隔着一尺远就已经如铁刃一般刺破玉连城肩膀上的衣服。

玉连城此时已经落在墙头之上，她飘然起身，在他掌风之下冒险回身，长剑迅疾刺出三剑，逼得他不得欺身而上。

玉华景和她师出同门，对于她的一招一式了如指掌，暂时被她压住了攻势其实是因为她在上，占据了有利地形，但几招过后玉华景就看出她气息不畅，似是有伤病在身，趁她变招换气时，出掌如虎，排山倒海般一堵气墙就撞向玉连城的胸口。玉连城只觉胸口一堵，喉头已经发甜，喷出一口鲜血，剑势也因此慢了两招。

玉华景狞笑腾身，也已站在宫墙之上，此时下面人声骚动，有人大喊："墙上有人！是刺客！"

玉华景凝视着玉连城："还要打吗？你已经惊动了皇宫禁卫军，此时宫内兵马调动，你再下去就必死无疑了！"

玉连城顾不得擦去嘴角的血渍，眼睛一眨不眨地盯着玉华景："你是怕我死在外人手里，让你不痛快？"

玉华景哼道："我是觉得你为了那个人死，实在不值。你应该保命活着，你最在乎

的不是古镜城吗？不是无双的小命吗？你就不想知道他们如今是否安好？"

玉连城全神戒备，不敢有丝毫大意，她知道玉华景这番话是故意扰乱她的心神，但是玉华景突然出现在京城显然有深意。楚若溪说过，在皇宫的角门见过他，庄尔雅有可能单独召见过他，那他在这次楚若溪被囚之事又扮演了什么样的角色？

她闪过一个念头："你若肯帮我救他，我可以答应你，将古镜城城主之位让给你！"

玉华景动容地看着她："为了那个臭男人，你竟然连古镜城都可以不要了？"

她坚定地答道："只要你对得起我们的父亲，对得起他对你的期望，对得起古镜城的百姓，我可以让你当这个城主！"

玉华景冷笑道："好啰唆，原来还有这么多的规矩。我现在不想当这个城主了，我已有景字号这么大的产业，你以为我会在乎那已经陷入无水断粮之绝境，在大漠中必死无疑的一座死城吗？"

"无水……断粮？"玉连城一惊再惊，眸光震动，"你还做了什么？"

"哼，你若在乎，下来，跟我回去看。"

玉连城的眼前飞快闪过几种可能，但她盯着玉华景的脸，突然团身抱剑，飞身冲入宫苑之内。

"蠢货！"玉华景恨得咒骂一声，也随她跳入。

此时因为皇宫禁卫军已经被惊动，无数的火把向着他们的方向逼近，玉连城腾身闪躲，想借着树丛花海掩盖自己的身形，但在她闪躲之时，身后突然炸响一个火团。"砰"的一声巨响之后，火光熊熊，直冲夜空，她的身形在火光之下毕露无余。

"刺客在这边！"有人大喊，人潮又立刻向她扑来。

她知道这火团是玉华景弄出来的，在古镜城有一种自保求生、威力十足的火珠，本是为了在逃跑时迷惑敌人用的，而今他竟将这火珠丢向自己，让他这样折腾下去，自己无论隐藏到哪里去，都会被他引来追兵。

她正为难，忽然一道黑影如狸猫般从自己眼前蹿过，却并不是冲着她，而是扑向她身后的玉华景。

她讶异着回头去看，那黑影已经和玉华景缠斗成一团。她看清那人时立时大喜，轻呼一声："黑木！"

"王爷在守言宫！"黑木头也不回，但声音坚定，用词简练干净，绝无废话。

她竟忘了，在楚若溪的身边有黑木这样的绝顶高手！自她和楚若溪回京之后，也许是为了让她安心养病，他并没有让她太多接触王府中的其他人，他也很少把公事带回来

第二十章 圈套

和她说,她的头脑中几乎忘了黑木这个人的存在。

而今黑木现身,她陡然想起:黑木在古镜城时就如影随形一般跟在楚若溪的左右,现在楚若溪入宫,黑木怎么可能不贴身保护?

守言宫她是认得的。上次和楚若溪入宫,去的正是守言宫。一路上她留意了地形格局,此时既然有了目标就更好找了。

因为黑木缠住了玉华景,让玉华景再不能发出火珠,她施展开身形,自平地纵身,跳上身边一棵高高的人树。皇宫中的树木大都高大伟岸,树冠厚重,纵然现在天寒萧瑟,落叶飞舞,那树冠依然足够帮她隐藏纤瘦的身形。

她一连掠过数座殿宇,却觉得情形不大对,为什么涌来的禁卫军会越来越多?寻常时候,皇宫中也会有这么多的人马潜伏在皇宫之内吗?

瞬间,她的头脑中闪过一种可能:这是为了对付什么人而提前预留安置好的!若真是如此,她今日入宫容易,要出宫可就难了。因为就在她逐步潜入皇宫腹地的时候,两边的宫墙上,已经有懂得轻身之术的侍卫跃上去占据了有利地形,她知道自己只要再多动一动,就很容易被这些人发现,而且躲在树冠之中,她可以看到那些侍卫手中有张开的弓弩,和闪亮的弩箭箭刃。

就在此时,她听到树下有侍卫正在驱赶两名宫女:"宫内有刺客潜入,你们赶快回去,看到可疑人出没就立刻通报!"

她默默地看着那两名宫女惊慌失措地跑进旁边的一座殿宇,宫门紧闭,而她所在的树梢正好有一枝比较长,将将挨到墙头。她待旁边之人都未注意到这里时,抓住那根树枝,身子一荡,就跃进了这片看起来并不起眼的宫殿。

这里不算大,倒是很规整的昊夜"回"字形建筑格局。玉连城数了数,在院内有八棵衣锦槐,这衣锦槐是昊夜的国树,平常百姓是不能种的,只有与皇家有关的地方才能种植,而且种植的数字、位置,都很讲究。

九棵,是皇帝、皇后才能享有的数字,象征着国运昌隆,帝王万寿。

八棵是皇贵妃、皇太子可以种植的数字,这些人因为与至尊之位只差一步,所以数字也就差一。

其他皇子、皇妃和公主,最多可以种七棵,若多种了,就有逾越宫制、企图不轨之嫌。

那么这里既然有八棵衣锦槐,就说明住在这里的人应该是……

"太子殿下,都这么晚了,您怎么还不睡啊?"

东厢房的门一开,皇太子楚霄蹦蹦跳跳地跑出来,跟在他后面的小宫女疾步追上,

手中还拿着一件小棉衣。

楚霄挥着胳膊只在前面跑,嘴里喊着:"热死啦,烦死啦!外面怎么还这么吵啊!我都好几天没见到父皇母后了!我要去见他们!"

那宫女拦着他道:"这么晚了,陛下和皇后肯定都睡了。您要是去了,皇后也不得休息,再说陛下生着病,您总要让他好好养病吧?"

"父皇生病,我更应该去看望他啊,为什么一直不让我去?哎呀,外面为什么越来越吵?你去看看!"楚霄推着宫女往外走,刚从宫门外被侍卫赶进来的两名宫女迎上去说道:"别出去了,外面好像在抓什么刺客,乱得很,让殿下回屋休息吧。"

玉连城倏然从上面一跃而下,几名宫女震惊地看着她的身影,刚要大喊,就被玉连城疾风般出指点中几个人的穴道。

然后她一把扯去脸上的黑巾,蹲下身望着楚霄:"殿下还认得我吗?"

楚霄到底是太子,小小年纪处变不惊,骤然被一个黑衣人制住了手下的丫鬟,虽然吃惊,可没有害怕,他本来退后一步想要逃跑,见这黑衣人居然蹲在自己面前这样问话,不禁好奇地定睛去看,立刻就认出来了:"你是……皇婶婶!"

玉连城嫣然一笑:"殿下认得我,真是太好了。我有事要求助于殿下。"

楚霄看着自己那几名宫女,满是羡慕地问:"皇婶婶会武功?你这是用的什么招数让她们连动都不能动了?"

"这是点穴,若太子殿下想学,等你再年长几岁,我可以亲自教你。"

"真的?"楚霄兴奋地拍手,"太好了!"

玉连城拉住他的手:"但请太子现在帮我一个忙,太子知不知道您的皇叔荣王被困在宫中了?"

"皇叔来了?"楚霄吃惊地说,"没有人告诉我啊!为什么他会被困在这里?"

"因为……有人挑拨他和您父皇的关系,他现在被关在守言宫,含冤受屈,百口莫辩。殿下,我这里有能救他的证据,可否请殿下为我带路,去一趟守言宫?"

楚霄看着她:"他们外面吵吵闹闹要抓的那名'刺客'就是你吧?"

玉连城垂下头:"是,因为我无官职品级,又未奉诏,是私自闯入皇宫的,所以侍卫们要抓我。"

楚霄想了想,问道:"那你现在这个样子怎么和我去救皇叔啊?"

玉连城看了眼站在旁边的宫女们,微笑道:"我可以换装。"

不久之后,太子楚霄和换成宫女装束的玉连城翩然走出。守在宫外的侍卫看到,连

忙迎上去说道:"殿下,外面有刺客出没,请回宫暂避。"

玉连城昂首道:"混账!你是什么人,也敢挡太子的驾?太子乃真龙转世,天神护体,什么宵小之辈也敢妄想动太子分毫?"

侍卫被她一番义正词严的说辞说得一愣一愣的,楚霄也大声说:"我有要事要现在去见母后,你们谁也别拦着我!否则我就叫你们的禁卫长打你们板子!"

楚霄在前面昂首挺胸地走着,玉连城跟在后面,两个人走在路上,但凡遇到阻拦,玉连城就出面喝止,楚霄毕竟是太子,寻常人也不敢拦他。直到他们已经可以看到守言宫宫门的牌子时,忽然在他们面前闪身出现一人,冷冷地说道:"殿下,这么晚了怎么还在外面溜达?"

楚霄抬头看着那人,皱起眉毛:"丞相?这么晚了你为什么会在这里?皇宫早已封门,外臣都不能入宫了。"

站在他们对面,拦住去路的竟然会是丞相庄尔铭。

庄尔铭淡淡地说道:"陛下这几日沉疴痼疾已成重势,微臣奉旨守在宫内,以防大变。"

楚霄说道:"既然会有大变,那我就更要去见父皇母后了,总不能让我这个太子还被蒙在鼓里吧?"

庄尔铭微笑道:"殿下这是说哪里话?什么叫蒙在鼓里?殿下乃唯一的皇嗣,昊夜皇朝有任何的异动都与殿下牵扯密切。但现在陛下和皇后都没有宣旨召见您,您就贸然闯去,若是让皇后看见了,不是该气殿下不遵规矩了?再说这么晚了,皇后累了一日,也要休息了,请殿下还是先回吧。明日天亮之后派人问过,确知可以见时,自然就能见到您的父皇母后了。"

楚霄的小脸皱紧,庄尔铭对于他来说不同于一般人,是他母后的哥哥,也就是他的舅舅,所以对于庄尔铭,他不能像对待别人一样动辄呼喝威胁,所以他只得将目光投向玉连城。

玉连城在此时淡笑着蹲下身,握着楚霄的手说:"殿下您看,奴婢就说咱们不该这么晚来叨扰陛下和皇后吧?殿下若是不放心,就让奴婢替殿下去看一眼,皇后那边要是没事儿,您明天也就不用过来了。"

楚霄笑道:"好啊!你去替我看,若是母后说没事儿,我就放心了。"

庄尔铭将目光投注在玉连城的身上,眉心微蹙:"你叫什么?跟了殿下多久?怎么倒似不懂规矩?太子殿下都不能去,你凭什么在这个时候去打扰陛下和皇后?"

玉连城转身对庄尔铭垂首屈膝:"丞相大人请恕罪,太子殿下这几日对皇上的龙体

十分关切,日思夜想,难以成眠。若是不能早些让殿下看到陛下和娘娘以求安心,好歹也让奴婢帮殿下传个话。殿下安心了,陛下和娘娘也能放心,丞相大人……亦可以省心了。"

庄尔铭狐疑地看着玉连城,他上次没有在楚若溪府邸见过她,可从玉连城身上所散发出的那股特殊的气质让他不得不暗自警惕。这个女人虽然有着柔美的五官,眉宇之间却有着勃勃英气,一双秋水明眸透着几分幽寒的威仪,仿佛她不是什么奴婢,而是身份尊贵、高高在上的贵族公主。

在皇宫中几时有这么一个奇怪的女子?是庄尔雅把她刻意安排在楚霄身边的?还是连庄尔雅都没有留意到在楚霄身边有这么一个女人的存在?

他微微侧身,淡淡道:"你说得也对,那就请殿下稍等,我们去敲敲守言宫的门,看看有没有这个福气见到皇后。"

他嘴里说着,身子却没有动,玉连城知道他的意思是让自己先走,便一步迈出,向着守言宫的位置款步走去。

庄尔铭在她身后默默看着,突然出手一把抓向她的腰带,玉连城本能地闪身一避,虽然成功避开,也暴露了她会武功的事实。

庄尔铭冷"哼"一声:"皇后竟然还把一个会武功的丫头放在太子身边?这是什么意思?"

玉连城微微一笑:"太子殿下何其尊贵!如今虽然是太平盛世,也要防着魍魉小人。"

"你叫什么?"庄尔铭追问道。

玉连城屈膝说道:"奴婢玉莲。"

"腰牌呢!"庄尔铭更逼近一步。

玉连城心知瞒不过去了,她在腰上摸了一下,看似在摸腰牌,突然间她手腕一抖,几枚银针射向庄尔铭的手臂。

庄尔铭拂袖一挡,冷笑道:"果然有古怪!来人!刺客在这里!"

玉连城不想与他缠斗,但是身份已暴露,她刚才留意到守言宫的门口站了三排士兵,可见这里被严加看管,要硬闯已是不可能了。她一眼看到站在旁边满脸着急的楚霄,心中如电光石火般一闪而过个大胆的念头,趁着所有人马还没有奔至她身前时,忽然人似惊鸿乳燕,反扑向庄尔铭,喝道:"吃我暗器!"

庄尔铭刚才被她的暗器偷袭过,心中已经加了警觉,所以本能地往旁边闪开,但玉连城的目的不过是骗开他,越过他时,一把将楚霄抱在怀中,抽下簪子抵在楚霄的脖颈

上，小声说道："殿下得罪了！"随即昂首喊道，"谁再靠前，我这一簪下去，昊夜便无人继承大统！"

骤然形势逆转，庄尔铭忙挥臂阻止要扑上来的侍卫们，急喝道："太子殿下在她手上，都不要轻举妄动！"

玉连城抱着楚霄，一步一步向守言宫的门口蹭去，同时喊道："让侍卫撤开，离我十丈开外！否则后果自负！"

庄尔铭皱紧眉头，刚想悄悄从旁边靠近，就被玉连城一眼看穿，大声说道："丞相大人，您连太子的安危都敢不顾？莫非您另有异心？"

她一顶大帽子重重扣下来，庄尔铭不管做怎样的盘算都不得不在此时顺应时事了，他不得已下令："所有人都退开！"

十丈开外，是一个极大的范围，玉连城要确保侍卫们所发出的暗器也好，弩箭也罢，都不能伤到自己，十丈的距离是比较安全的。

当人群如退潮的洪水缓缓散开，守言宫的大门被让开。玉连城抱着楚霄一步一步倒退着走上守言宫的台阶，她的目光一直紧紧注视着周围的动静，直到她的后背"砰"地一下撞到守言宫的宫门时，她小声问道："殿下，守言宫中有没有可以藏人的地方？"

楚霄知道她是为了救皇叔而不得已挟持自己，并不恨她，反而乖巧配合，小声说道："皇宫之中都有密道的，但是入口在哪里我也不知道。"

玉连城不能回头，看不到门上的铜环，又问道："这宫门现在是从外面关上，还是从里面锁住的？"

楚霄努力回头看了一眼："门环上没有上锁，门缝里面也没有门闩，应该只是关着，但没有锁。"

玉连城无声一笑，突然用脚奋力向后一蹬——"轰"的一声，守言宫的大门被她重重地一脚蹬开！

庄尔雅感觉到那已经逼近到眉睫上的热气忽然停止在那里，再也没有更多的动作，她却紧闭着眼，动也不敢动一下。

楚若溪在她耳畔幽幽地笑着："皇后娘娘在等什么？等我吻你？"

庄尔雅赫然睁开眼，怒目相对："楚若溪！你羞辱本宫，自以为高高在上，其实你也羞辱了你自己！"

楚若溪耸耸肩："我没觉得我是在羞辱自己，娘娘跑到我这里来倒真的是自取其辱。您把我骗入皇宫，禁锢于此，若是为了要杀我呢，就让您的手下快点儿动手。"

庄尔雅一张美颜在他的悠然嘲讽中几乎扭曲得不堪入目，她冷笑道："荣郡王，你平生最大的缺点就是做事太过于自以为是！本宫刚刚不过是为了试探你一下，才向你示好，真正得意忘形的人其实是你吧？你放心，你是皇帝的弟弟，陛下也没有想让你死，我自然不会杀你。今晚的确是要死一个人，但这个人不是你。"

楚若溪沉吟道："不是我？难道你是说……皇兄？"

庄尔雅的脸上拂过一丝哀戚之色："陛下的大限之日不过是这几日了，是不是今晚我也不能肯定。"

不是他，也不是皇兄，那她口中所笃定今晚要死的那个人是谁？楚若溪拼命地想，却想不透其中的答案。正在这时，外面吵吵嚷嚷一片纷乱，依稀可以听到有人喊说"刺客"二字。

楚若溪心中纳闷：哪儿来的刺客？

庄尔雅却立刻露出了然般玩味的笑容："她到底还是忍不住来了。"

"谁来了？"楚若溪不解地问。

庄尔雅没有立刻回应，她侧耳倾听了片刻，才曼声说道："就是一心挂念你安危的那位绝代佳人啊。郡王刚才口中赞我貌美，其实在你心中，那丫头才是举世无双的绝色佳丽吧？她迷了你的眼，迷了你的心，迷得你可以抛下一切与她远走天涯。而今晚，郡王的梦怕是要碎了……"

猛然间，楚若溪一把抓住她的肩膀，寒意森森地盯着她的眼睛："你诱连城入宫了？"

庄尔雅肩膀疼痛，眼中却满是得意的笑："不是我诱她，诱她的人是你。"

"你把我抓到这里来，是为了诱她入宫而杀之？"楚若溪的心一点点凉下去，他一直没有想明白庄尔雅为什么要把自己关在宫中不闻不问，现在他明白了，庄尔雅是为了引玉连城上钩。

"她无旨入宫，是逆君大罪，必死无疑！"庄尔雅的每一个字都饱蘸了浓浓的恨意，恶毒的诅咒毫不掩饰地从齿缝抽挤出来。

楚若溪怒道："你若敢伤她一根头发，我决不饶你！"

"不饶我？"庄尔雅冷笑着推开他，"王爷，您是糊涂了吧？哦，不，是郡王，您现在已经被陛下下旨赶出京城，无权无兵，您拿什么不饶我？"

楚若溪盯着她："为何要连城死？"

庄尔雅优雅地扶了扶头发上的珠钗，却问道："若溪，你看我这头发上差了一件什么？"

第二十章 圈套

楚若溪冷冷看着。

她自顾自地说："差了一支极美的金钗。我那根金钗戴了许多年都舍不得取下，每天都是我亲自把它插在发间。只要我觉得日子无趣，心灰意冷时，摸一摸那支金钗，就又有了继续活下去的希望。可是有一天，当我发现那支金钗的主人其实并不是我时，你说，我要怎么活？"她望着楚若溪冷冷地问，"那个毁了我希望的人，我不该杀了她？"

"疯婆子！"楚若溪气得手脚冰凉，他举目看向旁边的宫墙，心中想着自己要如何出去接应玉连城。

庄尔雅看出他的打算，慢慢说道："你就不要费心想着去救她了。这宫中今晚我安排了一千名禁卫军，千人对付她一个，她插翅也难飞，你纵然现在出去救她，也只是螳臂当车，何必自不量力？其实你留在这里，陪我喝杯茶，聊聊天，过不了多一会儿自会有人把她的尸首呈在我们面前，也省去你四处奔波寻找她的辛苦，不是更好？"

楚若溪听着她残忍的预言，心中更加焦虑如焚。他只恨自己太过大意，将全部的注意力都放在自己身上，竟忽视了玉连城的安危。他以为告诉玉连城自己若不出去就让她先走之后，那个一直不愿意留在他身边的女人必然会趁机离开，可是万万没想到她会为了自己冒险潜入皇宫。

如今该怎么办？怎么做才能救她？

楚若溪看了眼庄尔雅，举步走到她身边，一手伸出抓住她的胸前衣襟，声音下沉，杀气隐隐："我若以皇后之命去换庶民之命，外面的侍卫们应该会愿意和我做这笔交易吧？"

庄尔雅对于他的举动似并不意外，也不害怕，她淡淡地说道："你若真是聪明人就听我一句劝，不要做这种傻事，否则你以为你还能活吗？挟持皇后，劫走要犯，不仅你这个郡王的位子保不住，荣华富贵都成虚妄，从今以后你还要做流亡天涯的逃犯，被人一世追捕。当然了，郡王可以说您愿意倾国一怒为红颜，可她那个古镜城，也禁得起您这一怒之后的后果吗？"

楚若溪在心中倒抽一口冷气，他其实并不在乎古镜城的死活，但是他知道玉连城在乎。他可以将自己的安危置于不顾，但他不能将玉连城最在乎的古镜城也拿来一起陪葬。

"你的条件是什么？"他知道眼下硬碰硬是不行的，和她只能先讲和。

没想到庄尔雅微笑道："别想了，我没有任何条件。我……只是要她死！"

随着她这一声决绝的判词出口，守言宫的大门轰然被人踢开，玉连城抱着楚霄一步一步跨过门槛，退入宫内，楚若溪看到她平安出现，立刻神情大振，狂喜地飞扑过去……

"城城！还好你没事！"

玉连城却没有他这样走神的工夫，她低声说道："我们已经被包围了，你现在要想出去大概只有走守言宫的密道。你知道这里有密道吧？"

"密道？"楚若溪怔忡地问，"什么密道？"

玉连城苦笑："原来连你都不知道。"

"霄儿！你把霄儿怎么了？"庄尔雅看到楚霄在他们的禁锢中，刚才的得意尽都消退，她几乎是搏命似的撞开两个人将楚霄一把抱在怀中，惊恐地审视着楚霄全身上下，连连问道："霄儿，你有没有事？哪里受了伤？这个恶女人怎么欺负你的？"

楚霄却笑道："母后，皇婶婶没有欺负我，她知道我想念父皇母后，所以特意带我过来见您的，母后没事霄儿就安心了！"

楚若溪拉住玉连城，小声说道："得趁机跑了！"

玉连城摇头："外面的阵势你没有看到，不是说跑就能跑的。"她瞥了眼这对母子，"事到如今，只能用他们做人质了。"

"不行。"楚若溪皱眉，"他们两个人都是我的亲人。"

玉连城暗暗咬牙："都什么时候了，你还说什么亲人？"

楚若溪望定她："若是有人要你挟持无双逃命，你肯吗？"

玉连城一震。她了解楚若溪，平时怎么说笑都可以，但只有亲人这里不能碰。虽然眼前局势都是他这些"亲人"闹出来的，但他还是不肯彻底翻脸。

她无奈地顿足，一把抓住楚若溪的手："罢了，我们俩冲出去，让他们射成个刺猬好了。"

楚若溪温柔一笑，握紧她的手："城城，你肯和我同生共死，纵然被射成刺猬，我也能含笑九泉。"

"笨蛋！谁要和你一起死！"她一脚轻踢在他的小腿上，这个时候哪有工夫在这儿儿女情长地闲磨？

身后楚霄朗声说道："皇叔，我知道密道在哪里。"

"你知道？"玉连城讶异地说，"可你刚才不是说……"

楚霄认真地说："密道乃我楚家皇族之机密，轻易不能和外人说的。纵然是皇婶婶，侄儿也不敢随便说出这等机密之事。不过现在有皇叔在这里，我就敢说了。"

庄尔雅凄厉喊道:"霄儿!和这等叛国之人说什么机密?你闭嘴!"

楚霄不解地问:"母后,为什么要抓皇叔和皇婶婶?他们都是好人啊。"

一个七岁的孩子,问得庄尔雅哑口无言。她不是没有理由可以解释,而是不知道该怎么和儿子解释。

楚霄用手一指院中那看起来平常无奇的石桌:"父皇说过,在这石桌下面,就有一条密道可以通往宫外。只要挪动石桌右边的凳子,密道自会开启。"

楚若溪疾步上前去搬动石凳,果然,那石凳可以被搬开,而且身下"咔咔啦啦"一阵奇怪的声响后,地板霍然裂开一条巨缝,这缝足够一人通过,下面漆黑一片,不知道是什么情况。

"我下去看看。"玉连城看到密道开启便要冲进去,楚若溪一把抓住她,说,"你在后面,我走前。"

玉连城看他一眼:"都什么时候了你还要和我抢?"她纵身跳下密道。

楚若溪叹气道:"真是个急脾气。"他看向紧紧抱着楚霄站在一旁的庄尔雅,微笑问道,"皇后不阻拦我吗?"

庄尔雅咬牙说道:"你们是自寻死路。那密道下面还不知有什么妖魔鬼怪,能不能让你们活着出来,本宫不用自己动手,也能看到你们死时的惨状!"

楚若溪"哈哈"笑道:"不管下面是妖魔还是鬼怪,都吓不到我,真正可怕的是人心!尔雅,照顾好皇兄和楚霄,别忘了,你是楚家的儿媳,是楚霄的亲娘!别做出让皇兄和楚霄一辈子恨你的错事来!"

说完,他追随玉连城纵身跃下那漆黑无边的另一处。

楚霄不解地抬头看着脸色苍白的庄尔雅:"母后,您为什么要杀皇叔?"

庄尔雅颤抖着将楚霄紧紧抱在怀中:"母后没有说要杀他……这世上母后最不想伤害的人,除了霄儿和你父皇……就只有他了。可他……辜负了母后。"

楚若溪在黑暗的密道中往前摸索走了三步，就听到玉连城的声音："这里面深不见头，不知道前面是否有出口。"

"后面追兵将至，不走是不行了。"楚若溪循着声音抓到她的手，"城城，为什么你要冒险入宫？"他轻声问。

玉连城沉默一瞬，回应道："我若逃了，古镜城未必能在洛川待得安稳。"

"说来说去还是为了古镜城？"他感慨地叹气，却语带笑意。他知道她故意这么说不过是为了堵他的嘴，但她若不是因为心中有他，真的就一定要冒这么大的风险吗？

"你知不知道今天这局棋是为谁而设？"

"当然是为你。"

"不是。"

"不是？"玉连城困惑地问，"不是为你，为什么大张旗鼓地把你弄到皇宫来，还重兵把守？"

楚若溪叹道："是为了你。"

"为我？"玉连城回头细想，也觉得事情有些蹊跷，可一直没有想明白蹊跷在哪里。

"庄尔雅为了诱你入宫，所以故意把我扣在宫里。否则杀我一个人，哪用得了那么多禁军？"

玉连城犹豫着问："是古镜城惹到了她？"

"应该说是你惹到了她……你该不会说你不明白为什么吧？"

玉连城"哼哼"道："妖孽祸人，听上去你还很得意。"

"宁可不得意，因为不想给你带来这么大的麻烦。"

玉连城道："你先想想怎么能活着出去吧！"

话音未落，突然一团碧莹莹的光亮出现在两个人面前，楚若溪笑："这颗夜明珠是我小时候父皇送给我的，我一直扔在王府中也没有当回事。这回出门前鬼使神差地想着把它找出来带上，没想到还真有用了。"

玉连城狐疑地看着那团碧光后他得意的笑脸："你怎么会想起带它来？不是另有所图？"

"快走吧！"楚若溪也不答，推着她往前走。

这夜明珠不算大，能照见的不过脚边两三步远的地方，但是有这一方光亮，两个人好歹能看清这密道的宽窄。

四周都是用巨大的石块拼砌而成的，墙壁上石缝很细，也就插一根针的缝隙，可见当年做工十分精细。

"这密道是皇宫建成时就有的,还是建成之后才建的?"玉连城问道。

楚若溪说:"应该是建成时就一并建好的,否则这么大的工程,要想神不知鬼不觉地偷偷建完,怎么可能?"

两个人向前走了百余步,面前出现了一堵墙,这墙死死地挡住了两个人的去路。

玉连城愣住,摸着那墙壁:"难道这密道并非是通往外界的活路,而是为了隐身藏于一时的地宫吗?"

"那怎么可能?藏在这里,就算是再隐蔽,一旦被敌人发现,倒上油,放上火,那就是给自己准备的一个火棺材了。"楚若溪把夜明珠交给她,自己在墙壁上细细摸了一遍,一直摸到边缘的地方,他摸到一块古怪的圆圆凸起。他用力一按,墙壁发出裂响,整堵墙竟然向左移动出一道可供一人通过的缝隙。

楚若溪笑道:"看,我就知道这是个活路。"

他先闪身进去,玉连城待要跟着走进去时突然听到后面有奇怪的风声异响,她猛回头,却被人一掌打在胸口上。

她忍着剧痛,摸到那块凸起,再向下一按,在墙壁关上的刹那,她将夜明珠从那缝隙中扔给墙那边的楚若溪。

楚若溪本以为她会跟着过来,听到墙壁响声,脚下夜明珠在滚动,一回头,那墙壁竟然完全关住了!

他一惊,拍着墙壁问道:"怎么回事?城城,你怎么不过来?"

墙壁那边,闷闷地传来一个阴狠的声音:"她不会过去了。"

楚若溪听出那个声音,原本刚才雀跃的心情立刻跌入谷底。他不怕和这个人撞到,可偏偏不该是在此时此地,此种情景下。他大声喊道:"玉华景!别忘了她可是你的亲人!"

墙壁那一头,漆黑一片中,玉华景一只手已经掐在玉连城的颈部,恶狠狠地说道:"我的亲人?真好笑?我的亲人都不曾存在过!"

玉连城看不到玉华景的脸,也能听出他这么咬牙切齿的味道,颈部被一股重力扼住,她却笑着说道:"也好,我们两个人现在一对一地来决斗。死在皇宫里,也算是死得很有面子。"

玉华景凑到她面前,恨恨地说:"你为什么非要找死!"

"你不是就想要我死吗?"玉连城中了那一掌,经脉气息逆行,血气翻涌,必须故意和他说话拖延时间,也使自己可以尽快地调整气息。"你辛辛苦苦从那么远追到这里来,为了杀我,还真是费尽心机,现在我就在你手上了,再打我一掌,你就可以得偿所

愿。这么多年的委屈、隐忍，都补偿了。"

玉华景的声音在这黑暗的密道中幽幽响彻："你以为这样就能逼我杀你？"

"你不为了杀我，那你追来干什么？"玉连城悄悄摸着自己的袖口，那里还有两枚袖针，但是还不等她动手，就觉得全身一麻，已经被他制住了穴道，动不了了。

玉华景哼笑道："你以为我会让你再有机会对我用暗器？一会儿你乖乖和我上去，皇后看在我的面子上，说不定会饶过你一命。"

楚若溪在墙那边喊道："皇后就是要杀她的，你难道不知道？"

玉华景一愣："为什么？"

"因为皇后恨我抢走了她最喜欢的男子。"玉连城一字一顿地说。

玉华景怔了好一会儿，"呵呵"笑道："不要骗人了，你的意思是皇后也喜欢楚若溪？那家伙有什么好的？皇后可是母仪天下的九天凤凰，会和你抢男人？"

"你不信也无妨。只要你把我交出去，自然就会知道结果了。"玉连城咳嗽了几声，"借别人之手杀我，你也不用怕日后无颜去见九泉之下的父亲。"

"少和我谈那个男人！"玉华景最恨她提到这件事，"我不怕见任何人，不管是生还是死！"

"那就走吧。"玉连城催促道。

玉华景站在原地不动，他敲了敲墙砖："楚若溪，我现在要带走她，你不会和我拼命吗？"

墙那头楚若溪忽然沉默了，一声不吭就好像走掉了似的。

玉华景又敲了敲墙砖："楚若溪，你信不信我现在就把她杀了！"

那边依然没有声音。

蓦然，玉华景大声喊道："楚若溪！我知道你在那头装聋作哑！你可以不出声，这个女人我现在把她带走！你就一辈子后悔去吧！"

随着他的喊声，玉连城身后的那堵墙再度裂开，玉华景将玉连城抱起，向后退出七八步远，一团碧莹莹的光亮从墙缝处滴溜溜滚向他们，玉华景警觉地继续往后退，楚若溪已经重新出现在墙壁这边。

"你要我的命，我现在在这里了，你来拿啊。躲什么？"楚若溪嘲讽地问，那夜明珠停在玉华景的脚边，将他和玉连城的身形照得很清楚，反而是他却就此隐藏在黑暗中。

玉华景当然不会让他这点儿小小的伎俩得逞，伸脚去踢那颗夜明珠，楚若溪突然扑向他，玉华景抱着玉连城不便出手，只得在狭窄的密道中再次向后退。楚若溪连攻四

招,玉华景连退五步。

"你们俩都先住手!"玉连城喘息着喊道,"听我一言,这样耗下去对你们谁都没有好处。玉华景,你要楚若溪的命,可你现在杀不了他。楚若溪,你要想救我也不是那么容易的事,对不对?不如我们三个人坐下来谈一笔交易。"

两个男人同时住手,楚若溪恨声道:"谁要和他谈什么交易?"

玉华景也冷笑道:"你以为我愿意和你谈?你有什么值得我看上眼的?"

玉连城急急地喘息了几口气:"玉华景,今夜之事我明白了,你想杀楚若溪,所以你用你的条件和皇后交换他的人命。但皇后虽然应许了你,却没有照着你的意思做。她把楚若溪圈禁在皇宫中,目的是诱我上钩。玉华景,你若是曾痴心过什么人,你该知道她不会真的如你所愿杀了楚若溪的,你不过是被皇后耍了一道而已。你纵然以为你财力雄厚,富可敌国,但其实最终也斗不过皇权至上的她。反正你不过是要报复我和我爹,我可以跟你走,而且我愿意把古镜城及洛川拱手相送。"

猛然间楚若溪看到面前那两道身影突然向下一沉,"扑通"一声摔倒在地上。他情知有变,不顾一切地扑过去,将玉连城从玉华景的怀中拽出来,急问道:"怎么回事?"

玉连城微微喘气:"我……好不容易才冲开穴道,反点了他的穴。"

她和玉华景师出同门,所练的内功乃是一脉,玉华景可以点穴,她也可以解穴,只是因为刚才先被他打了一掌,所以暗自调息了这么久才终于将穴道冲开。

"我点的力道不强,咱们得赶快走,否则他马上就能缓过来。"玉连城紧紧抓住他的衣服,"不许杀他!"

心思被他猜透,楚若溪很不满地咕哝了两句,捡起地上那颗夜明珠,抱起玉连城就从那道暗墙处逃出。

这一条逃跑的路很长,像是在走迷宫一样,他们两个人在黑暗中跌跌撞撞地往前跑,还要听着身后是否会有追兵赶到,一路上几次遇到阻断去路的墙,但好在都能找到机关通过,直到他们来到最后一堵墙面前,却无论怎么摸,都摸不到可以把墙打开的机关。

楚若溪也跑得累了,毕竟怀中还抱着她,就靠着墙根儿坐下来喘着气休息。

"看来这里真的是一条死路了。"玉连城在他怀中轻叹道,"皇后的追兵也许就要到了。你先把我交出去,她会饶你一命。"

"胡说!我纵然没了这条命也不会把你交给任何人!"

玉连城正想说什么,突然哽咽了一下,然后脸往旁边一歪,喷出一口鲜血来。

楚若溪惊道:"怎么了?"这才把脉,发现她的经脉之气走得乱七八糟。

"刚才被他……打了一掌。"玉连城安慰他,"别慌神,伤不重,我自己运功调息几日就好了。"

"那更得赶快出去了!"楚若溪将那颗夜明珠举起,看了片刻,说道,"这珠子不知道能不能救命?"

玉连城就知道他不会平白无故带颗夜明珠来,于是问道:"这里面难道有玄机?"

"说实话,这是我父皇临终前送给我的。当时有两颗,一颗给了我皇兄,一颗给我。他没有说这两个东西有什么大用,只是说了几句很有玄机的话。"

"什么?"

"天堂无路,地狱有门,神珠现世,绝处逢生。"楚若溪转动这颗珠子,"我就是那天想起这句话,死活也想不明白它是什么意思。所以当宫里召见我时,我就想带上它说不定有用。"

"天堂无路,地狱有门,说的倒的确像是这里。"玉连城望着这珠子,"只是这'神珠现世,绝处逢生'又是何意呢?"

这颗珠子举在两个人中间,映得彼此的脸色也是碧幽幽的,眸子都晶莹剔透得像是一块含了水的翠玉。

楚若溪忽然惊喜地叫道:"别动!对了,就是这个!"

玉连城不解地望着他,也不敢动,只见他的手绕过自己的身体,将那颗珠子悬挂在她身后的石墙上,在石墙那里原来有一处与别的石头不同,似是用白玉雕砌而成。在那块白玉的中心,有一处比别处更加透亮,甚至亮得好像可以看到白玉中的纹路,或者……其中隐藏的什么东西?

当楚若溪把夜明珠举到白玉中最透明的那一处时,从里面忽然渗透出一股金黄色的光芒,与夜明珠的绿光如同遥相呼应的伙伴一般,紧接着,他们头顶上终于有了动静,"咔嗒"一声,就像是门闩脱落,楚若溪用手推了推头顶的石壁,竟然动了!

他在向旁边微微一用力——"哗啦"一声,头上那一方天竟然暴露出来!

楚若溪惊喜之下不敢耽搁,抱住玉连城向上一纵身,便跳出了这条长长的密道。

此时外面夜色幽深,四下竟是荒草杂树,已不在京城之中,他们彼此面面相觑,也不知道身处哪里。

"先将地板关好。"玉连城气息微弱地指点,"那边好像有座寺院,也许我们可以去那里避一避。"

楚若溪按她的话把密道的石门重新关闭，向着她手指的方向举目看去，只见那边殿宇森森隐藏在树影繁枝之中，隐隐还有些许光亮透出，他赫然想起这里的名字，讶异地低呼一声："怎么出口竟会是这里？"

"哪里？"玉连城见他认得此处，便问道。

"潜龙寺。"楚若溪的眉宇微蹙，"我一直以为这座寺院已经废弃，原来还有人在住？"见玉连城依旧不解，他笑道，"这里曾是昊夜的皇家寺院，因为后来在城内另外建了一座更大的金光寺，此地的僧人都迁往那里了，所以我以为这里早就没有人了。"

"既然有灯光，就先去看看吧。而且要是再不休息休息，我看你大概也没有力气了。"

"你放心，我就是死都不会把你丢下的。"

曾经是昊夜最恢宏的皇家寺院，现在冷清、幽闭，被丛林深藏。就是平时过往的商客都很难想起往这边看一眼。

当楚若溪敲响这座寺院大门的时候，过了好一阵，才有个小沙弥从里面打开门，看了他们一眼，躬身说道："阿弥陀佛，两位贵客深夜造访，请问有何贵干？"

"我夫人受了伤，请借宝刹暂时休息一晚，明日便走。"楚若溪说得很客气。

小沙弥躬身说道："二位施主请稍等，我要问过住持。"

他走了须臾，很快便反身回来，说："住持请二位入院。"

楚若溪将玉连城抱进去，跟随小沙弥来到一间厢房，这厢房很是干净雅致，小沙弥退出时问道："两位施主是否要用斋饭？"

楚若溪看向玉连城，玉连城说："若有米粥，烦劳小师父给我们盛两碗吧。"那小和尚出门后，玉连城说："我看皇后应该也不会饿着你，只是你刚才这么辛苦，一直抱着我，难免累了饿了，所以也给你要一碗。"

"我先看看你后背的伤。"楚若溪拉过一床被子护住她后，拿过一盏灯细细地看着她的后背，在上面，一个青紫色的手印赫然显现。

楚若溪看到那手印时暗自心惊，问道："玉华景练的是什么内功？"

"玉罗心经。"玉连城用被子遮盖着自己的身前，只留了后背给他，"是不是可以看到一个手印。"

"嗯。"楚若溪忧心忡忡地用被子将她的身子裹住，"这手印上若有阴寒之气，渗入你的五脏六腑，可就难治了。"

"我和他练的是一门心法，还可以自行调息，只是这里一时间找不到合适的药材服

用,你也不能回王府去了,王府现在肯定已被皇后的人马围困。"

"要什么药材?我可以去药铺买。"

"不算是很好找的药材,一般的药铺里不见得有。"

正说到这里,外面一个低沉苍老的声音响起:"阿弥陀佛,潜龙寺住持了空前来拜见荣王。"

楚若溪和玉连城都大吃一惊,两个人四目相对,楚若溪小声问:"我有说过我是谁吗?"

"没有。"玉连城很肯定。

"那……怎么办?"楚若溪神情紧张。

玉连城咬着唇:"若是有陷阱,也是我们自送虎口,只能听天由命了。"

楚若溪连打带跑这一夜,也的确是累了,再加上玉连城现在脱了衣服,身上还有伤,肯定也是不能走了,只能硬着头皮去开门。

只见一位神情安逸的老和尚立于门口,长眉雪白,朗目似星,竟似是一位超脱世外的高人。

楚若溪一怔,只觉得老和尚似是有几分眼熟,老和尚微笑着双手合十,躬身说道:"荣王,多年不见了,荣王大概已经记不得贫僧,但是贫僧还记得当年荣王曾经揪过贫僧的眉毛。"

楚若溪赫然想起一人,惊呼道:"七皇爷!原来是您!"

玉连城在屋内听着两个人对话,一头雾水。

她当然不会知道,被楚若溪叫作"七皇爷"的这一位乃楚若溪祖父那一辈的皇子,在当时皇子中排行第七,名讳为"清缘"。

楚若溪小的时候见到这位皇爷爷,便会吵着闹着要七皇爷给糖吃,其实楚若溪并不是真的要吃东西,而是想趁机爬到七皇爷的肩膀上去玩。

七皇爷脾气很温和,对子孙的态度向来亲切,从不生气,但在楚若溪十岁左右时,就听说这位七皇爷因病而逝,很是伤感了几天。

可他怎么也没想到七皇爷并没有死,而是在这早已被人遗忘的潜龙寺出家了。

了空被楚若溪喊破身份,只含笑点头:"多年不见,荣王已经是个玉树临风的大人了,贫僧了空如今是出家人,不好以俗世之礼相见。荣王到我寺中,必是因为宫中出了大事吧?"

楚若溪却还在纳罕:"七皇爷……哦不,了空大师,您怎么知道来人是我?"

了空微笑道:"因为前不久有人给贫僧送来一份密信,言说王爷这几日有可能会到这里。"

"密信?"楚若溪更加诧异,"谁写的?"

了空从袖中掏出一封信,慢语递出:"当今陛下。"

双娇 第二十二章

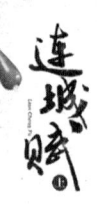

楚若溪也没有想到，皇兄病得如此沉重的时候，居然还给自己安排了一个这样奇妙的去处。

那封握在了空手中的密函，经他辨认，确实是出自皇兄楚若涛的手笔，但楚若涛写这封信时又是怎么知道他会到这里来？这在楚若涛和他最后一次见面时，并没有提起过，是他临时起意的奇思妙想，还是早有安排？现在也已无从追问，但楚若溪的心头却是千滋百味，无从说起。

想想玉连城现在还在伤中，他记得这位七皇爷当年是精通医理的，急忙说道："七皇爷……不是，大师，我的那位同伴受了伤，被人打了一掌，可否请您为她看看伤？"

了空笑着叹气："罢了，要你改口就这么难？我也不强求你改，只是你要说清，那个人是谁？你可知你现在的处境很危险，你要救的这个人值得你救吗？"

楚若溪坚定地说道："不瞒七皇爷，她是已经和我定下白首之盟的未婚妻。今天若不是她舍命救我，可能我还困在皇宫中不得脱身呢。"

"这么说是未来的荣王妃了？"了空笑着跟他走进房中。

玉连城紧裹着被子，羞涩地不知道该怎么行礼，只好小声说道："叨扰大师了。"

"麻烦姑娘伸出一手来。"了空握住她的脉，三指搭在尺寸关上，静默了片刻，说道，"伤姑娘的人所用的内功心法和姑娘相同，不知道是否为同门？"

"就是同门。"楚若溪抢着说，"她后背还有一个青紫的手印，七皇爷，是不是很严重？"

了空淡笑道："王爷无须多虑，这伤虽然不轻，但好在下手之人似是并不想要她的命，所以也不难治，只是要先用纯阳之气输入她的经脉中，然后再多服用一些金贵的补药。这些补药在市面上大都可以买得到，只是有一味稍微特殊点，叫……"

"紫夜草。"玉连城安静地说，"我们练玉罗心经，因为这武功有些阴寒，所以自小父亲都要我服食紫夜草，说是可以护住心脉不受阴寒之气所害。可这紫夜草只有大漠边关才有，京城之中只怕极难寻觅。"

楚若溪将求救的目光投向了空："纵然难找，七皇爷这里必然也有这救命的仙丹，对不对？"

了空只笑道："臭小子，小时候就缠着我要这要那，现在这么多年不见了，一见面还是和我索要我那些宝贝，你倒真是张得开口。"

楚若溪谄媚地赔笑道："七皇爷向来通情达理，最爱惜晚辈。侄孙儿现在有难，七皇爷绝不会见死不救的。更何况您留着那些名贵药材，不就是为了救死扶伤的？佛家有云：救人一命胜造七级浮屠啊！"

　　了空笑而不语，转身出去了，片刻后带着一个小小的玉瓶回来，交给楚若溪："这瓶中有九丸药，每天早中晚随饭各服一次，她的伤情会有所好转。"

　　楚若溪大喜，连忙拜谢："多谢七皇爷！"

　　了空抬袖扶起他："你都说了救人一命胜造七级浮屠，如今又来拜我，是让我在佛家苦修的这些年佛心都白修了吗？"

　　楚若溪问道："那我为她渡入真气的时辰是否有讲究？"

　　了空摇头说道："不是我小看你，你那点儿功力还治不了她的伤，此事只得贫僧出手了。每日早晚各一次，你只要好好在外面等着，贫僧自然会还你一个平平安安的王妃。"

　　楚若溪大喜过望，也不管了空愿不愿意，再次拜倒："多谢七皇爷！"

　　这一晚，楚若溪喂玉连城吃了药，也喂她吃了粥，一边递勺子到她口边，一边笑道："真是风水轮流转，你才伺候我几天？就轮到我来伺候你了。这算不算是现世报？"

　　"王爷觉得委屈了？"玉连城就着他手边吃了几口粥，胃里暖了，身子缓过劲儿来了，刚才了空给她的那药似是也起了作用。心不慌了，气不喘了，神也没那么乱了，她慢慢说道，"这位七皇爷在此地出现得很是巧合，太巧了。你皇兄写的那封密信中是怎么说的？"

　　"说得很含糊，只说朝中有异变，近日我可能因故要跑到这里来避难，如若因此见到我，请七皇爷全力相助。"

　　"那就是说陛下对你可能会入宫被困，走密道逃走，已经有了预知，所以他在尽可能地帮你准备好后路。"

　　"应该是吧。"

　　"但他为你安排的后路应该不止这一条。"

　　楚若溪沉吟着问："为何这样说？"

　　"凡事只给自己一个抉择，不是自寻死路吗？"玉连城推开他手中的碗，躺倒在床上，闭上眼喃喃自语，"只是陛下到底给你安排了怎样的一条路，我们只能走着瞧了……"

　　此后连着两天，玉连城都按时服药，了空大师为她运功导气，帮她恢复，楚若溪每晚强要查看玉连城后背的手印，才不过两天，那手印的颜色果然淡下去了许多，让他倍

感振奋和欣慰。

但是对于了空独守在这座废寺中的根由,楚若溪还是很疑惑,问了几次也没有问出来。

玉连城说:"也许他只是看破红尘,不愿意做你们皇家子弟,所以就连皇家寺院的热闹都不愿意享用了。"

"抑或……"楚若溪蹙眉猜测,"他本就是故意被安排在这里,等着昊夜国的没落皇子皇孙从密道里钻出的那一天?"

玉连城笑道:"那你们昊夜是要安排多少个这样的人物守在这里等着自己灭国的那一日?"

楚若溪自己也觉得这理由有些牵强,只"呵呵"一笑就过了。

但他们心中都明白,隐身在这里终非长久之计。毕竟如果庄尔雅或玉华景破解了那些密道的开启之法,一路找过来,还是能够找到这附近的,所以他们要尽快离开。

"我们得离开京城去隆城,皇兄调我去隆城的圣旨迄今还是有效的。这样我们就可以去查庄家的老底了,你也可以回去看玉无双了。"

玉连城沉吟着:"我们两个人怎么去?你手下还有人吗?对了,黑木呢?"

"不知道,我现在还不便外出去找他,不过他追踪寻人的本事一流,我会沿途给他留下一些标记,他能跟来。至于去的方法……自然是坐马车,难道你这个身子还要骑马吗?"

玉连城道:"你去给我弄一身男装来。"

"弄男装干什么?你现在穿女装不是挺美的?你还想做回男人?"楚若溪不愿意,好不容易让她脱了男装换女装,又要换回去的话岂不是连这点儿趣味都没有了?

玉连城却道:"我在庄尔雅和庄尔铭面前都是以女装示人,如今我们俩一起逃走,他们要抓的也是一男一女。只有我换回男装,我们俩才能混淆视听,一路平安去到隆城。"

楚若溪皱眉想想,嘀咕道:"看来只能背一个'断袖'之名了。"

玉连城白他一眼:"你好好想想眼前的局面吧!怎么只想些没有用的?"

"眼前还能有什么局面?无非几点:其一,皇宫中被庄尔雅那对兄妹把持了局面,皇兄现在依然生死未卜,但肯定难主大局了。这一道密函,应该是他在病重前送出的最后一道帮我谋划的诏书。"

"嗯,其二呢?"

"其二,玉华景和庄尔雅联手,但两个人貌合神离。玉华景要我的命,庄尔雅却要杀你，日后咱们可以利用这一点，将他们的同盟击破，分而歼之。"

玉连城提醒道："这两个人中间还有一人很关键：庄尔铭，我总觉得他身为当朝丞相，庄家的主事者，必然很有手段。那晚他守在宫里，应该是为了掌控局面。但他知不知道那晚庄尔雅跟你的事情呢？"

楚若溪不确定地说："应该不知道吧？"

"未必。"玉连城回忆着那晚的情形，"他当时就在守言宫附近潜身隐藏，我和太子要去守言宫找皇后，被他拦下，似是故意不让我们靠近守言宫。你说守言宫中并没有皇帝，那他到底想阻拦我们看到什么呢？难道不是皇后和你的……"她本来要说出一个不雅之词，但见楚若溪直勾勾地瞪着她，便改口说了句，"皇后和你的……私事？"

楚若溪被她说得也有些困惑："庄尔雅无论对我用什么手段，总不算是光明的，要背着人的。她和她大哥是否提前预谋，我是不肯定，可是这样的预谋对他们来说有半点儿好处吗？我都是被贬逐的人了。"

"你和皇帝联手演戏，难道人家就不能猜出你们兄弟的心思？"玉连城想着庄尔铭那晚的神情，越想越觉得这个人绝非等闲之辈，更何况现在还有玉华景掺和在其中，他们身边的敌人突然越来越多了。

楚若溪沉默良久，而后笃定地说道："庄尔雅肯定和庄尔铭没有提前知会过。"

"为何？"

"庄尔雅答应要把我的命交给玉华景，可她诱你入宫这件事做得太意气用事了，显然是女人一时头脑冲动所为。庄尔铭若知道妹妹要做这件事，必然会强行拦着，因为这很有可能会使得他们被迫和玉华景翻脸。不论他们为何联手，庄家显然是有求于玉华景的，在皇兄病重、太子年幼的时候，任何风吹草动都不利于皇权稳固地传交给下一位皇位继承人，庄尔铭是聪明人，他不会冒这么大的风险。"

玉连城微微一笑："你也算是聪明人，能想明白其中的道理。"

楚若溪翻了一记白眼："这有什么想不明白的？难道他们是聪明人，我就是笨蛋吗？"

"但如今我们孤立无援，纵然古镜城安然无恙，也不是可以帮王爷的一支义军。"

楚若溪叹道："我还没说要古镜城出手呢，你倒把自己摘个干净。"

此时了空捧着一个棋盘出现在门口，对他们两个人微笑道："两位谁愿意陪贫僧下一盘棋？"

楚若溪刚要开口，玉连城却接过话道："在下棋力微弱，若大师不嫌弃，我愿意勉力一试。"

了空高兴地说道:"太好了,能得玉城主这样一个对手,也算是贫僧的荣幸。"他看着楚若溪,"警告"道,"观棋不语真君子,荣王可不要因为爱惜佳人而妄做了小人。"

楚若溪本来担心玉连城精力不济,想从旁观战指点,没想到先被了空看出点破,只得憨憨傻笑:"那……我给二位泡茶。话说我最喜欢西汉马融写的《围棋赋》中的这句'略观围棋兮法于用兵,三尺之局兮为战斗场'。两位只是切磋,点到即止就好,可不要太过全情投入,失了和气。"

"啰唆。"玉连城懒懒说道,"你若泡不好茶,便到一边去坐着,不要乱插闲话。"然后对了空大师抱腕拱手道,"请大师赐教。"

了空和玉连城的这局棋,信手落子,并没有楚若溪以为的那般激烈。

了空也只是有一搭没一搭地和两个人说着话:"玉家当年在昊夜国立下汗马功劳,倘若你的祖先不隐退,你们家至少也有个爵位了,玉家的子孙在昊夜可以一直辉煌下去。比如说你,说不定就能当皇后了。"

玉连城微笑着落子:"大师太看得起我们玉家了。玉家人当年也不过尽了一些人臣之责,而后实在是胸无大志,只能选择隐遁江湖。至于我……也是俗世之人,怎堪与那九天凤凰相比?"

了空看了眼楚若溪,笑道:"荣王肯定不是这样想的,这孩子自小顽皮,心如野马,但我看他对你实在是一往情深,可见你也绝非俗世凡花,实在不用妄自菲薄。只是古镜城既然一向不理朝中之事,你怎么会和荣王这样携手同行?不怕给古镜城惹祸上身吗?"

玉连城继续笑道:"大师说的何尝不是我心中的顾虑?只是荣王这个人……不是说甩就能甩得掉,说避就能避得开的。"

楚若溪忍不住插话道:"我是脸皮厚,你直说无所谓。"

玉连城不睬他,继续说道:"起先觉得如果甩不掉,好歹他是王爷千岁,对古镜城并没有坏处,况且古镜城之前遇到急难,他肯出手相助,我也是要感激于心的。只是没想到形势逆转,现在竟成了这样的局面。"

了空说道:"既然陛下现在病重不能主事,皇后那边又与你们为难,以你们二人之力的确难以对抗。可曾想过要找什么帮手?"

玉连城迟疑了一下,手中捏着的棋子没有落下,抬眼望着了空:"大师难道要出世了吗?"

了空摆手笑道:"你想到哪里去了,纵然我返回尘世,难道我就有回天之力了吗?你们知道自己这次败,败在哪里了?"

玉连城看向楚若溪,又说道:"棋差一着。"

了空摇摇头:"差在你们从一开始就不够强势。"他指着棋盘问楚若溪,"王爷,现在这局棋,你要怎么办?"

楚若溪伸过头来看,只见棋盘上了空这边的黑子竟被玉连城的白子吞了大半,半壁江山失守不说,亦被白子直插自己的腹地。楚若溪摇摇头:"若是这样,那我真没有办法了。"

了空呵呵笑道:"在棋局之上,翻覆风云,不敢说实在没有办法,若易地而处,玉城主或许有解棋之道?"

玉连城看着棋局良久,从他的棋盒中拈起一子放在侧角,说道:"既然腹地无法与之争锋,只能自别处另寻活路,若能借中原之战的混乱隐藏一支奇兵,从侧面杀出……"

楚若溪摇头:"棋盒之中的棋子已经不多,哪儿来的奇兵?"

了空笑着,竟从身后又拿出一个棋盒来:"下棋前,我私藏了一盒棋子,就为了备这不时之需。"

楚若溪瞠目结舌地说:"这……这不算是耍赖作弊吗?"

了空合掌说道:"原是迷棋梦中人,何必缥缈寻仙身。自古天意非注定,潜龙傲游戏乾坤。"

玉连城神色一震,眸光晶亮地看着了空,似是明白了什么,问道:"大师所藏的这支奇兵,莫非有个'袁'字?"

楚若溪也猜到了,了空这首诗中暗藏玄机,竟藏了个人名在里面:袁飞傲。

他并非没有想过远在京城之外的袁飞傲,但袁飞傲和自己平日交情不好,这个时候能不能指望得了他还不好说。

玉连城小声问道:"袁飞傲是保皇党的还是丞相党的?"

"那个榆木脑袋,当然是保皇党,但是他可不是保荣王党的。"楚若溪的手指敲了敲棋盘中间的那一颗子,"别忘了,人家现在不仅是挟天子以令诸侯,人家还挟太子以令诸侯呢。我手里有什么?凭什么让袁飞傲听我的?"

玉连城咬着唇,问道:"你觉得袁飞傲是个贪图美色的人吗?"

"当然不是。"楚若溪狐疑地看她,忽然猜到了她的心思,"你是说无双和他……"

　　"他们两个人似是命中注定的缘分，怎么拉都拉不开，若是此时此刻他们在一起，月老又从中撮合，说不定……"玉连城苦笑道，"也许只是我太异想天开了。"

　　了空笑道："既然城主说他们有可能是命中注定了，自有老天安排，且看天意吧。"

　　玉无双在隆城病了。

　　她自幼身子娇弱，这些日子以来遭遇了各种变故、各种颠簸，身子实在是撑不住了，一病就病了五天。

　　袁飞傲本来要立刻启程去京城的，她这一病倒，袁飞傲也不敢走了，留下来照看她。

　　福峥嵘更是忙前忙后，又是找大夫给她把脉问诊，又是找好厨子为她做药膳调理。

　　有一次玉无双昏昏沉沉地醒来，就听见丫鬟在旁边小声说："那位福将军看来是喜欢咱们家小姐，总是过来看望，在门口一守就一个晚上呢。"

　　玉无双听见，也不出声，静静躺着，直到外面天色暗了，听到袁飞傲的声音传来："你们大小姐今天吃晚饭了吗？"

　　"还没呢。"

　　她坐起身，问道："什么时辰了？"

　　袁飞傲进来说："天都黑了，你这一觉从清早睡到现在，怎么也睡不够？快可以和猪一比了。"

　　她嘟着红唇："我都病了，你还开我玩笑。一天没有吃东西，我不睡觉还能干什么？"

　　"你要是饿了，怎么自己不叫丫鬟来给你送饭？"袁飞傲一屁股坐在她身边，拉过她的手把了把脉，又摸了摸她的额头，"嗯，脉象也正常了，头也不发烧了，我看你快好了。"

　　"我若好了，你就该走了吧？"

　　"反正是不能再耽搁了。"

　　"那我就留在这里等将军回来。"她嗫嚅着，觉得有些话再不和他挑明了，这呆子只怕一辈子都不明白，但正踌躇时，福峥嵘却提着一个食盒进来，见他俩的样子，福峥嵘一怔："将军也在？"

　　"是。"袁飞傲看了眼他手中的食盒，"你送了吃的过来？正好，我刚才在外面随便吃了点，也没吃饱，一起吃吧！"说着他倒很主动地接过食盒，顺手放在桌子上。

袁飞傲打开一看："哎哟，好吃的不少，樟茶鸭、香酥排骨、香芹炒豆干、豌豆黄，你这食盒看着不大，还真挺能装的。"他大大咧咧地拿过筷子，自顾自地端起食盒中唯一的一碗米饭，配着菜就大口大口地吃起来。

福峥嵘很是尴尬地站在那里，也不好说他什么，只得歉意地对玉无双说道："不知道袁将军在这儿，我应该多备一份过来，姑娘稍等，我让他们再送一份。"

看着福峥嵘落荒跑掉，玉无双捂着嘴一笑，坐到桌边来，托着腮看着袁飞傲："将军不是故意的吧？"

"什么？"袁飞傲正把一块鸭子肉上的骨头从嘴里捏出来，放到一旁。

"等将军走后……福将军肯定会天天给我送饭，有福将军照顾我，将军您可以放心，无双会好好的。"

"啪！"袁飞傲将筷子一放，虎目看向她，忽然沉默。

玉无双的心脏怦怦狂跳，就像是病得又重了起来似的。

袁飞傲板着脸说道："我不是让你离他远着点儿吗？"

"为何一定要我离他远着点儿？福将军难道不是好人？"

"那倒不是……"袁飞傲一皱眉，语气含糊起来。

"我在人家府上做客，人家待我这般赤诚，难道我不该赤诚相回？"

"哼……就算是应该吧。"

"那我在这里等将军回来，将军又有什么不放心的？"

袁飞傲忽然一手抓住她的肩膀，欲言又止地瞪着她，憋了好久，才憋出一句："他对你别有所图，你没看出来吗？"

玉无双浅浅一笑："看出来了。"

"难道你真想当将军夫人？"袁飞傲神情冷峻，"我上次不是和你说了，他不适合你。"

玉无双自顾自地替福峥嵘说好话："可是福将军一表人才，年少有为，又温柔体贴，家世清白，是个终身依靠的好对象，将军说他不适合我，请问将军，是否觉得是我高攀了人家？"

袁飞傲霍然起身，在原地快速地来回踱步，似是有千言万语要说，又不知道该怎么开口，霍然，他猛地站住，回过神来直勾勾地看着玉无双，斩钉截铁地说："这话我说出来也许挺没脸的，但是我还是得说。玉无双，你……你愿不愿意做我老婆？"

轰然一下热血冲上大脑，玉无双一直等的这句话就这么赤裸裸地从天而降砸到了她，她的脸孔热得滚烫，红得艳丽，一双大眼睛水汪汪地望着袁飞傲，却不做娇羞状。

她轻声细语:"将军……无双可是个会当真的人,开不得玩笑的。"

"谁和你开玩笑了?"袁飞傲急道,"我是真心实意问你,你若不愿意,我……"

"我愿意。"她不等他说完后半句话就抢先答应了,咬着唇,"只要将军不反悔,无双愿一生一世追随将军左右……至死不悔。"

袁飞傲大喜,疾步走近将她一把抱起,哈哈大笑道:"当真?"

玉无双也没想到他问得这么突然,头还有些晕眩,又被他高高举起,就更觉得晕了,她小声恳求道:"我头都晕了,快把我放下来。"

袁飞傲却舍不得把她放下,只小心翼翼地抱着她坐在床边,还如在梦中:"我可是个大老粗,你这个千金大小姐才有可能反悔。"

玉无双嘟着嘴:"你说你要找一个好生养的老婆,可我这病弱的身子,万一一年半载给你生不出儿子来,你不该后悔要我了?可我先要约法三章地告诉你,我们玉家的女孩子可不接受丈夫三妻四妾,你若是不能把一颗心都给我,我情愿不要!"

袁飞傲看着她的一张小脸满是坚定的倔傲,笑着捏住她的小翘鼻,晃了晃:"好,有个性!"

玉无双将头轻轻贴在他的胸口,听着他强而有力的心跳,柔声问道:"我不是在做梦吧?将军几时决定要娶我的?我一直以为将军心里根本没有无双的一席之地呢。"

"几时……"袁飞傲努力回想着,"大概就是……你晕倒的时候。"

那日她在校场突然心口疼,倒在他怀中,他急抱着她回将军府的路上,没想到她竟然疼得晕过去了。当那小小的身子在他怀中软得像是一摊水时,他竟慌得六神无主,像是心肝肺都被人掏空了似的,望着那张苍白的小脸,他才意识到,原来自己不知不觉中竟对这丫头动了心。

而后每天来看她时心里都紧紧张张的,生怕她一睡不醒,在外面操练部队也好,帮她管束古镜城的百姓也好,心里总像是被一根风筝线扯着,惦记着这丫头。

不过最让他认清自己的,还要说旁边一个人无意中"推波助澜",那就是福峥嵘。

福峥嵘每次向她示好,每次向她深情凝望都让袁飞傲浑身上下不自在,好几次恨不得把福峥嵘拉到外面去,离得玉无双越远越好。

他娘在他很小的时候,曾经有一次拉着他的手说:"飞儿啊,如果有一天,你看到一个姑娘,只要一见到她,心里就欢喜,那你就是喜欢人家的,这样的姑娘可别错过。"

他现在就是见到玉无双心里就欢喜,见不到她就像是失了魂,娘当年说的那句话本来已经忘在脑后好多年了,只是在面对玉无双时这句话却像是自己从水底浮了出来。他

从来没有喜欢过什么人,喜欢到一见到她就好像在心底开出了花似的,所以眼看自己过两日必须返回京城了,再不把这件事落停了,他走得都不踏实。

这时候又有脚步声响,丫鬟在和福峥嵘说话:"福将军怎么又送了一盒来?"

福峥嵘在窗外说道:"刚才送得有点儿少……"

丫鬟笑道:"我们小姐又不是大肚皮,哪里能吃得下那么多?"

玉无双听到他要进来,忙想起身坐好,羞涩于被福峥嵘看到自己和袁飞傲这么亲密,但袁飞傲手臂一紧,低头问道:"你怕什么?"

她心头暖烫,也不挣扎了,依偎得更紧些,轻笑道:"我什么也不怕。"

福峥嵘进来时,一眼就看到这两个人这般亲密地相拥在一起,登时傻了,手中的食盒一下子摔在地上。他进也不是,退也不是,脸色难看,神情古怪,尴尬地立着,竟说不出话来。

袁飞傲则大方地开口招呼:"峥嵘,过来见过你未来的大嫂!无双刚答应做我老婆!"

"大……大嫂……"福峥嵘开口艰涩。玉无双见他失魂落魄的表情,顿时有些后悔,不该自己得意就打击到人家,连忙圆场,嗔怪袁飞傲道:"哪有这样介绍的?好歹等我身子好些了……"

但福峥嵘也算是拿得起放得下,伤心一阵之后,立刻露出笑脸:"小弟要先恭喜将军了,今晚在我府中好歹要摆一桌喜宴,为二位权作定亲之礼。"

袁飞傲也喜上眉梢,说道:"好!这喜宴吃什么无所谓,好酒可是不能少的!"

玉无双拦着道:"酒多伤身体,你不要一说到喝酒就眉飞色舞。酒多还会误事呢。"

袁飞傲斜眼看她:"怎么?这还没有定过门的日子,你就要管我了?"

玉无双也挑着眉回瞪他:"当妻子的若是不时时管束丈夫的不当举止,那是妻子的失责。若是别的男人,我才不要管呢。"

袁飞傲哈哈大笑道:"你这话和我娘当年怎么一模一样?是不是你们女人读的那本《女德》什么的,都写着一样的管男人之道?但今晚是个大喜的日子,不喝是说不过去的,不仅我要喝,连你都要喝。"

福峥嵘忙劝阻道:"玉姑娘……哦,不是,大嫂身子娇弱,大病未愈,还是不喝的好。大嫂放心,我这里的酒比较清淡,醉不死人的。再说这人生四大乐事,今日既成一乐,无酒不成欢,就让将军喝吧,他可是咱们昊夜的海量。"

玉无双娇嗔道:"你们男人都是一个鼻孔出气,当然是你们怎么说都有理。但是

若要真让他喝醉了，我可要唯你是问。"

袁飞傲忍不住伸臂揽住她，低声说道："要不然咱们也别说什么定亲，就在今晚拜堂成亲算了。"

玉无双红着脸道："我大哥还下落不明呢，长兄如父，好歹应该和大哥禀明了这件事，再等我们古镜城都安顿好了再说咱们两个人的私事。"

"女人就是啰唆。"袁飞傲虽然有些心猿意马，但心中知道玉无双说得也对，叹息抱怨了一句之后也就不坚持了。

福峥嵘悄悄退出，将这方天地留给这对情侣。

到了晚间，福峥嵘果然就派人在这院内备了一桌酒席，因为双方的亲友都不在，只有福峥嵘可以做个见证，因此这酒席连主带客就只有三个人。

袁飞傲果然嗜酒，一坛子酒，足有二十斤，他一个人就喝了大半，喝完之后又过于兴奋拉着福峥嵘大讲自己平日打仗时遇到的趣事——

"前年陛下派我去汉南山剿匪，那一山头的匪徒其实并不多，也就二三百个，但是他们后面勾结着枭龙国，枭龙派了三千人，穿上山匪的衣服和我们纠缠，我抓住其中一个，觉得口音不对，就问他：'你是汉南山的人？'那人说是，我又问他：'你们山大王叫什么？山上有多少人？'他答不出，就说：'我宁死也不告诉你这个狗官！'我笑道：'我是狗官，你就是狗官手底下的狗孙子！'我让他喝了一大坛子白水，然后把他倒吊起来，就不理他了，过了一会儿，那孙子就'哎哟哎哟'地开始求饶，什么都愿意招了。"

玉无双不解地问："为什么？"

福峥嵘笑着解释道："将军让他喝水又倒吊，一是他头脑中的血液倒流，脑子会涨得受不了，再者……他想去方便而不行，憋也憋死了。"

玉无双脸一红："你们男人真会想馊主意。"

"这还叫馊主意？你要是斯斯文文地上阵对敌，那就只有死路一条了。你可知大冬天的，有一次我带着队伍过饮马河，正赶上数九腊月，那冰都冻上了。我让人先把冰河砸开，然后让队伍一个一个往后传话：'都脱了裤子'。那么冷的天，几千老爷们儿脱了裤子，白花花的两条腿在外面冻着，就那样涉水过河，若是那时候有人讲斯文，这河就别过了。"

玉无双这回听懂了："脱了裤子是为了防止冰水把衣服浸透了？那若这时候敌人埋伏在河对岸进攻……"

第二十二章 双娇

"过河时我们自然是勘察过对面的情况了,不可能随随便便就过去,但若是敌人真的有埋伏,那就没办法了,纵然拼了命也是要过去的。"袁飞傲回头看着福峥嵘,"你还记得五年前,咱们在东齐的那一战吧?走到峡谷的时候被敌人偷袭,四周箭雨密布,那时候我们若退出去,后面的大部队也要被堵住,所以所有人都要发了疯似的往前冲,冲破敌人的封锁,冲乱了他们的阵形,才能有反败为胜的机会。"

玉无双怔怔地问:"先退回去,再图后计,保存实力,难道不该是这样的吗?"

袁飞傲摇头:"战场上瞬息万变,若定下了今天要攻下这一城,就不能随随便便改到次日,否则会打乱了整个大计,这时候前面的人纵然明知道要赴死,也是要冲的。"

福峥嵘神色黯然:"我记得峡谷那一战,咱们战死了五百多兄弟,将军也身中三箭,差点儿送命。"

玉无双听得心惊胆战,望着袁飞傲说道:"你拿命去拼,不怕有一日,君王辜负了你?"

袁飞傲正色道:"我袁家世代是为民而为官,不会去计较皇帝是怎样的人。纵然皇帝是个孬种废物,只要有外敌入侵,难道我们就不管了?那要我从军习武做什么?岂不是也成了废物孬种?"

福峥嵘轻咳一声:"将军有点儿醉酒了,大嫂,我就先走了,您大病初愈,也该早点儿休息了。"

玉无双意识到什么,微微一笑:"多谢福将军了。"

袁飞傲为了管束自己的手下和古镜城的百姓方便,暂时住在了校场那边。他又叮嘱了无双半天,让她早点儿休息,按时吃药,自己才出府上马回了驻地。

福峥嵘转回身来,又找到玉无双,说道:"既然玉姑娘要嫁给袁将军了,那我也不妨提醒姑娘一下,将军为人刚正不阿,是朝中的栋梁无疑,但是他这个脾气又很容易给他在朝内树敌,比如荣王,据说就挟天子之宠,王弟身份,频频对将军不利。此次将军出朝剿匪,听说就和这位荣王有关。姑娘一定要时刻提醒将军,千万不要授人以柄。"

玉无双明白他的意思,但是想到楚若溪那个人,似是虽然心思狡诈,却并无坏心,便微笑着谢过福峥嵘的好意,将福峥嵘也送走了。

这一天,过得有点儿像梦一样。等躺在床上时,玉无双忽然觉得头有些晕,不知道是因为病还没有完全好,还是因为惊喜来得太大,幸福来得太容易。

闭上眼,回顾自己从认识袁飞傲到如今以终身相许,冷静下来之后扪心自问:是不是有点儿太快了?

这个男人,她到底对他了解多少?之前和姐姐拼命要远离他,不惜拿自己的终身做

赌注。可如今她却像是把自己当作一只肥美的小羔羊，主动送到人家口边去。

这会不会是她今生今世做的最错的一个决定？

她到底是为了自己，还是为了古镜城？

"叩叩叩"，窗棂突然传来有人敲击的声音。她诧异地重新坐起身，拉开窗子，只见一朵野花出现在窗外，那小小的雏菊，在夜色下静幽幽地开放，犹如一张灿烂的笑脸。

她怔住时，袁飞傲已经从窗户下露出脸，笑道："都走出去一段路了，忽然看到这花挺好看，和你挺像的，就摘了一朵回来给你。"

她眼眶一热，伸手接过那花，小声说道："这么晚了还回来干什么？再惊动了人家府里的人……"

"我翻墙进来的，没人看见。"袁飞傲挠挠头，"都好多年没翻墙了，没想到会为了做这么一件傻事去爬墙头。"

玉无双将身子探出窗外，刚好够到他的肩膀，她伸手一拉他的肩膀，袁飞傲以为她有话说，就弯下腰，凑过耳朵来听，但玉无双飞快地在他腮颊处印上一吻，红着脸说："回去吧！你身上还有酒味，得回去醒醒酒了。"

袁飞傲摸着腮帮子，呵呵地对她笑着，也不说话，玉无双脸红着抬手就把窗户关上了。

良久，外面再无声响，人影消失，只有依稀的凉风透过窗缝吹入，但她今夜不觉得冷，只好似胸中有一团烈火在蓬勃地烧着。这是情火吧？

忽然想起，以前曾听过一个游街的艺人唱的小调：

"你侬我侬，忒煞情多；情多处，热如火；把一块泥，捻一个你，塑一个我，将咱两个一齐打碎，用水调和；再捻一个你，再塑一个我。我泥中有你，你泥中有我；我与你生同一个衾，死同一个椁。"

情不自禁地，她默默无声地重念起这首小曲，口齿间所咀嚼的竟是从未体会过的滋味。让她在这暗夜凄清中，只咬着唇瓣，痴痴地笑着、笑着……

（上集完）

意林品牌书系推荐

意林女生文学·《小小姐》品牌书系 中国女生文学第一品牌,纯正、阳光、向上,优质女孩必选文学读物

萌灵小说系列

《悠莉宠物店Ⅰ》	18.80
《悠莉宠物店Ⅱ》	18.80
《悠莉宠物店Ⅲ》	19.90
《悠莉宠物店Ⅳ》	19.90
《悠莉宠物店Ⅴ》	19.90
《封印之书·九尾狐》	19.80
《封印之书·独角兽》	19.80
《玛丽晴异闻录》	19.90
《薇妮天使旅行》	19.90
《苍岛有风①·人鱼过境》	19.90

冒险励志系列

《迷藏·海之迷雾》	18.80
《迷藏Ⅱ·月影迷踪》	19.90
《花与梦旅人Ⅰ》	19.80
《花与梦旅人Ⅱ》	19.90
《花与守梦人①·大公的苏醒》	19.90
《花与守梦人②·占星师的眼泪》	19.90
《萌侦探纪事Ⅰ》	18.80
《萌侦探纪事Ⅱ》	19.80
《萌侦探纪事Ⅲ》	19.90
《萌侦探纪事Ⅳ(大结局)》	19.90
《迷宫街物语》	19.80
《艾蜜儿宇航日记》	19.90

幸福蔷薇系列

《蔷薇少女馆Ⅰ》	18.80
《蔷薇少女馆Ⅱ》	18.80
《蔷薇少女馆Ⅲ》	19.90
《蔷薇少女馆Ⅳ》	19.90
《蔷薇少女馆Ⅴ》	19.90

浪漫古风系列

《七寻记Ⅰ》	18.80
《七寻记Ⅱ》	19.90
《七寻记Ⅲ》	19.90

果绿年华系列

《蝴蝶飞过旧时光》	19.80
《第一女执政官》	19.90
《风之少女琪格》	19.90
《霓裳小千金》	19.90
《两生花开时》	22.00

月舞流光系列

《前方江湖请绕行》	19.90
《三色堇骑士之歌》	19.90
《守望彼岸星海》	19.90

萌淑女驾到系列

《萌淑女驾到之美女训练营》	19.80
《萌淑女驾到之天使候补生》	19.80
《萌淑女驾到之人鱼的信奉》	19.90
《萌淑女驾到之天鹅公主成人礼》	19.90

星愿大陆系列

《星愿大陆①:天命巫女》	19.90
《星愿大陆②:白银蔷薇》	19.90
《星愿大陆③:幻月手杖》	19.90
《星愿大陆④:永恒星钻》	19.90
《星愿大陆⑤:夜之王子》	19.90

浪漫星语系列

《处女座:完美年华初相见》	20.90
《天蝎座:假面黑桃Q》	20.90
《双子座:闯进你的孤单星球》	20.90
《巨蟹座:追梦的水晶鞋》	20.90
《天秤座:优雅走过下雨天》	20.90
《白羊座:裙摆是花开的地方》	20.90
《摩羯座:寄给青春一座城》	20.90

淑女风尚馆·气质养成系列

《我要我的淑女范儿》	18.80
《优雅女孩的秘密》	18.80
《清新森女在路上》	18.80
《俏女孩的甜美主义》	18.80

小MM迷你爱藏本

《蝴蝶停在十六岁》	18.80
《焦糖玛奇朵天使咒》	18.80
《那一年,花开半夏》	18.80
《雨季微凉时》	
《只穿一天公主裙》	18.80
《月色银蔷薇》	18.80
《傲娇公主的美丽回旋》	18.80
《花田明月照年少》	18.80

重磅作家系列

《薄荷香女孩》	19.80
《不说再见好吗(上)》	17.90
《不说再见好吗(下)》	17.90
《风走过树林》	17.90
《忆棠的夏天》	17.90

唯美新漫画系列

《钢琴小淑女(第一季)》	17.90
《钢琴小淑女(第二季)》	17.90
《钢琴小淑女(第三季)》	17.90
《钢琴小淑女(第四季)》	17.90
《最佳女主角(第一季)》	18.80
《七寻记·鎏金龙纹镯(漫画版)》	15.00
《七寻记·夔龙黄玉佩(漫画版)》	15.00
《天鹅座·鹅黄》	18.80

《天鹅座·柳青》	18.80	《少女果味杂志书⑫：柠檬红茶号》	18.80
《天鹅座·冰蓝》	18.80	**蝴蝶蓝系列**	
《天鹅座·禧红》	18.80	《蝴蝶蓝（第一季）·千面桃花姬》	19.90
绘色缤纷系列		《蝴蝶蓝（第二季）·紫莲山庄》	19.90
《淑女绘·花的学校》	22.00	**班花朵朵系列**	
《淑女绘·童话诗人》	22.00	《班花朵朵①·我是艺术生》	20.90
《淑女绘·雪花的快乐》	22.00	《班花朵朵②·电影初体验》	20.90
日光倾城系列		《班花朵朵③·偶像保卫战》	20.90
《巧克力色微凉青春Ⅰ》	20.90	**小MM四周年主题书**	
《巧克力色微凉青春Ⅱ》	20.90	《现在是女生时代！》	28.80
《浅蓝色时光舞步Ⅰ》	20.90	《现在是女生时代！②·我们闺蜜吧》	28.80
纯美小说系列		**欢乐联萌系列**	
《少女果味杂志书①：甜心草莓号》	14.80	《养只萌呆镇镇宅①》	19.90
《少女果味杂志书②：蜜桃慕斯号》	14.80	《养只萌呆镇镇宅②》	19.90
《少女果味杂志书③：焦糖布丁号》	16.80	《养只萌呆镇镇宅③》	19.90
《少女果味杂志书④：香草海绵号》	16.80	《养只萌呆镇镇宅④》	19.90
《少女果味杂志书⑤：可可森林号》	18.80	**天使在身边系列**	
《少女果味杂志书⑥：果果米苏号》	18.80	《路过心上的哈士奇》	20.90
《少女果味杂志书⑦：香橙泡芙号》	18.80	《当心！浣熊出没》	20.90
《少女果味杂志书⑧：樱桃芝士号》	18.80	《萌动之森①·雪地精灵伶鼬》	20.90
《少女果味杂志书⑨：蓝莓布朗号》	18.80	**公主天下系列**	
《少女果味杂志书⑩：薄荷方糖号》	18.80	《清河公主·洙宛传》	22.80
《少女果味杂志书⑪：樱花紫苏号》	18.80		

《意林·轻小说》·轻文库品牌书系　　引领校园小说阅读新潮流

绘梦古风系列		**奇幻仙境系列**	
《公主驾到》	23.80	《玫瑰帝国·荆棘鸟之冠》	25.80
《凤九卿（一）》	23.80	《玫瑰帝国·黑羽蝶之翼》	25.00
《凤九卿（二）》	23.80	《玫瑰帝国·白蔷薇之祭》	26.80
《凤九卿（三）》	23.80	**暗影迷踪系列**	
《凤九卿（四）》	23.80	《终极推理事件簿》	22.80
《美人千千泪西楼》	23.80	《超级学园探案密码》	22.00
《郡主驾到·壹》	24.00	**新炫武侠系列**	
《木兰帝（上）》	23.80	《邻家武圣》	23.80
《俏娇小仙闹皇宫》	23.80	**星光璀璨系列**	
恋之水晶系列		《轻星球·仙女星云号》	19.80
《世界第一的假面殿下》	25.00	**灵气少女系列**	
《脱线萌星易容记》	25.00	《星有灵犀遇见你》	20.80
《指尖花凉忆成殇》	22.00	《萌熊改造计划》	20.80
《欢歌犹在意微醺》	22.00	《守护极速甜心》	20.80
《见习保镖呆呆兽》	25.00	《元气星女倾城记》	20.80
《可可少女梦想纪》	25.00	**轻舞飞扬系列**	
《后天男神Ⅰ》	25.00	《毛毛熊的浪漫樱花雨》	19.80
《世界第一的公主殿下Ⅰ》	23.80	《发梢轻绾茉莉香》	19.80
《挥手告别小时光》	23.80	《迷迭香在青春里绽放》	19.80

《意林·小文学》品牌书系　　阳光阅读·快乐写作

成长物语系列		《琥珀青春》	19.80
《艾丽鲨半成年》	19.90	**魅力悦读系列**	
《换双翅膀飞翔》	19.90	《程家兄妹·永不毕业的少年》	19.90

幻之星球系列		《鬼马女神捕②：绝命预言（上）》	14.80
《地球假日①：寻找洛神》	19.90	《鬼马女神捕②：绝命预言（下）》	14.80
爆笑学园系列		《天神学院·魔女见习生》	19.90
《鬼马女神捕①：绝密卧底（上）》	14.80	动物奇缘系列	
《鬼马女神捕①：绝密卧底（下）》	14.80	《萌兽报到，请多关照》	19.90

意林青少年国际大奖小说系列（少年励志正能量丛书）　总统的选书标准，世界级童书大奖获奖作品

国际大奖小说系列		《沼泽女孩》	25.90
《鲸武士》	22.90	一生必读的经典名著系列	
《囧男孩日记》	19.90	《80天环游地球》	19.90
《阿萨的心事》	14.90	《海蒂》	16.90
《冬天的小木屋》	12.90	《吉卜林动物故事集》	16.90
《河豚少年》	12.90	《木偶奇遇记》	15.90
《林克的流浪之旅》	13.90	《青鸟》	15.90
《墓地低语》	16.90	《森林王子》	12.90
《铅十字架的秘密》	19.90	《所罗门王的宝藏》	16.90
《少女骑士变身记》	22.90	《汤姆·索亚历险记》	15.90
《雪橇犬之歌》	14.90	《小飞侠彼得潘》	16.90

意林全世界最美的课文系列　中高考"提分阅读"丛书

《世界名校大"淘课"（第1卷）》	25.90	《世界语文·德国语文（第1卷）》	25.90
《世界名校大"淘课"（第2卷）》	25.90	《世界语文·德国语文（第2卷）》	25.90
《世界名校大"淘课"（第3卷）》	25.90	《世界语文·美国语文（第1卷）》	25.90
《世界语文·英国语文（第1卷）》	25.90	《世界语文·美国语文（第2卷）》	25.90
《世界语文·英国语文（第2卷）》	25.90	《世界语文·美国语文（第3卷）》	25.90

意林红石榴品牌书系　时尚·情感·励志

女性情感励志系列			
《灰姑娘的星动时代Ⅰ艺路星碎》	25.90	《灰姑娘的星动时代Ⅱ艺往情深》	25.90

意林集团重磅推出励志唯美大剧——"致青春"系列

《青柠时代》Ⅰ&Ⅱ
浪漫再续！

暖伤系美女作家 梅吉
邀您共赴那场未完的青春之约！

青柠时代Ⅰ
一宗人为制造的车祸，让沈冬晴只能寄人篱下；
一次离不顾身的维护，让楚君尧的眼中留下那个人的身影；
一场抗争得来的初恋，让毕夏开始了患得患失的生活……

青柠时代Ⅱ
黎允儿生日宴会意外摔倒，揭开了隐藏已久的秘密，尴尬难堪，多年姐妹反目成仇；
大学的保送名额，让毕夏陷入情义两难全的痛苦境地，两个人争吵不断，冷战连连；
寄人篱下倍遭疏离，沈冬晴奋发向上，车祸真相，让她如鲠在喉……

酸甜青春，并肩前行，
让"青柠"带给你直达内心的温暖情意。

热销价：
23.80元/本

《意林·轻小说》恋之水晶系列经典再续——

少年住在云之彼岸

SHAONIAN ZHUZAI YUN ZHI BI'AN

震撼上市！

揪心度100%，飙泪度100%！
悬念感100%！

九年前死里逃生，九年后迷雾重重。
一次奋不顾身的前行，浪费了她的一生惊喜。

神秘的古堡少年，
是温柔天使
还是冰冷恶魔？

原说要守护她一生，却在她即将揭开真相时百般阻挠
原来心心念念要接近的少年，竟只是他的替身……
少年拼命想抹去的过去，究竟隐藏着怎样的秘密？
错位的身世，对立的人生，少女将如何抉择……

心动分享价：
23.80元